롱빈의 시간

롱빈의 시간

초판 1쇄 찍은날 2024년 1월 12일
초판 1쇄 펴낸날 2024년 1월 15일

지은이 정의연

펴낸이 최윤정
펴낸곳 도서출판 나무와숲 | 등록 2001-000095
주 소 서울특별시 송파구 올림픽로 336 910호(방이동, 대우유토피아빌딩)
전 화 02-3474-1114 | 팩스 02-3474-1113 | e-mail : namuwasup@namuwasup.com

© 정의연 2024

ISBN   978-89-93632-97-2   03810

정의연 장편소설

롱빈의 시간

나무와숲

차 례

1

    그의 집은 온통 빌라들이 점령한 마을에서 하나 남은 옛집이 되어 티눈처럼 박여 있었다. 집을 에워싼 빌라들의 뒤쪽으로는 고층아파트 단지가 거대한 벽처럼 서 있고, 그 뒤편으로 높이 100미터 안팎의 야산 줄기가 아파트 단지에 가려 보이다 말다 했다.

    그 빌라들의 골목 한 귀퉁이, 짙은 갈색의 오래된 2층 벽돌집 대문을 들어서면 마당을 대신한 잔디밭이 펼쳐졌다. 동쪽으로 연립주택 필로티형 주차장, 남쪽으로 다세대주택 뒷벽과 경계를 이룬 잔디밭 끝에는 작은 돌들을 세우거나 눕혀 턱을 만든 화단이 빙 둘려 있었다. 잔디밭 한가운데 우뚝 서 있는 오래된 감나무는 막 새로 난 연둣빛 잎들을 매달고 틈 없이 벋어 나간 가지들이 밑면이 넓은 원뿔 모양의 그럴듯한 수관을 만들어 그 그늘을 잔디밭에 새겨놓고 있었다. 크고 작은 꽃들이 높낮이와 부피가 다른 오선지의 음표들처럼 가지런하게 흩어져 있는 좁다란 꽃밭, 깔끔하게 정리된 잔디밭과 잘 가꾼 나무들…, 손질이 잘 된 그 작은 정원이 흐린 물웅덩이에 뜬 예쁜 단풍잎처럼 이나의 눈을 붙들었다. 사방을 조여 오는 콘크리트의 공세로부터 흙과 꽃과 나무를 지키려는 집주인의 의지가 느껴지는 그 풍경은 그 낡은 집이 놓인 시공간적 위치를 잘 드러내고 있는 것처럼 보였다. 어떻게 보면 하고 싶은 이야기가 참 많은 집처럼 보이기도 했다.

대문에 바로 잇닿아 있는 낡은 화강암 계단을 올라가면 갈색 유광 벽돌들을 개구부에 세로로 세워 아치형으로 모양을 낸 작은 포치가 있고, 거기서 왼쪽, 곧 북쪽으로 꺾인 곳에 감색 페인트칠이 조금씩 들뜨고 있는 주물 현관문이 있었다. 서울 동쪽 끝 구리시와의 경계에 있는 이나의 거처에서 버스와 전철, 다시 마을버스를 타고 도착한 서울 서쪽 끝 부천시와의 경계에 있는 그의 집 현관에 마침내 다다른 것이다.

현관문을 열어 준 사람은 40대쯤으로 보이는 키가 작은 여자였다. 구자성 선생님 댁인가요? 아침에 전화 드린 윤이나라고 하는데요. 짙은 감색 철대문 기둥에 붙은 도어폰 초인종을 누르고 이나가 물었을 때 맞다고, 잘 찾아오셨다고 대문을 열어 준 여자였다.

거실에는 정원으로 난 창을 등지고, 앉은자리가 반질반질

윤이 나는 낡은 가죽소파가 놓여 있었다. 여자는 우선 거기 앉으라고 이나에게 이르고 주방 쪽으로 사라졌다. 소파 맞은편 벽에 걸린 PDP 텔레비전에서는 종편에서 하루 종일 내보내는 뉴스가 꼭지를 열어 놓은 수돗물처럼 흘러나오고 있었다. 판문점에서 열린 남북정상회담이 위장 평화쇼라고, 세상이 미쳐 돌아가고 있다고 말한 한 정치인의 주장을 크게 다루고 있었다. 이나는 고개를 돌렸다. 그러나 눈 줄 데가 마땅치 않았다. 안방 문으로 보이는 하얀 나무문을 빼고는 사방이 어떤 장식도 붙어 있지 않은 맨벽이었다. 옅은 회색 벽지가 도배된 그 벽들에는 그림 한 장, 가족사진 한 장, 달력 한 장 걸려 있지 않았다. 이나는 거실이 소슬한 승방 같다는 생각을 했다.

여자가 주방에서 커피 두 잔을 내오는 것과 동시에 하얀 나무문이 열렸다. 이나가 안방이라고 생각했던 문이었다. 그 문에서 휠체어를 탄 한 남자 노인이 휠체어 바퀴를 손으로 굴려 거실로 나왔다.

먼 길 오느라 고생했소.

노인이 휠체어 팔걸이에 걸린 까만 망사주머니에서 리모컨을 꺼내 텔레비전을 끄며 말했다. 밝히지 않아도 이나는 그가 구자성이라는 것을 알 수 있었다. 검질은 눈썹에 오뚝한 콧날, 휠체어에 앉아 몸이 접히긴 했지만 키가 크고 잘생긴 노인이었다. 군살 없는 얼굴에 잡힌 미세한 주름조차도 그것을 가릴 수는 없는 것 같았다. 가운데 가르마를 하고 양옆으로 빗어넘긴, 약간 은빛이 나는 머리칼은 그가 아직 염색을 하지 않는다는 것을 말해 주고 있었다. 정수리 부분만 듬성할 뿐 머리숱도 촘촘했다. 넓은 이마 밑 미간에 깊게 팬 주름 세 줄기가 너무 뚜렷하여 언뜻 그가 고집스럽고 무엇엔가 불만이 있는 사람처럼 보이기도 했다. 이나는 그가 60대는 넘지 않았겠다는 생각을 했다. 그러나 장담할 수는 없었다. 이나에게 노인의 나이는 언제나 흐릿한 계기판을 통해 보는 숫자였다. 4월이 깊어 가는데도 그가 흰색 셔츠 위로 청색의 얇은 모직 카디건을 걸치고 있어 그렇게 보이는지도 몰랐다. 키에 비해 몸피가 그리 크지 않은데 중후해 보이는 인상이었다.

왼손잡이시군!

소파 앞에 놓인 진갈색 원목 앉은뱅이 다탁에서 여자가 가져다준 커피잔을 왼손으로 들어 입에 가져가는 이나를 보고 그가 말했다. 그도 왼손으로 여자가 두 손으로 들고 있던 잔받침 위의 커피잔을 입으로 가져가 한 모금 입안에 머금었다.

보다시피 나도 그렇소. 불편하기도 하지만 몸이 고집하는 일을 어떻게 내 의지로 막을 수 있겠소? 세상일이 다 그렇지 않소?

이나는 그가 무슨 말을 하는지 얼른 이해할 수 없었다. 그러나 굳이 내색할 필요는 없다고 생각했다.

무슨 일을 하는지는 알고 왔지요?

그가 물었다. 어린 손녀를 대하듯 부드럽고 자상한 음성이었다.

네, 대강은. 자세히는 모릅니다.

이나는 자신이 전해 받은 구인 메모와 상관없이 그의 설명을 더 들을 필요가 있다고 생각했다.

내가 하는 이야기를 듣고 그걸 글로 옮겨 주면 되는 일이오.

그는 아까부터 흔히 하오체라고 하는, 문어체에 가까운 옛 말투를 쓰고 있었다. 이나에게는 그 말투가 그를 지나간 저 먼 시간대에서 온 사람처럼 아득하게 보이게 했다.

같이 대학원에 적을 둔 학과 조교로부터 어떤 사람이 베트남어를 할 줄 알고 글 잘 쓰는 사람을 구한다는 전갈을 받았을 때 이나는 그런 일자리가 왜 필요한지 얼른 헤아려지지 않았다. 학과에서는 베트남어과 출신으로는 처음으로 신춘문예에 당선된 이나를 먼저 떠올린 것 같았다.

구술 기록 작업. 일주일에 하루 8시간. 회당 25만 원. 기간 약 6개월.

시급으로 치면 시간당 3만 원이 넘는 돈이었다. 편의점 알바나 카페 알바, 도서관 알바와는 비교도 할 수 없는 금액이었다.

작가라고 했지요?

아, … 예….

그가 확인하듯 물었다. 이나는 말꼬리를 흐릴 수밖에 없었다. 스스로에게도 그렇다고 흔쾌히 대답할 수 없는 물음이었다. 3년 전 대학 3학년 때 지방신문 신춘문예에 단편소설이 당선됐다. 제대로 길을 찾은 것 같은 신심이 솟아 몇 개의 작품을 신들린 듯 더 썼다. 그러나 어디에도 발표할 수 없었다. 누구도 원고청탁을 하지 않았다. 남들이 작가라고 인정하지 않는데 자신만 작가라고 고집하고 있는 것 같은 자괴감이 들었다. 당선된 작품이 독자들의 마음을 붙들지 못한 것인지 지방신문 신춘문예 출신이라 차별을 받는 것인지 알 수 없었다. 중앙의 관문을 한 번 더 통과해야 하는가 싶어 몇 군데 다시 응모했지만 모두 실패했다. 후유증이 컸다. 지방신문 신춘문예 당선은 단지 운이었을 뿐 자신의 실력이 그것밖에 안 되는 것 같다는 실망감, 그런 자신에 대한 부끄러움, 더는 글 쓰고 살 수 없을 것 같은 절망감이 이나를 휘청이게 했다. 그래도 글 쓰는 일을 쉽게 포기할 수 없었다. 무너지는 자신감을 부축하고 토닥여 소설을 발표할 통로가 없는 세상에 어깃장을 놓듯 한 작품 한 작품 더 쓸 때마다 이나는 무명 작가는 절망으로 시간을 갈아 아무도 읽지 않는 이야기를 풀어놓는 존재인가 싶은 회의를 떨칠 수가 없었다. 취업이 안 돼 대학원에 진학했지만 공부를 더 하고 싶은 것은 아니어서 시들했다. 마을버스를 타고 이곳에 오는 길에 이나는 그래도 대학원에 적을 두고 있어 이런 일자리와 접속이 된 것이

므로 등록금을 그저 바친 것은 아닌가 보다며 씁쓸하게 웃었다.

이나는 숙였던 고개를 들었다. 일은 일이고 작품은 작품이었다.

죽기 전에 어떻게든 내 인생을 정리하고 싶다, 아니 정리해야 한다는 생각을 오래도록 했소. 내가 이리 늙고 글재주가 없어 내 이야기를 받아쓸 수 있는 사람을 찾고 있는 거요. 말이 안 되면 되도록 좀 다듬어도 주고. 할 수 있겠소?

학교에서 선생님이 원하시는 내용과 제시한 조건을 보고 관심이 있어 왔습니다. 해보겠습니다.

이미 여기까지 와 있었다. 이나는 조금 더 긍정적으로, 그리고 적극적으로 부딪쳐 보기로 했다.

쉽지는 않을 거요. 나도 말하는 게 쉽지는 않을 거 같고. 하는 도중 곡절이 많이 생길 수도 있고. 그래도 해보겠소?

그가 미간에 주름을 모으며 말했다. 이나는 그 주름이 자신이 미덥지 못해서 생기는 것인지, 그의 진지함의 표현인지 가늠이 잘 안 됐다.

해보겠습니다.

내가 잘못돼 죽지 않는 한, 중간에 그만둘 수는 없소. 내밀한 이야기가 많이 나오기 때문이오. 만약 중간에 그만두게 되면 패널티가 붙소. 손해배상을 해야 한단 말이오. 그래도 하겠소?

이나는 그가 자신의 의지를 시험하고 오기를 자극하는 것처

럼 보였다. 한편으로 그의 진지함은 무언가에 대한 두려움에서
오는 것이 아닌가 싶기도 했다. 그러나 그것은 그의 문제였다.

하겠습니다. 끈기 있게 하는 일이라면 어려서부터 자신 있
습니다.

그의 의도와 상관없이 이나는 그를 만나고 나서 도전의식이
더 생기는 것을 느꼈다. 그가 누군지, 그가 하는 말이 어떤 내용
인지 알고 싶었다.

그러면 계약서를 씁시다.

그가 휠체어를 굴려 다른 방으로 들어갔다. 텔레비전이 걸
려 있는 벽 뒤편에 있는 방이었다. 이나는 천천히 그의 휠체어
를 따라 들어갔다. 여자는 거기까지 따라 들어오지는 않았다.

거기가 그의 서재였다. 거실 크기의 방 사면을 그득 채운
유리 장식장 안에는 책등에 제목이 금박으로 박힌 책들이 빼
곡했다. 학교도서관 오래된 서가에서 본 적이 있는, 이나가 태
어나기 한참 전인 지난 세기 7, 80년대, 그리고 90년대까지 유
행했다는 하드커버 장정의 전집류들이었다. 이나는 그가 자신
이 짐작하는 것보다 훨씬 나이를 먹었는지도 모르겠다는 생각
이 들었다.

그 서재 한가운데에 너비 1.5미터, 길이 3.5미터쯤 되는, 사각
형이긴 하지만 가장자리나 모서리 형태가 일정하지 않은 아주
오래돼 보이는 커다란 원목 책상이 가로놓여 있었다. 짙은 갈색

의, 30센티미터가 넘어 보이는 두꺼운 통판이었다. 구자성이 그 책상 한쪽으로 휠체어를 굴려 자신의 몸을 끌고 갔다. 키가 큰 그도 거기 앉으면 머리끝까지 파묻힐 것 같은, 등받이가 높은 커다란 가죽의자가 오래 그를 기다리고 있었던 것처럼 책상 앞에 놓여 있었다. 그는 그리로 옮겨 앉지는 않았다. 혼자서는 그렇게 할 수 없는 것 같았다.

거기 앉아요.

그의 맞은편, 그가 손가락으로 가리키는 곳에 식탁용 의자 두 개가 놓여 있었다. 이나가 올 것에 대비해 미리 준비해 둔 것처럼 보였다. 그가 앉은 쪽 책상 위에는 뭔가를 인쇄해 놓은 A4 용지 몇 장과 만년필 한 자루가 가지런하게 놓여 있었다. 그것들 외에는 그 넓은 책상 위에 아무것도 없었다.

다시 묻고 확인하겠소. 이 일은 중도에 그만둘 수 없소. 자신 없으면 지금 결정해야 하오. 만약 중간에 그만두면 내가 지불한 돈의 열 배를 물어야 하오. 그래도 하겠소? 중도이탈 없이?

그가 미간의 주름을 더 깊게 모으며 물었다. 아무래도 그의 미간 주름은 걱정이 쌓여 이룬 진지함의 표현인 것 같았다.

아까 이미 결정했습니다.

이나는 단호해져야 한다고 생각했다. 그리고 그것을 분명하게 표현해야 한다고 생각했다. 어떤 일이 기다리고 있을지 모르지만 하는 데까지 해보고 싶었다.

알겠소. 의지가 분명한 것 같으니 이 계약서를 읽어 보고 동의하면 서명을 하시오.

그가 맨 위에 있는 A4 용지 두 장을 이나 쪽으로 밀었다.

구술기록 근로계약서

이 계약서의 갑은 구술인 구자성이고, 을은 기록인 □□□이다.

1. 을은 이 계약을 한 다음 주부터 매주 금요일, 회당 25만 원의 구술 기록 작업료를 받고 하루 8시간 갑의 서재에서 일한다. 작업 날짜와 시간은 갑과 을이 상황에 따라 조정할 수 있고, 갑은 매달 말에 그 달 치 작업료를 을에게 지급한다.

2. 갑은 정해진 시간에 자신이 말하고자 하는 내용을 상세히 구술하고 을은 그 내용을 그대로 기록하며, 필요한 경우 을은 그 내용을 해치지 않는 범위 내에서 문장을 가다듬는다.

3. 을은 갑이 구술한 내용을 반드시 그날 기록하고 갑이 볼 수 있도록 그 기록을 프린트해 제출한다.

4. 을은 기록 작업을 갑의 서재에서만 한다. 을은 갑의 1층 서재뿐 아니라 2층 서재도 사용할 수 있다.

---

5. 을은 갑이 구술한 내용을 절대 외부에 발설하지 않는다. 또한 작업 결과물을 절대 밖으로 유출하지 않는다. 기록의 공개 여부는 오직 갑이 결정한다. 이는 갑이 중간에 잘못되거나 일을 마친 뒤 사망한 경우에도 적용한다. 이 경우를 대비해 갑은 그 처리 내용을 유언장에 따로 적시해 둘 것이며 을은 그 내용에 따라 처리한다.

6. 5항과 관련하여, 그 안전을 담보하기 위해 갑이 구술할 때 을은 메모는 할 수 있으나 녹화나 녹음은 할 수 없다. 을이 그날 사용한 메모지는 모두 그날 작업한 내용을 인쇄한 프린트물과 함께 갑에게 제출한다.

7. 을은 갑의 서재에서 갑이 제공한 컴퓨터만 사용할 수 있다. 또한 다른 저장매체를 사용할 수 없다. 따라서 작업 내용은 오로지 갑의 컴퓨터에만 저장할 수 있다.

8. 7항과 관련하여, 을은 갑이 구술한 내용을 적은 메모지나 프린트물을 핸드폰이나 전자기기 등을 사용하여 촬영하거나 유출이 의심되는 행위를 할 수 없다.

9. 작업 도중 을은 갑이 정한 날짜에 갑과 함께 구술 작업 필요에 따른 약 한 달 일정의 동남아 여행에 동행할 수 있다. 이 경우 갑을 수발하는 사람이 따로 동행하므로 을은 구술 기록 작업을 위한 통역이나 구술 기록 작업 이외의 부담을 지지 아니한다. 을의 여행비용은 갑이 전담하고 갑은 별도의 수고비를 을에게 지급한다.

10. 작업 기간은 약 6개월이며, 서로 협의가 되면 상황과 필요에 따라 더 늘거나 줄어들 수 있다. 기간이 늘어날 경우 갑은 을에게 추가

작업료를 지급하며, 정해진 기간 이전에 일이 끝나는 경우 갑은 을에게 계약 기간에 적시한 6개월치 급료를 지급한다.

11. 일이 원만하게 마무리될 경우, 갑은 을에게 소정의 성과급을 지급한다. 그 금액은 갑이 정한다.

12. 이 계약서의 내용은 반드시 지켜야 하며, 위반할 경우 계약 금액의 10배를 상대에게 배상한다.

갑과 을은 이 계약서의 내용을 공증하고, 공증이 이루어지는 순간 이 계약서는 법적 구속력을 갖는다.

2018년 4월 일
갑 : 구술인 구자성
을 : 기록인 □□□
공증인 : □□□

이나는 몹시 당황스러웠다. 이런 내용의 계약서를 쓰면서까지 이 일을 해야 하나 싶었다. 그때서야 돈값 하지 않는 일이 어디 있을까 싶은 뒤늦은 깨달음이 날카로운 바늘끝처럼 머릿속을 찌르고 지나갔다. 그렇더라도 너무 황당한 계약서였다.

이나에게 노인이나 그 삶이 관심의 대상이었던 적은 없다. 이미 한세상 다 산 그들은 그들 나름의 삶이 있을 테지만 자신과는 너무 멀리 떨어져 있는 존재였다. 이나는 자신의 삶을 돌보기도 벅찼다.

　무엇보다 이나는 구자성이 내민 계약서에서 이상한 억압을, 감춰진 폭력의 냄새를 강하게 느꼈다. 그것은 아빠가 이나에게 일상적으로 뿜어내던 것들과 같은 종류의 것이었다. 생각할수록 이나는 머릿속이 아득해졌다. 이걸 견뎌야 할까? 알바비 몇 푼 벌겠다고 이 폭력을 견뎌야 할까? 몇 푼은 아니지. 또 다른 이나가 다른 쪽 마음을 부추겼다.

　그런데 이런 종류의 계약서를 처음 보기도 했지만 아무리 생각해도 계약서 내용이 우스꽝스러울 정도로 치밀하고 황당했다. 구자성이 보기보다 치밀하고 신중하면서도 괴팍하거나 일반인이 예상하지 못하는 뜻밖의 생각을 하는 사람이 아닐까 싶기도 했다. 내용 유출을 막는다고 해서 그게 가능한 일인가 싶고, 유출 차단이 가능하다고 하더라도 기록자의 기억력과 머리 수준을 너무 얕잡아 본 것이 아닐까 싶었다. 중간에 그가 잘못됐을 경우 기록 공개 여부를 죽은 뒤의 그가 유언장을 통해 결정하겠다는 것도 쉽게 이해되지 않았다. 이나는 그가 그만큼 걱정이 많고 겁이 많은 사람이기도 하고, 또 그만큼 사람에 대한 믿음이 부족한 사람이 아닌가 싶었다. 더 엉뚱하다고 생각한 것은 동남아 여행 동행과 성과급이었다. 이나는 그 의미가 얼른 파악되지 않았다.

　동남아 여행이 왜 필요한가요?

거기 쓰인 그대로요. 구술 작업에 필요하기 때문이오.

그런데 왜 꼭 베트남어 전공자인지요? 동남아도 여러 나라가 있는데….

통역이 필요해서 베트남어 전공자를 찾았다면 행선지가 베트남일 텐데 왜 굳이 동남아라고 두루뭉술하게 표현했는지 이나는 납득이 되지 않았다.

내게 필요한 언어이기 때문이오. 자세한 것은 일하다 보면 차차 알게 될 것이오.

구자성은 더 내놓지 않았다. 이나는 그가 음산한 비밀이 많은 사람처럼 느껴졌다. 이런 일을 하는데 무슨 비밀 작업을 하는 것처럼 이렇게 난해한 계약서를 쓰고, 계약 내용조차 그 비밀유지를 보강하는 장치라는 생각이 들자 좀 으스스하기도 했다. 어떻게 보면 근로계약서가 아니라 비밀유지 각서 같기도 했다.

성과급도 언뜻 이해가 잘 안 되네요. 내가 일하는 것은 일당으로 다 계산이 되는 것 아닌가요?

그래서 싫다는 거요?

그가 좀 짜증이 난 어투로 말했다.

왜 그런지 내용은 알고 있어야 할 것 같아서요.

이나는 구자성의 의도가 무엇인지 분명히 파악하고 싶었다.

그냥 내 뜻이오. 일이 탈 없이 끝난다면 수고비를 더 주고 싶다는 뜻이오. 그만큼 이 일에 장애가 많고 진행이 쉽지 않을 수도 있다는 것을 알기 때문에 그 보상 차원에서 생각한 것이오. 중간에 어려운 일이 생기더라도 끝까지 함께 잘 해보자는 뜻이기도 하고.

좀 부담스럽네요.

이건 내 의지이자 내 일을 하는 사람의 의무요. 그래서 계약서에 넣은 거고.

다시 한 번 이나는 그가 표현한 호의 속에 감춰진 억압과 폭력을 느꼈다. 이나는 자신의 뜻을 분명하게 밝힐 필요가 있다고 생각했다.

계약을 하게 되면 주어진 시간 안에서 성실하게 할 것입니다. 그러나 이런 일방적이고 강압적인 계약은 싫습니다. 회당 작업료가 정해진 만큼 나는 내가 일한 만큼의 급료만 받겠습니다. 그 뒤의 일, 더구나 돌아가시고 난 뒤의 일에까지 얽히기는 싫습니다.

그가 이나를 빤히 쳐다봤다. 이나는 일이 어그러져도 어쩔 수 없다고 생각했다. 아닌 것은 아니라고 해야 이후에 닥칠지 모를 쓸데없는 일을 만들지 않고 그에 따른 번잡함을 줄일 수 있을 터였다.

젊은이가 기백이 있어 좋소. 그 당당함이 마음에 들고. 성과급 문제는 더 생각해 봅시다.

구자성이 고개를 끄덕이며 말했다. 더 생각해 보자는 말은 자신의 뜻을 관철하겠다는 의미로 들렸다. 이나는 그가 쉽게 자신의 뜻을 꺾을 것 같지 않았다. 사실 그것은 곁가지일 수 있었다. 중요한 것은 이나 자신이 이렇게 억압과 폭력을 느끼는 상황에서 그가 원하는 일을 제대로 해낼 수 있느냐는 것이었다. 그런데 그런 우려와 불안 속에서도 이나에게 강력하게 다가오는 것은 구자성이라는 캐릭터였다. 쉽게 만날 수 없는 캐릭터, 아니 다시 만나기 힘든 캐릭터일지 모른다는 생각이 머리 속에서 떠나지 않았다. 일을 떠나 그가 누군지 알고 싶고, 무슨 말을 하는지 듣고 싶었다. 무엇보다 그의 이야기가, 그와 함께하는 이 일이 어쩌면 앞으로 좋은 소설을 쓰는 자양이 될 것 같다는 촉이 강하게 왔다. 그가 누군지 알 수 없어서 더 독특하게 느껴지는지도 몰랐다. 이제 정말 많은 독자들의 사랑을 받는 좋은 소설을 쓰고 싶었다. 그러려면 눈앞에 다가온 모험을 피해서는 안 될 것 같았다. 그 과정에서 겪는 고생이나 결과와 상관없이 모험은 경험을 확장시키고 자신을 새로운 소설의 영토로 이끌 것이었다. 이나는 기록인 자리에 자신의 이름을 쓰고 사인을 했다. 이윽한 눈길로 이나를 바라보던 구자성이 자신의 이름 옆에 사인을 하고 휠체어 팔걸이에 걸린 망사주머니에서 핸드폰을 꺼내 공증인을 불렀다.

구자성의 집 근처에서 대기하고 있었던 듯 중년의 남자가 곧바로 서재로 들어와 이나 옆자리에 앉았다. 이마가 윗머리를 넘어 뒷머리까지 이어진 남자였다. 남자는 몇 가닥 남지 않은 옆머리를 빗어 올려 벗겨진 윗머리를 듬성듬성 가렸다. 이나는 헤어스프레이로 고정시킨 듯한 그의 옆머리 빗질이 유전인자의 발현이나 세월의 억압을 이겨내고자 하는 안간힘으로 느껴졌다. 그것은 처음 빌라촌에 둘러싸인 구자성의 집을 봤을 때 들었던 느낌과 비슷했다.

공증인까지 서명한 세 묶음의 계약서가 각자에게 한 묶음씩 돌려졌다. 확인 과정을 거친 뒤 공증인이 봉투에 넣어 준 계약서를 백팩에 든 노트북 파우치에 꽂아 넣으면서 이나는 다시 생각해도 지금 벌어지고 있는 일이 너무 황당하다는 생각을 떨칠 수가 없었다. 자신이 이상한 나라의 앨리스처럼 생각지 않은 토끼굴에 빠져드는 것이 아닌지 자꾸만 저어됐다. 이나는 구자성이라는 캐릭터가 그래서 그런 것이고, 그런 그와 일을 하려면 거쳐야 하는 과정일 것이라고 불안한 마음을 다독였다. 그러나 앞으로의 과정이 이런 일의 반복이라면 자신이 감당할 수 있을까 싶은 걱정이 자꾸 고개를 들어 도로 불안해지기도 했다.

컴퓨터는 새것으로 준비해 드리리다.

공증인이 가고, 여자를 서재로 부른 구자성이 불안해하는 이나의 마음을 챙기는 것처럼 말했다.

아까 나보다 먼저 대면했겠지만 서로 인사하시오. 부실한 나를 보살펴 주고 살림을 도맡아 해주는 김집사요. 불편한 일 있으면 김집사와 의논하면 될 것이오.

자꾸 듣다 보니 구자성의 문어에 가까운 옛 말투는 낯설면서
도 신선한 맛이 있었다.

가까운 언니라고 생각하고 편하게 대하시라요.

김집사가 고개를 까닥하며 밝게 웃었다. 강원도나 북부 경상
도 사람들이 처음 서울 말씨를 익혀 쓰는 듯한 어색하고 낯선
억양이 그의 말투에 묻어 있었다. 다시 보니 그는 낯빛이 맑고
고왔다. 입에 붉은 장미꽃잎을 물고 있는 것처럼 입술빛도 선명
했다. 그사이 루즈를 새로 칠한 것 같았다. 이나가 화장품 로드
샵에서 알바한 경험을 바탕으로 가늠하면 미샤 두이루즈 색상
표의 디스코 핑크 정도가 될 것 같았다. 그 선명한 루즈 빛깔이
갸름한 달걀형인 김집사의 이목구비를 더 돋보이게 했다. 중년
으로 넘어가는 나잇살이 붙기 시작하는 것으로 보이는 그는 몸
이 나기 전에는 훨씬 예뻤을 것 같았다.

2

아, 물론 나도 처음에는 빈털터리였소. 가진 것이 아무것도 없었어요.

구자성이 막 첫 구술을 시작했다. 그는 말을 꺼낼 때 '아'로 시작했다. 그게 발어사인 셈이었다. 짧게 끊고, 하고자 하는 다음 말로 들어가는 '아'였다.

그는 태어나고 자란 이야기부터 하지 않았다. 입에서 풀려 나오는 이야기부터 하겠다는 뜻으로 보였다. 이나는 연대기적인 구술이 아니어서 나중에 기록자가 이야기를 짜맞춰야 하는, 그야말로 입체적인 구술이 될 것 같다는 예감이 들었다. 그만큼 기록자가 세심하게 신경을 써야 할 것 같았다. 이나는 그의 말을 놓치지 않기 위해 그가 김집사를 시켜 준비해 놓은 A4 용지에 부지런히 메모했다.

중동 진출 붐이 일어났을 때 나는 D건설이라고, 한동안 잘

나가다 망한 회사라 요즘 젊은이들은 잘 모를 거요, 당시 사이즈 1, 2위를 다투던 건설사 자재과에서 일하고 있었소. 국내는 물론 중동 선실 현장에 지재를 대주는 일을 한 것이오. 수백 가지 자재를 꿰고 있다가 현장 상황을 살피면서 그것들을 미리 확보해 공급해 주는 일이었소. 계산이 빨라야 했고, 행동이 민첩해야 했소. 거래처와 줄다리기도 잘해야 했고. 무엇보다 건설 경기가 어떻게 돌아가는지 판을 읽을 줄 알면 더 실력 발휘를 할 수 있었소. 나는 그런 사람이 못 됐지만 그 판에 있다 보니 저절로 일이 몸에 배지 않을 수 없었소. 크게 실수하지 않고 일을 해냈으니까. 그러다가 사우디 현장으로 파견돼 거기 가서도 자재일을 했소. 파워가 국내만 못했지만 이것저것 따지면 급료가 두 배 이상 높은 셈이어서 할 만했소.

좀 긴장하는 것 같았던 그의 얼굴빛이 조금씩 평온해지고 있었다. 조금은 신이 난 것 같기도 했다. 그 덕에 사방 벽에 가득 찬 금박의 전집류들이 내뿜는 무거운 공기의 밀도가 조금은 희석되는 것 같았다.

중동 현장은 그냥 막막한 사막이었소. 한낮에는 더더욱 온도와 열기가 높아 모래땅에서 일렁일렁 아지랑이가 피어올랐소. 사방에서 한꺼번에 허옇게 타오르는 그 아지랑이들을 보고 있다 보면 내가 어디서 왔는지, 어디로 가는지, 무얼 하고 있는지 캄캄해지곤 했소. 기억과 생각과 모든 사고 활동이 그 아지랑이

속으로 증발해 버리는 경험을 수도 없이 했소. 거의 일상적으로. 그래서 버틸 수 있었는지도 모르고.

무슨 말인지 몰라 이나가 그의 얼굴을 쳐다보자 그는 부연하듯 이야기를 이어갔다.

아침부터 열기가 숨을 막았소. 에어컨이 작동하지 않는 바깥에서 일할 때 내 몸은 그 열기에 절여져 정신작용이 멈췄다가 저녁이 되면 좀 돌아오는 나날이 반복되었소. 나는 그것을 정지와 작동, 또는 사망과 부활이라고 명명하고 낙서하듯 가끔씩 잡기장에 끄적거리곤 했소. 귀국할 때까지 3년 동안 그런 시간이 내 몸을 통과했던 거요. 물론 겉으로는 그 막막한 사막을 사람 사는 곳으로 만들기 위해 우리가 고군분투한다고 미화하고 포장했지. 실제로는 사막의 열기에 머릿속에 든 기억과 사고를 증발시키며 돈을 벌러 간 것이었소. 아, 그게 잘못됐다는 게 아니오. 그래서 내가 살 수 있었다는 거지.

이 대목에서 그는 약간 비장한 표정을 지었다. 엎드려 무슨 의식을 치르고 일어난 사람처럼 진지하고 엄숙한 표정이기도 했다. 그만큼 자신의 이야기가 진실하다는 것을 강조하는 것 같기도 했다. 이나는 자신이 그의 이야기보다 그의 표정 변화에 민감해지는 것을 느꼈다. 이나는 너무 예민해지지는 말자고, 구술 기록 첫날이어서 날카롭게 일어서 있는 신경의 촉수들을 마음으로 어루만지며 그의 다음 말을 메모하기 위해 부지런히 손을 놀렸다.

그 밑천으로 시장 상황을 살핀 뒤 내 사업을 시작했소. 구멍 가게로 시작했지만 대기업에 있었던 덕분에 거래처 확보가 쉬웠고, 내 전문 분야니까 돌아가는 사정을 좀 알아 돈길을 찾아냈던 거지.

이나는 그의 이야기 줄기가 바뀐 것을 눈치챌 수 있었다. 좀 추상적이긴 하지만 내면의 한 단면을 이야기하는 것 같더니 금세 표면적이고 현상적인 이야기로 옮아간 것이다.

1970년 7월 7일 경부고속도로가 개통된 뒤 그 70년대 내내 전국적으로 건설 붐이 일어났소. 자고 일어나면 새로운 건설 현장이 곳곳에 들어서고 어제 벼를 벤 논바닥에 아파트가 쑥쑥 올라가고 있었소. 전국이 공사판이라고 해도 틀린 말이 아니었을 거요. 그 시기에 내가 건축자재상을 차린 거였소. 건설 경기가 좋다 보니 물건이 없어서 못 팔 정도였소. 거기 더해 갑자기 철근 파동이 터졌소. 철근이 부족해지니까 공사가 중단되기 시작했소. 건축과 건설은 시간이 돈인데…. 당시 물건값 지급은 석 달짜리, 여섯 달짜리 어음 거래가 일반적이었소. 그런데 물건이 없으니 다급한 공사업자들이 돈을 싸들고 내게 달려왔소. 두 배 세 배 값을 줄 테니 철근 있으면 달라고. 미리 사서 변두리 창고에 잔뜩 쟁여 놓았던 철근이 있어 재미를 좀 봤소. 수표도 아니고 현금을 아예 골판지 박스에 담아 옵디다. 지금과 같은 전자금융거래는 생각도 못 했던 시절이라 그렇게 원시적인 거래를 했지. 돈 세는 기계도 없고, 경리직원이 돈을 다 셀 수 없어 돈 세는 사람을 따로 고용했을 정도였소. 요즘 말로 대박을 친 거지. 대기업에 있었던 덕을 본 거요. 규모가 큰 건설사 자재과에서 몇 년 구르면서 건축자재의 수요 예측과 가격 동향에 눈을 떴던 거지. 그게 돈이 될 수 있다는 것도 알았고. 그렇게 사업이 그야말로 불 일 듯 일어났소. 자재창고를 몇 군데 더 확장하고 지방에까지 진출했으니까. 세상이 내 것 같았고, 내가 세상의 주인공인 것 같았소. 그렇게 번 돈이 더 큰 돈을 벌어들이고 그렇게 가다 보면 내가 그 돈을 감당할 수 있을까 걱정할 정도로 큰돈이 들어왔소. 정말 이제 못할 일이 없을 것 같았소.

그는 어린아이처럼 신이 나서 말하고 있었다. 그사이 얼굴이 더 커지고 얼굴 주름마저 펴진 것 같았다.

그 변화가 신기해서 이나가 그를 빤히 쳐다보자 그는 목소리를 조금 낮췄다.

아, 정주영이나 김우중 같은 기업가 장사꾼의 성공담을 흉내내자는 것은 아니오. 나는 그들에 비하면 구멍가게였고, 그나마 실패하고 이 모양 이 꼴로 살고 있으니까.

이나는 그의 말투에서 순간적으로 허세 비슷한 것을 느꼈다. 그의 감춰진 면모 중 하나가 이렇게 드러나나 싶었다. 아니면 무언가 노출을 피하려다 보니 허세를 부렸거나 허세를 가장했을 수도 있겠다는 생각이 그 뒤를 이었다. 어떤 사람들은 진실을 드러내기 위해 이야기를 만들어내고, 어떤 사람들은 진실을 감추기 위해 이야기를 만들어낸다. 소설가처럼, 또는 사기꾼처럼. 또는 그럴 처지와 절박한 필요 때문에. 이나는 그가 어떤 경우에 속하는지 알 수 없었다. 어쩌면 그의 이야기는 만들어낸 것이 아니라 진실 그 자체일 수도 있었다. 이나는 자신이 단순해져야 한다고 생각했다. 자신은 그저 기록인이었다. 그가 말하는 이야기의 진위를 판단해야 하는 사람이 아닌, 또는 판단할 필요가 없는 단순한 기록인.

그 짧은 사이 그의 얼굴 주름이 약간 늘어났다. 그의 표정은 주름의 밀도로 표현되는 것 같았다.

그의 구술이 진행되는 동안 김집사는 주방일을 하거나 정원에 나가 시간을 보냈다. 그는 연립주택 주차장 쪽에서 낮은 시멘트 블록담을 넘어오는 길고양이에게 밥을 챙겨 주는 일에 마음을 쏟고 있었다.

구자성이 그날 분의 구술을 끝내면 이나는 그의 2층 서재로 이동했다. 구자성과 김집사가 서재라고 표현했지만 갈색의 작은 나무 책상 하나와 나무 의자 하나가 놓인 방이었다. 구자성은 다리가 멀쩡했을 때 그 방에서 새벽마다 명상을 하곤 했다고 쓸쓸하게 말했다. 이나는 금박 전집류들이 압박하듯 사면을 둘러싸고 있는 1층 서재보다는 그 작은 방이 훨씬 마음에 들었다. 집을 에워싼 빌라들이 높다란 벽처럼 사방을 둘러싸고 있어도 앞 베란다에 나가면 아래층 정원이 내려다보였다. 수관이 예쁜 감나무가 보이고, 늦봄의 꽃들이 다투어 피기 시작하는 화단이 보이고, 그 옆에서 길고양이와 놀고 있는 김집사가 보였다. 논다고 했지만 김집사가 고양이 가까이 다가갈 수는 없었다. 이제 난 지 두어 달 됐을 것 같은 새끼고양이는 김집사가 생선국에 말아 주는 밥을 먹으면서도 항상 일정한 거리를 유지했다. 김집사가 한 걸음 더 다가가면 밥을 먹다가도 하악질을 하며 한 걸음 물러섰다. 새끼고양이 나름으로 정한 인간과의 거리, 안전거리를 유지하고 있는 거였다. 김집사는 그 고양이를 '누고'라고 불렀다. 누런 빛깔의 고등어무늬 고양이라는 뜻이었다. 김집사는 유튜브를 통해 고양이에 대한 여러 가지 정보와 영상을 폭풍 흡입하고 있었다.

이나는 일부러 외면했지만 그 새끼고양이에게 달려가는 마음을 붙잡기 힘들었다. 처음 누고를 봤을 때 이나는 자신이 키우던 '누리'와 너무 닮아 까무러칠 뻔했다. 오래전에 죽었을 누리가 환생한 것 같았다. 누고가 누른빛이 조금 강한 고등어무늬 고양이라면 누리는 회색빛이 훨씬 선명한 고등어무늬 고양이였다. 이나의 가슴속 저 깊은 곳에서 통증이 치밀어 올라왔다. 그러나 이나는 지금 저 새끼고양이에게 신경 쓰고 있을 수는 없었다.

2층에서 일하다가도 구자성이 구술할 내용이 떠올라 부르면 이나는 1층으로 달려 내려가야 했다. 그는 2층으로 올라올 수 없는 몸이었고, 김집사가 그를 들어 2층으로 옮기는 것도 쉬운 일이 아니었다.

금방 떠오른 이야기도 고개를 돌리면 잊어버려.

그는 갑작스럽게 떠오른 이야기가 기록도 하기 전에 사라지는 것을 못 견뎌 했다. 그만큼 그는 자신의 이야기가 소실되는 것에 민감했고, 그걸 이나가 놓치지 않고 기록하기를 바랐다. 그가 구술을 마치면 이나는 2층으로 올라와 그가 말할 때 메모한 내용을 문장으로 정리한 뒤 1층 서재로 내려가 컴퓨터로 다시 정리했다. 그가 이 일을 위해 새로 들여놓은 최신형 컴퓨터였다. 정리가 끝나면 이나는 그 내용을 프린트한 다음 메모지와 함께 그에게 건네주고 퇴근했다. 핸드폰이나 노트북에 메모하고 글을 쓰는 것이 익숙하고 편했지만 그와 계약한 사항을 어길 수는 없었다.

한동안 구술 없는 날들이 이어졌다. 무언가에 막혀 구자성이 입을 떼지 못했다. 그런 날은 구자성이 서재에 나타나지 않았다. 이나는 무료하게 핸드폰을 들여다보거나 들고 온 책을 읽고, 그것도 진력이 나면 정원에 나가 김집사와 함께 누고를 지켜봤다. 아무리 친밀함을 드러내도 누고는 이나 가까이 다가오지 않았다. 이나가 한 발 다가가면 한 발 물러서며 하악질을 했다. 자기가 설정한 거리 안으로 다가오지 말라는 뜻이었다. 편의점에서 일부러 사온 추르를 짜줘도 누고는 끝내 그 강력한 냄새의 유혹을 견뎌냈다. 이나는 누고의 그 대단한 절제력과 의지에 탄복하지 않을 수 없었다. 여태까지 어떤 길고양이도 이나가 손에 들고 있는 추르의 유혹에 넘어가지 않은 고양이는 없었다. 그것은 인간에 기대 살지만 인간을 믿지 않는다는 누고의 철학이자 의사표현으로 보였다. 이나는 일방적으로 친한 척하지 않기로 했다. 누고가 그러기까지는 그럴 내력이나 까닭이 있을 거라고, 그 저항, 또는 거리두기를 존중하기로 했다.

구술이 없는 날도 밥은 먹어야 했다. 점심은 김집사가 차려주는 밥을 먹었다. 구자성은 한 번도 같이 식탁에 앉지 않았다.
그렇게 구술이 없는 날은 시간이 멈췄다. 누군가 시간 작동 스위치를 끈 것 같았다. 이나는 자신이 왜 여기 이러고 있는지, 왜 이러고 있어야 하는지 머릿속이 멍해지곤 했다. 시간 작동만 멈춘 것이 아니라 자신의 삶이 멈춘 것 같았다. 그런 시간의 멈춤은 곧 시간의 소실이기도 했다. 자신의 삶에서 그 시간이 뭉텅 사라져 버리는 것 같았다. 이나는 답답했다. 답답함은 초조함을 몰고 왔다. 자신이 주도할 수 없는 삶은, 누군가에게 연동되어 같이 흘러가야 하는 삶은 그 연동의 밧줄 굵기만큼이나 서럽고 답답한 일이었다. 그것이 품삯이든 급료든 돈과 같이 묶여 있다면 더더욱 그러했다. 이 일이 아니더라도 이나는 그런 삶을 못 견딜 것 같았다. 살아낼 수 없을 것 같았다.

그렇다면 시간이 다시 흘러가도록 자신이 그의 이야기를 적극적으로 끌어내야 하는 걸까?

이나는 자신은 인터뷰어가 아니라고 여러 번 자신을 규정했다. 자신은 그냥 그가 하는 말을 받아 적는 사람, 기록자였다. 물론 중간중간 질문은 했다. 그의 이야기를 온전히 이해하기 위해 물어야 할 때가 있고, 그의 확인을 거쳐서라도 맥락을 정확히 알아야 그의 이야기를 제대로 정리할 수 있었다. 이렇게 막혀 있는 시간이 길어지면 이야기의 물꼬를 트기 위해서라도 질문이 필요했다. 그러나 그런 질문은 구자성이 못마땅해했다. 자신 안에서 이야기가 흘러나올 때까지 기다려야 한다는 것인지, 불러 주는 말만 기록하라는 역할 제한인지 이나는 알 수 없었다. 그래도 묻지 않을 수 없었다. 아무것도 하지 않는 시간이 계속되는 것은 이나 자신이 견딜 수가 없었다. 이나는 얼른 이 일을 끝내고 싶었다.

평생 혼자 사셨습니까?

이나는 차를 마시기 위해 잠깐 거실로 나왔다가 휠체어에 앉아 커피잔을 들고 정원을 내다보고 있는 구자성에게 재빨리 물었다. 막힌 통로를 뚫어서라도 그의 이야기를 끌어내고 난감한 시간의 머뭇거림을 얼른 돌파하고 싶었다. 그러려면 좀 도발적인 질문이 제격일 것 같았다. 그는 가족관계를 입에 올린 적이 없었다. 들어가 보지 않은 안방은 몰라도 그의 집 어디에도 가족은커녕 인물 사진 한 장 붙어 있지 않았다.

혼자?

구자성은 얼결에 입안에 든 커피를 삼킨 뒤 되물었다. 그것은 이야기가 이어질 수 있는 대답이기도 했다.

여자가 여럿 있었소.

구자성은 자존심이 상한 사람처럼 퉁명스럽게 말했다. 아마도 이 질문이, 그리고 이 이야기가 불편하다는 뜻인 것 같았다.

결혼을 여러 번 했다는 뜻입니까?

이나도 물러날 뜻이 없었다. 이미 시작한 일이었다.

아니, 결혼은 한 번밖에 하지 않았소.

다시 한번 이나를 뚫어지게 쳐다본 뒤에 구자성이 한참 만에 입을 뗐다. 이나는 자신의 몸이 움츠러드는 것을 느꼈다. 괜한 일을 시작한 게 아닌가 싶었다.

아, 네….

그것도 신혼여행 갔다 와서 끝났소. 정확하게는 신혼여행 가서 끝난 것이지만.

네에…?

이나는 그가 말을 계속하기를 기다렸다. 그러나 그는 다시 정원 쪽으로 눈을 돌려 다세대주택 뒷벽을 바라볼 뿐 말을 잇지 않았다.

자녀는…?

내친김이었다. 그의 길어지는 침묵이 답답하기도 하고, 이 고비를 넘어야겠다 싶기도 했다. 이야기 줄기를 바꾸다 보면 그 안에서 새로운 이야기가 풀려 나오지 않을까 싶었다.

없소. 나를 복제해 이 같은 삶을 이어가게 할 수는 없지 않소? 물론 나와 함께하겠다고 같이 산 사람들은 여럿이었소. 그런데 하나같이 떠납디다. 나를 견디지 못하는 것 같았소. 어쩌면 내가 견디지 못했는지도 모르지. 내가 뭔가 드러내고 표현했으니 그들이 견디지 못했을 수도 있고.

이나는 그가 무슨 말을 하는지 맥이 잡히지 않았다. 그가 계약서 내용에서 보여 줬던 것보다 훨씬 복잡한 사고체계를 갖고 있는 게 아닌가 싶었다.

별로 중요하지 않은 이야기지만 굳이 밝힌다면, 우리나라 역대 대통령 숫자보다는 훨씬 더 많은 여자들이 내 곁을 드나들었소. 여자들이 내 곁을 떠나간 모양새였지만 실제로는 내가 그렇게 몰아갔다는 것이 맞는 말일 거요. 견딜 수가 없었소. 천연덕스럽게 내 앞을 흘러가는 시간도, 곁에 있지만 곁에 없는 여자도.

농담처럼 몇 마디 툭 던져 놓고 그의 입은 다시 수면 아래로 잠겨 버렸다. 아마도 자기검열의 거름망을 빠져나오지 못하는 말들 때문에 곤혹스러운 것 같았다. 그것은 이나가 어떻게 할 수 있는 일이 아니었다. 이나는 자신이 그의 입을 열기 위해 그를 괴롭히기라도 한 것 같아 마음이 불편했다.

군에서 제대하고 학교로 돌아가지 않았소. 돌아갈 수도 없었소. 더는 공부하고 싶지 않았소. 공부할 몸이 못 되었다는 것이 정확한 표현인지도 모르겠소. 살아 있어야 하는지, 살아 있어도 되는 것인지, 뭘 어떻게 해야 할지 몰라 나와 상관없이 잘 살아가고 있는 세상 사람들의 삶 언저리에서 머뭇머뭇 서성거리고 있었소. 그래도 살아 있는 한 그 비용은 지불해야 하는 것이 이 세상 존재율이어서 앞에서 말한 건설회사에 들어갔던 거요.

이나가 포기하고 돌아서려는 순간, 구자성의 입에서 다시 이야기가 풀려 나오기 시작했다. 지금 들은 이야기만으로는 그 내용이 구체적으로 그려지는 것이 아니었지만 이야기의 혈관에 피가 돌기 시작한 것은 사실이었다. 둘은 자연스레 서재로 이동했다.

그 회사 총무과에 한 여자가 있었소. 사우디에서 귀국하고 얼마 되지 않은 때였소. 어느 날 월급을 받으러 총무과에 갔는데 그 여자가 겉봉에 급여 명세가 적힌 누런 월급봉투를 내어주며 그럽디다.

그 얼굴에 쓸쓸함이 안 묻어 있을 때는 언제인가요?

그 말을 하는 여자의 얼굴에 흩어져 있는 주근깨 몇 개가 밤하늘에 빛나는 별자리처럼 반짝거렸소. 당시 인기 배우였던 문희를 좀 닮은 여자였소.

그 말을 하는 구자성의 얼굴이 발갛게 상기됐다. 이나조차도 입안에 침이 고이고 있었다.

김집사는 그의 구술이 진행되면 차를 내오거나 필요한 바라지를 위해 대기하고 있겠다는 듯 그들 곁에서 가만히 청소를 했다. 곁에 있어도 기척을 느끼기 힘든 조용한 몸가짐이었다.

그때 나는 쿵 하고 내 가슴이 흔들리는 소리를 들었소. 가슴 속에서 오래전에 꺼졌던, 시커멓게 그을려 있던 램프의 등피가 닦이고 타다다닥 필라멘트에 불이 들어오는 것을 느꼈소. 마치 내가 영화의 한 장면 속에 들어와 있는 기분이 들고.

그가 아까부터 이전에는 전혀 쓰지 않던 문학적 표현을 쓰기 시작했다. 이나는 아마도 남녀가 처음 만나는 장면이라 낭만적인 감정이 개입돼 저절로 시적인 표현을 낳았는지 모르겠다는 생각이 들었다. 또 어쩌면 그가 그 시절에는 문학청년이었을지도 모르고.

1년 정도 사귀다가 결혼을 했소. 사업도 막 시작했고, 뭐랄까, 나를 그 여자에게 파묻어도 될 것 같다는 생각을 했소. 달리 말하면 내가 그 여자에게 가서 죽고 다시 태어났으면 했소. 너무나 이기적인 생각이고 잘못된 생각이었지만.

그가 말을 멈추며 아래윗니를 딱딱 부딪쳤다. 이나는 그 소리가 엿장수가 치는 빈 가위 소리처럼 들렸다.

신혼여행은 온양온천으로 갔소. 조선 초부터 왕들이 온천욕하는 온궁이 있었다는 곳인데, 그 시절 많이 가는 신혼여행지였소.

그리고 그는 다시 입을 다물었다. 그저 한숨만 폭 내쉴 뿐 이빨을 딱딱거리지는 않았다. 이나는 그가 듣는 사람의 궁금증을 불러일으키기 위해 뜸을 들이는 것은 아닌 것 같다고 생각했다. 아무래도 앞에서 말한 신혼여행에서 무슨 일이 생겼고, 그 일 때문에 말하기가 저어돼서 그러는 것 같았다. 이나는 기다리는 수밖에 없었다.

아내를 안고 나서 몸을 추스르는데 하얀 침대 시트에 아내가 흘린 피가 묻어 있었소. 그런데 그 피를 보는 순간, 왜 그런지 기쁨보다는 두려움이 몰려옵디다. 슬프기도 하고. 그러다가 스르륵 잠이 들었는데 그 잠 속으로 하얀 옷을 입은 소녀가 나타났소. 소녀는 열 손가락의 손톱이 모두 가시 돋친 알로에 줄기처럼 길고 크고 날카로웠소. 소녀는 그 손톱을 칼처럼 휘둘러 쉴 새 없이 내 몸을 찌르고 얼굴을 그어 댔소. 까맣게 윤이 나는 긴 생머리를 한, 얼굴 윤곽이 흐릿한 소녀였소. 그 손톱에 찔리지 않고 할퀴지 않으려고 이리저리 몸을 비트는 사이, 내 몸이 소녀의 몸과 부딪쳤고, 소녀의 하얀 옷에 피가 번져 가고 있었소. 내 눈에 그 피가 비친 순간, 소녀가 다시 앙칼지게 달려들어 그 긴 손톱으로 내 눈을 찔렀소. 피범벅이 된 내 눈은 아무것도 보이지 않았소. 나를 장님으로 만든 소녀는 이제 본격적으로 내 몸 곳곳을 찔러 대기 시작했소. 윗몸에 집중됐던 공격은 아랫도리로 내려가고 있었소. 눈이 보이지 않아 그 공격을 피하기가 쉽지 않았소. 나는 소녀가 내 사타구니를 찌르려고 가까이 다가온 순간 소녀를 부둥켜안았소. 그 상태에서도 소녀는 몸을 비틀며 내 몸을 찔러 댔소. 내 몸에서 흐른 피가 이미 침대 시트를 다 적셔 놓아 몸이 닿는 곳은 모두 끈적끈적 질척거리는 게 느껴졌소. 나는 피에 젖은 침대에서 벗어나기 위해 소녀를 더 바싹 끌어안고 몸을 굴렸소. 어디선가 유리창 깨지는 소리가 들렸소. 소녀의 공격을 받고 소녀를 안고 뒹군 것은 꿈이었는데, 유리창이 깨진 것은 현실이었소. 내가 소녀를 안고 여관 2층 창문을 깨고 창밖으로 굴러떨어진 것이었소. 오른쪽 발목이 부러져 일어날 수가 없었소. 소녀는 보이지 않았소. 그 대신 그날 막 내 아내가 된 여자가 속옷차림으로 덜덜 떨며 알몸인 내 옆에 서 있었소. 내가 몸을 마구 비틀며 비명을 지르더니 창문으로 몸을 던져 뛰어내렸다는 거였소. 꿈속에서의 일은 병원에 가 다리에 깁스 붕대를 하고 온 그다음 날도 계속됐소. 밤이 오는 것이, 아내를 안는 것이 두려웠소. 그다음 날은 낮부터 몸을 술통에 담가 버렸소. 밤이 어떻게 가고 다음날을 어떻게 맞았는지 기억나는 게 없소. 신혼여행에서 돌아오자마자 아내는 떠났소. 이상한 남자를 만나 수십 년을 같이 사는 것은 바보짓이라고 판단했던 거요. 아직 혼인신고를 하지 않은 상태였으니 뒤돌아볼 일도 없었을 거고. 지금 생각하면 굉장히 강단 있고 똑똑한 여자였다는 생각이 들어요.

그가 다시 한숨을 폭 내쉬었다. 이나는 그 한숨의 의미를 알 수 없었다. 자신이 그 한숨의 의미를 유추하거나 해석할 필요는 없었다. 자신은 그의 말을 기록하는 데 중점을 둬야 했다.

사업이 궤도에 오른 뒤로는 항상 여자들이 곁에 있었소. 내가 여자들을 쫓아다니기도 하고 여자들이 나를 쫓아오기도 하고. 내 손에 돈이 있었으니까.

그가 잠시 뜸을 들이다가 말을 이었다.

인생을 정리하기 위해 하는 구술이니 가감 없이 말하는 게 좋을 것 같아 하는 이야기요. 살아오면서 누구에게도 하지 못했던 이야기이고.

아, 네….

이나는 고개를 끄덕였다. 이 정도 이야기를 꺼내 놓는 것도 여간한 용기 아니면 쉽지 않으리라는 것은 자신처럼 뭘 모르는 사람도 알 수 있을 것 같았다. 그러나 그는 끝내 왜 그런 꿈을 꾸게 됐는지는 말하지 않았다.

그는 책장을 열고 금박의 책등과 먼지 앉은 책머리에 차근 차근 걸레질을 하고 있는 김집사를 슬쩍 돌아봤다. 김집사는 둘의 이야기를 전혀 듣지 않고 있다는 듯 조용히 책닦이에 집중하고 있었다. 구자성은 그런 김집사가 신경 쓰이는지 자꾸 돌아보며 헛기침을 했다. 불편하다는 뜻이었다. 그런 눈치를 줘도 김집사는 책닦이에 여념이 없었다. 구자성의 다문 입이 더 열리지 않고 바짝 긴장한 방안 공기의 밀도가 높아져 시간이 멈춘 것처럼 압력이 팽팽해졌다. 그때서야 분위기를 파악한 김집사가 서둘러 서재를 나갔다. 구자성이 다시 이빨을 딱딱 부딪친 뒤 입을 열었다.

다시 여염집 여자를 만나기는 힘들었소. 또다시 떠나고야 말 여자와 함께하는 것이 두렵고 싫었소. 그러니 갈 곳이 어디겠소? 그땐 룸싸롱이 번성하고 있을 때였소. 일종의 호스티스바인데, 밀폐된 방안에서 업소가 제공한 여자랑 비싼 양주를 마시고 원하면 그 자리에서 하든가, 여관이나 호텔로 2차를 가는 구조였소. 돈이 있었으니 여자들은 마음대로 고를 수 있었소. 그 여자들과 한동안 따로 이어지기도 하고, 바람이 분 것처럼 마음이 쎄해지면 다른 여자를 찾아 다른 업소를 훑기도 하고.

불같이 일어나던 재산도 손에 든 마른 모래처럼 빠져나갑디다. 여자들한테, 업소 주인들한테 갖다 바친 거요. 술신에게, 허전한 내 마음에 갖다 바친 거고.

그는 그 여자들이 누구인지 하나하나 구체적으로 말하지는 않았다. 그도 누가 누군지 기억하지도 구별하지도 못하는 것 같았다. 이나는 그가 그때까지, 어쩌면 지금까지 어떤 여자에게도 정착하지 못했을 것 같다는 생각이 들었다.

정신을 차렸을 때는 그동안 번 돈이 하나도 없습디다. 돈이 다 떠나니까 정신을 차린 거지. 지방 사업체와 창고들은 다 날아가고, 겨우 처음 연 가게 하나 유지하며 생계를 꾸려 올 수 있었소. 다시는 그때처럼 돈을 벌어 보지 못했고. 그래도 다행이라면 다행이라고 할 수 있잖겠소? 이 집 하나 겨우 무덤처럼 지키고 앉아 있으니까.

그가 헛웃음을 흘리듯 쓸쓸하게 웃는 사이 이나는 우준이라면, 그리고 자신이라면 어떻게 살았을까 싶었다. 어쩌면 쓸데없는 생각이었다. 자신이나 우준이나 시대를 거슬러 살 수는 없었다. 그러고 보니 자신의 시대와는 다른 구자성의 시대가 조금은 보이는 것 같았다. 야망이 큰 자들에게는 그만큼 움직일 공간이 넓고 뭔가를 이룰 가능성이 큰 시대였는지도 모르겠다는 생각이 들었다. 그렇기 때문에 스스로 실패했다고 생각하는 구자성과 같은 사람에게는 허전함의 크기가 컸을 테고. 그런 시대, 그도 지금의 자신이나 우준 같은 젊은이였다. 그런 깨달음이 이나에게는 그를 처음 봤을 때와는 달리 그사이 늘어난 구자성의 얼굴 주름만큼이나 낯설면서도 또 새로웠다.

3

그는 할 이야기가 많을 때, 자신에게서 이야기가 쏟아져 나올 때는 거푸 이어서 이야기하고, 말이 나오지 않을 때는 하루 종일 한마디도 하지 않았다. 그럴 때 그의 얼굴은 재밌는 이야기는 이미 다 끝났다는 표정을 짓고 있었다. 그런 날 이나는 뻘쭘하게 퇴근하지 않을 수 없었다. 빌라숲을 헤치고 마을버스를 타러 정류장이 있는 중학교 앞까지 나가는 동안 이나는 시간이 가슴뼈 사이로 속절없이 빠져나가는 소리를 들었다. 이나는 자신이 지금 잘하고 있는 것인지 확신이 서지 않았다. 아무래도 괜한 일을 하고 있는 것만 같아 마음이 무거워지곤 했다.

여태까지 그가 한 이야기를 압축하면 한때 돈을 번 이야기, 결혼 사흘 만에 파혼한 이야기, 그 뒤로 그가 만난 여러 여자들 이야기 정도였다. 정리하고 나니 신혼여행 이야기 빼고는 특별할 게 없는 이야기들이었다. 그는 어린 시절 이야기는 하지 않았다. 학창시절이나 결혼하기 전의 젊은 시절 이야기도 하지 않았다. 사업이 어려워진 뒤 지금까지 어떻게 살아왔는지도 충분하게 말하지 않았다. 그의 삶을 입체적으로 조명하고 그것을 바탕으로 짜임새 있는 기록물을 완성하기 위해서도 그렇고, 이나 자신도 궁금했지만 그 이유를 알 수 없었다. 이제는 그 스스로 말하지 않는데 먼저 나서서 자꾸 그의 이야기를 끌어내는 것이 옳은 일인가 싶어 묻는 것도 주저됐다. 그래도 한 마디 더 묻고 싶었다. 적어도 그가 무슨 생각을 하며 한세상 살아왔는지는 알고 싶었다. 한 주 뒤 이나는 그가 거실에 나왔을 때 작정하고 물었다.

꿈이 뭐였어요? 어릴 때나 젊은 시절 꿈이….

꿈?…

그는 갑자기 기습을 당한 사람처럼 멍한 눈으로 이나를 쳐다보다 다른 쪽 벽으로 눈길을 돌렸다. 이나는 자신이 그를 괴롭히고 있는 것만 같아 괜히 미안했다.

한때는 신문기자를 꿈꿨었소. 신문사 사환으로 있을 때 기자들이 멋있어 보였거든. 그래서 가당찮게 국문과에 들어갔던 거고.

그가 고개를 돌려 이나를 잠깐 쳐다본 뒤 턱을 올리고 이나 뒤의 벽을 보며 말했다.

초등학교 3학년 때 어머니가 재혼을 했어요. 우리가 곁방살

이하던 판잣집 주인과. 애 셋 딸린 홀아비였는데, 어머니는 그
와의 사이에서 연년생으로 애 셋을 더 낳았소. 그 집에서 내 자
리는 없었소. 어머니는 내 어머니로 있기에는 너무 많은 역할을
맡아야 했고 또 그만큼 많은 일을 해야 했소. 내가 나를 돌보지
않고는 살아갈 길이 없었소. 초등학교 들어가자마자 시작한 신
문배달을 졸업할 때까지 했소. 조금이라도 밥값을 보태야 했으
니까. 새벽에 일어나는 것이 힘들고 고됐지만 칼잠을 자야 하는
비좁은 집을 나와 집집의 대문 안으로 신문을 던지며 맡는 새
벽 공기가 내가 아직 살아 있다는 것을 확인시켜 주곤 했소. 중
학교 때부터는 내가 배달했던 신문사 사환으로 일했소. 사무실
청소하고 기자들과 직원들 심부름을 했소. 기자들 숙직실 한켠
에 내 잠자리가 있어 비로소 어디 서 있어야 하고 어디에 몸을
뉘어야 하는지 내 위치가 어정쩡했던 그 판잣집을 떠날 수 있
었소. 그때부터 내가 나를 온전히 돌볼 수 있게 된 거요. 신문사
에서 밤에 학교에 갈 수 있도록 배려해 줘 야간 중·고등학교를
다닐 수 있었소. 어렵사리 대학에 들어가서는 입주과외 자리
나 신문사 숙직실을 떠날 수 있었소. 그때 조금은 내가 더 나인
것 같았소. 남의집살이라 조심스럽긴 해도 내 삶이 달라진 것
은 느낄 수 있었소. 일의 강도가 낮아지고 온전히 내 삶에 집중
하고 공부할 수 있는 시간이 확보되기도 했으니까.

　　그는 그때서야 후유 하고 큰숨을 내쉬었다. 이나는 그의

어린 시절이 어렴풋이 보이는 것 같았다. 그의 이야기 속에서 그는 소년노동자였고, 청년노동자였다. 그때까지 쉬지 않고 일을 한.

지금 생각하니 목숨 부지하고 살아가는 데 급급했을 뿐 무슨 특별한 꿈이 없었던 것 같소. 한때 꿈이라고 생각했던 것도 어느 순간 저절로 바스라져 버렸고….

그의 목소리가 너무 쓸쓸해서 이나는 뭔가를 더 물을 엄두가 나지 않았다. 그도 더 이상 입을 열지 않았다. 이나는 민망했다. 그가 말하기 주저하는 까닭을 알 것 같으면서도 그런 그가 왜 이토록 힘든 구술 기록 작업을 시작했는지, 그리고 자신의 이야기가 소실되는 것에 대해 그토록 민감했는지 잘 이해가 되지 않았다. 그에게 뭔가를 묻는 것이 더는 힘들 것 같았다.

무성한 잎들 사이에 숨어서 피는 듯했던 연노랑 감꽃이 지고 그 자리에 푸른 감이 매달렸다. 벌써 7월이 다가오고 있었다. 그가 입을 닫은 지 3주가 지나도록 그에게서는 더 이상 이야기가 풀려 나오지 않았다. 구자성은 더 기다려 보라는 말도, 지금은 이야기가 흘러나오지 않으니 다음 주에는 출근하지 말라는 말도 하지 않았다. 한동안 그의 얼굴에 떠 있던 곤혹스러운 표정도 보이지 않았다. 초조해지는 것은 이나였다. 다음 주에는 오지 말까요, 묻기도 어려웠다. 그에게서 이야기가 언제 풀려 나올지는 그 자신도 모를 수밖에 없는 일 아닌가 싶기도 했다.

약정한 시간 안에 일을 마칠 수 있을까?

이나는 무료함도 무료함이고, 자신이 무슨 일을 하고 있는가 싶은 자괴감도 자괴감이지만, 이 일 때문에 자신의 일이 침해받을까 두려웠다. 얼른 이 일을 마치고 자신의 소설에 집중하고 싶었다. 누고를 보고 촉발된, 누리 또는 고양이에 관한 이야기를 어서 쓰고 싶었다.

일이 진척되지 않아 집안에 감도는 서먹한 기운이 불편한 김집사는 틈만 있으면 정원에 나가 누고에게 집중했다. 생선 머리나 꼬리, 고깃점들을 잘 챙겨 뒀다가 밥때마다 내놓는 게 그의 변화된 일이었다. 그는 전과 달리 그것들을 삶아 맑은 물에 헹궈 내놓았다.

고양이는 사람이 먹는 음식을 그대로 먹으면 신장이 망가진대요. 너무 짜고 자극적이어서 그렇대요. 몸이 워낙 작잖아요.

막막한 시간을 견딜 수 없어 정원에 나간 이나에게 김집사가 가만히 웃으며 말했다.

저 양반이 길고양이 밥 주는 거 싫어해서 몰래 주는 거예요. 밥 주면 다른 고양이들까지 자꾸 꾄다고. 어떻게 감당하려고 그러냐고.

그러고 보니 고양이 밥자리는 집안에서 안 보이는 구자성의 집과 연립주택 주차장의 경계에 있는 담 밑에 있었다.

이나가 고양이 키우는 것을 그토록 싫어하고 고양이를 볼 때마다 화를 내던 아빠가 불쑥 떠올라 이나는 또다시 가슴 깊숙한 곳에서 송곳으로 찌르듯 올라오는 통증에 숨이 턱 막혔다.

밤새 어린 고양이 울음소리에 잠을 설치고 새벽녘에 그 울음소리를 따라 밖으로 나갔을 때 아파트 재활용 쓰레기 분리수거장 옆 부서진 가구 더미 속에 눈도 못 뜬 새끼고양이 한 마리가 울고 있었다. 한참을 지켜봐도 어미가 보이지 않았다. 다른 형제들도 보이지 않았다. 그렇게 밤새도록 울고 있었던 것 같았다. 이나는 새끼고양이를 품에 안고 집으로 데려왔다. 이제 막 털 빛깔이 드러나기 시작한, 이나의 손바닥만 한 아주 작은 새끼였다. 엄마는 아빠의 눈치를 보고, 아빠는 당장 제자리에 갖다 놓으라고 소리쳤다. 어미가 먹이를 구하러 나갔거나 새끼들을 더 안전한 곳으로 옮기고 있는 중일 수도 있는데 미처 옮기지 못한 새끼를 잡아 오면 어떻게 되겠냐고, 너는 어미에게서 새끼를 도둑질해 온 것이라고, 새끼고양이를 고아로 만든 것이라고, 초등학교 5학년이 그것도 모르냐고 윽박질렀다. 이나는 아빠 말이 납득이 안 됐지만 자신의 행동이 어미에게서 새끼를 빼앗아 온 것이라면, 그리고 새끼고양이를 고아로 만든 것이라면 잘못된 일이지 싶어 우유를 조금 먹인 뒤에 제자리에 데려다 놓았다.

그러나 학교에서 돌아온 뒤에도 새끼고양이는 그 자리에서 가느다랗게 울고 있었다. 이제는 기운이 다 빠져 울음소리도 제대로 내지 못하고 있었다. 이나는 더 망설이지 않고 새끼고양이를 품에 안았다. 아직 살아 있는 새끼고양이의 미약한 심장 박동이 이나의 심장을 쿵쿵 울렸다. 눈곱을 떼주고 저금통을 털어 동물병원에 데리고 가 간략한 검진을 받고 가장 싼 고양이 분유를 사서 먹였다. 더 좋은 분유를 사서 먹이고 싶었지만 그럴 돈이 없었다. 퇴근하고 돌아온 아빠는 당장 제자리에 갖다 놓으라고, 고양이는 고양이가 키워야 한다고 호통을 쳤다. 이나는 그러면 이 아이는 죽게 된다고, 엄마가 없는데 어떻게 살 수 있겠냐고, 절대로 이 아이를 버릴 수 없다고 버텼다. 처음으로 무서운 아빠에게 맞서고 고집을 피운 일이었다. 이나는 아직 살아 있는 목숨을 죽게 놔둘 수는 없다고 생각했다. 무엇보다 이나는 이미 그 작은 새끼고양이에게 마음을 뺏겨 버려 그 무엇하고도 맞설 준비가 되어 있었다.

이나는 그렇게 식구가 되고 친구가 된 새끼고양이에게 온 세상에서 사랑받는 존재가 되라고 '누리'라는 이름을 붙여 줬다. 누리는 이마에 누런 털 뭉치가 횃불처럼 박힌 고등어태비였다. 아빠가 잘 키울 수 있는 다른 사람에게 주든지 동물보호 단체에 보내라고 회유하고, 온 집안에 고양이 오줌 지린내가 진동한다고, 시도 때도 없이 털이 날린다고 짜증을 내도 이나는 떼를 쓰며 누리를 지켰다. 어느새 눈을 뜨고 제 발로 걷기 시작한 누리는 그 똘망한 눈으로 식구들 하나하나를 심사하듯 점검했다. 자신과의 거리, 사랑의 점도를 재는 것 같았다. 몇 번 아빠와 부딪친 누리는 언젠가부터 아빠에게 드러내 놓고 하악질을 해서 이나의 긴장을 배가시켰다. 아빠는 어처구니없어했다. 누리는 아빠의 제국을 흔든 최초의 살아 있는 존재였다. 오빠마저 아빠에게 맞서 누리를 안고 내놓지 않자 아빠도 당장은 막무가내로 누리를 내치지는 못했다. 아빠에게 늘 주눅들어 있던 오빠가 처음으로 이나 편을, 아니 누리 편을, 어쩌면 오빠 자신의 편을 든 날이었다.

학교에서도 온통 누리 생각, 누리 걱정이 이나의 머릿속을 지배했다. 엄마와 오빠에게 거듭거듭 간곡하게 부탁하고 왔지만 자신이 없는 사이 누리가 어떻게 될까 두려웠다. 이나는 현관문에 들어서는 순간 저만치서 달려와 이나의 다리와 바짓부리에 제 몸을 비벼대는 누리를 안고 뺨을 맞댔다. 한동안 서로 뺨을 비비고 핥다 보면 마음이 환해졌다. 학교에서 있었던 안 좋은 일 때문에 흐려졌던 마음도 이내 맑아지고, 아빠와의 갈등에서 오는 두려움과 불편함도 한순간에 사라졌다. 이나는 자신에게 몸을 비비고 곁을 줄 수 있는 생명이, 친구가 있다는 게 너무 놀랍고 신기했다. 그것은 태어나 처음 느끼는 환희였다. 그 환희가 용돈을 다 털어 누리의 사료와 화장실용 모래를 사

고, 학용품 살 돈으로 누리의 간식과 장난감을 사는 부담조차
즐거움으로 바꿔 놓았다. 그런 즐거움 또한 태어나 처음 겪어
보고 누리는 환희였다.

　이제 제법 근육이 붙은 누리는 온 집안을 제 놀이터로 만들
어 놓고 자신의 생을 즐기고 있었다. 그런데 그런 누리가 어느
날 열린 문틈으로 밖에 나가 돌아오지 않았다. 아무리 찾아도
찾을 수가 없었다. 전봇대에, 마을 곳곳의 담벼락에 누리 사진
을 붙이고 온 아파트 단지와 마을 구석구석까지, 인근 산기슭
까지 다 더듬었다. 이전에는 눈에 띄지 않던 수많은 길고양이들
이 곳곳에서 쓰레기통을 뒤지며 살아가고 있었다. 그들 가운데
누리는 없었다. 누리가 돌아올 수 있겠는지 묻는 이나에게 상담
수의사는 힘들 것이라고 했다. 집안에 있다 밖으로 나간 고양이
는, 더구나 새끼고양이는 평소 접하지 못한 수많은 냄새와 소리
들을 위험으로 인식하고 패닉 상태에 빠져 더 구석으로 들어가
기 때문에 집으로 돌아오는 것을 기대할 수 없다고, 찾을 수 없
을 것이라고 했다. 그러다가 적응이 되면 길고양이로 살아가고,
그러지 못하면 얼마 지나지 않아 죽게 된다고 했다.

　이나는 자신이 고양이를 너무 몰랐고, 너무 부주의했다고 가
슴을 쳤다. 어떤 책에서 고양이는 함께 사는 사람이 마음에 들
지 않으면 집을 나가서 다른 사람을 찾거나 달리 기댈 곳을 찾
는다는 글을 읽고 이나는 자신의 머리를 쥐어뜯었다. 하루하루

가 지옥이었다. 새끼고양이 한 마리의 마음도 붙들지 못하고, 그 어린 고양이의 거처도 지켜내지 못한 삶이 무슨 의미가 있을까 싶었다. 누리가 집을 나간 뒤 오빠는 마치 강물에 몸을 던지듯이 제 몸을 방바닥에 던져 굴리고, 자신의 머리와 몸 여기저기를 쥐어뜯으며 울었다. 이나의 힘으로는 그 울음을 그치게 할 수 없었다. 이나 자신도 울음을 멈출 수가 없을 때였다. 이나는 지금도 자신의 그 울음이 그쳤는지 자신할 수 없었다.

김집사가 그렇게 정성을 바쳐도 누고는 여전히 김집사가 다가가면 다가간 만큼 물러섰다. 또 여전히 김집사와 일정한 거리를 두고 음식물에 접근했다.

쓰레기봉투를 자꾸 찢어서 먹을 것을 줬더니 안 그러더라구요.

김집사가 변명하듯이, 그리고 대견하다는 듯이 누고에게서 눈을 떼지 않고 말했다. 자세히 보니 누고의 왼쪽 뒷다리 쪽 옆구리에 무엇엔가 찢긴 뒤 상처가 아문 것처럼 털이 가로로 길게 패어 있었다. 김집사도 그 상처가 마음에 쓰이는 듯 쓰다듬어주고 싶어 손을 뻗었으나 누고는 하악질을 하며 한발 물러났다.

그래도 내가 정원에 나가면 어딘가에 있다가 나타나요. 내가 집안에 있을 때도 내 움직임을 관찰하고 있는 것 같아요. 하루 종일 내가 나오기를 기다리고 있다는 뜻 아니겠어요?

이나는 경계심이 약한 길고양이가 생존율이 떨어진다는

보고서를 읽은 기억이 났다. 인간에게 온전하게 제 삶을 의탁하고, 또한 인간이 정성을 다해 그 고양이를 보살피지 않는 한 인간에게 기댄 고양이보다 경계심을 풀지 않고 일정한 거리를 유지한 길고양이가 생존율이 높다고. 그러나 정성을 다하고 깊은 교감을 나눈다고 생각했던 누리도 집을 나갔다. 그러니 인간이 어떻게 고양이의 삶을 규율할 수 있겠는가. 인간에 대한 판단과 선택은 고양이의 몫일 것이었다.

실내였다. 무슨 일로 사람들이 잔뜩 모여 있었다. 숨이 막혀서 이나는 얼른 그곳을 벗어나고 싶었다. 집에 가서 할 일이 산더미였다. 그런데 신발장에 올려놓았던 운동화가 안 보였다. 걷기 편해 애용하던 신발이었다. 아무리 찾아도 없었다. 그렇다고 맨발로 갈 수 있는 길이 아니었다. 다시 온 신발장을 뒤지며 발을 구르다가 이나는 어렵사리 꿈에서 깼다. 자신이 어디 있는지 알 수가 없었다.

겨우 정신을 차리고 보니 구자성의 집 1층 서재였다. 책상 위에 놓인 하얀 A4 용지 몇 장과 볼펜 한 자루가 책상에 엎드려 잠들었던 이나를 지켜보고 있었다. 핸드폰을 보니 퇴근시간이 지나 있었다.

이나는 머리를 흔들며 일어났다. 사면 벽을 채우고 있는 금박의 전집류들 속에서 웃음소리가 나는 것 같았다. 거기 그렇게 책등에 금박을 새기고 들어가 있는 작품들이 거저 들어와 있는 것 같으냐고. 이나는 금박의 책들에게서 박제를 연상했던 자신이 틀렸는지도 모른다고 생각했다. 세상에 우습게 이뤄진 것은 아무것도 없었다.

이나는 서둘러 현관문을 열었다. 김집사가 전지가위를 양손에 들고 정원을 손질하고 있었다. 화단 양끝에 경계병처럼 서 있던 소철 몇 그루의 줄기와 가지가 기계가 깎아 놓은 것처럼 둥그렇게 다듬어지고 있었다. 익숙한 솜씨였다. 간다고 인사할 겸 다가가 보니 좁다란 정원에는 다양한 나무와 꽃들이 너무 배지도 성글지도 않게 자리를 잡고 있었다. 매실나무, 치자나무, 수국…. 어떻게 심고 가꿨는지 북쪽 지방에서 자란다는 함박꽃나무와 자작나무, 남부 지방 수목인 은목서, 홍가시나무, 멀꿀, 호랑가시나무까지 나무를 잘 모르는 이나도 알아볼 수 있도록 간략한 설명글과 이름표를 달고 서 있었다. 바닥에는 국수나무, 맥문동, 둥글레… 꽃이 콩알처럼 작은 별꽃까지 저마다 반짝반짝 빛이 나면서 잘 어우러져 있었다. 이나는 이 정원의 주인이자 정원사는 김집사라는 것을 알 수 있었다.

수국 옆에는 고양이 밥자리가 있었다. 그사이 고양이 밥은 질 좋은 사료로 바뀌어 있었다.

이 동네에서 단독주택은 이 집 한 채 남았어요. 마저 없애 버리고 싶어 그러는지 건축업자들이 그냥 놔두질 않네요. 날마다 찾아와 빌라 짓겠다고 팔라고 졸라대는데, 저 양반이 꿈쩍도 않으세요. 팔고 갈 데가 없다고. 가고 싶은 데도 없고. 여기서 그냥 돌아가시겠다고.

김집사가 안주인처럼 말했다.

아, 네….

이나가 인사를 하고 돌아서자 김집사가 전지가위를 놓고 서둘러 달려와 대문을 열어 주며 예의 어색한 서울 말씨로 상냥하게 말했다.

오늘도 많이 힘들었지요? 저 양반이 말이 없고 무뚝뚝해도 성정이 강퍅한 사람은 아니에요. 조금만 참아 보세요. 다음 주에는 입이 열리실지도 모르니….

그러나 이나는 여기서 멈추고 싶었다. 더 좋은 소설을 쓰기 위한 모험이고 뭐고, 손해배상을 하고서라도 이 일을 그만두고 싶었다. 더는 이 일을 할 수 있는 인내심과 동력이 남아 있지 않다는 게 솔직한 고백일 것이었다.

4

　호텔 밖은 따가운 볕과 뜨거운 열기가 들숨과 날숨 사이에
끼어들어 숨을 턱턱 막히게 했다. 에어컨이 실내 공기를 서늘
하게 압축하고 있는 호텔 안과는 너무나 다른 세상이었다. 몇
걸음 걷지 않았는데도 땀에 젖은 셔츠와 반바지가 등짝과 허벅
지에 감겼다. 해가 강을 건너 빌딩숲 너머로 기울어지고 있는
데도 열기의 기세가 여전했다. 휠체어에 의지해야 하는 노인이
이 열기의 압박을 견뎌낼 수 있을까 걱정했던 것과는 달리 구
자성은 크게 힘들어하지 않았다. 벌써부터 숨이 가빠 허덕이며
연신 이마의 땀을 훔치고 있는 사람은 김집사였다. 구자성의
휠체어를 밀고 있는 그의 손등에는 그사이 굵은 땀방울이 돋
아 있었다. 김집사만큼은 아니어도 이나는 한동안 숨쉬기가 힘
들었다. 이 무지막지한 적도의 기온과 열기에 적응하려면 시간
이 걸릴 것 같았다.

호텔 가까이 강을 건너는 다리가 있었다. 관광 안내 지도에는 롱다리라고 적혀 있었다. 이름처럼 노란 쇠용이 몸통을 굽이치며 강을 건너는 형태의 현수교였다. 강물 위에는 다리 밑을 오가는 유람선들과 작은 보트들이 분주하게 물살을 헤치고 있었나. 강 이름이 한강이있다. 서울의 한깅처럼 깅 양쪽에 고층빌딩들이 즐비했다.

구자성은 휠체어를 멈추게 한 뒤 강물을 내려다보기도 하고, 강 양쪽 빌딩 숲에 눈을 주기도 했다. 그는 나이 들어 가족들과 함께 여행 온 사람처럼 한가로워 보였다. 크게 불편한 점은 없는 듯 표정조차 별 구김이 없어 보였다.

강 건너까지 갔다가 돌아오는 사이 땅거미가 지고 용이 변신하기 시작했다. 잠깐 사이에 푸른 용이 되기도 하고 누런 용이 되기도 했다. 눈은 변하지 않고 하트 모양의 흰색을 유지하고 있었다. 가까이서 보니 커다란 쇠구슬을 입에 물고 있는 강철용이었다. 구자성은 용의 얼굴에서 눈을 떼지 못했다. 그는 용이 조명에 따라 변신하는 과정을 오래도록 지켜보다 고개를 돌렸다. 그를 지켜보던 김집사가 휠체어를 밀어 호텔 쪽으로 방향을 잡았다.

마치 장기투숙 여행을 온 것처럼 구자성은 호텔 주변을 산책하기도 하고 시장과 거리를 천천히 둘러보기도 했다. 가는 곳마다 별로 낯설어하지 않는 그의 표정에서 이나는 그가 이전에 이곳에 왔었는지도 모른다는 생각이 문득 들었다.

그가 여기 왔었다면 무슨 일로 왔을까?

그가 말하기 전에 이나가 알 수는 없었다. 그는 그 어떤 것도 쉽게 말하는 사람이 아니었다. 이나가 겪은 바로는 꼭 해야 할 말도 목까지 차올랐을 때에야 침을 흘리듯 마지못해 아주 조금 내놓는 사람이었다. 그런 사람이 어떻게 자신의 삶을 정리할 생각을 하고 그것을 구술해 다른 사람에게 정리하도록 할 생각을 했는지 아무리 생각해도 이나는 이해가 되지 않았다.

그가 움직이면 이나와 김집사도 동행할 수밖에 없었다. 김집사는 그의 시중을 들고 건강을 챙기며 휠체어를 밀어야 했고, 이나는 그가 언제 무슨 이야기를 풀어낼지 몰라 곁에서 함께 걸어야 했다. 자신이 지금 뭘 하고 있는 걸까, 이 일이 정말 의미가 있는 걸까, 우준의 우려와 공격처럼 회의가 들 때마다 이나는 그저 색다른 여행을 온 것일 뿐이라고 자신을 다독이곤 했다.

구자성은 아침저녁으로 강가를 산책하고 싶어 했다. 더위와 열기가 조금은 덜한 시간이라 부담이 덜하기도 했다. 그렇지만 다낭에 온 지 사흘이 지나도록 그의 입에서 풀려 나오는 이야기는 없었다.

그렇게까지 하며 그 일을 해야 하니?

우준은 이나가 이런 식으로 구자성의 일을 하는 것, 더구나

한 달 동안이나 베트남 여행에 동행하는 것을 몹시 못마땅해 했다. 무슨 노비 계약을 한 것도 아닌데 그렇게까지 유난을 떨 필요가 있느냐는 거였다. 이나는 계약이나 급료의 문제만이 아닌, 사람을 알고 경험을 쌓는 미션이기도 하다고, 자신도 갈등이 많지만 어쩌면 소설 쓰는 사람의 숙명이 개입돼 있는지도 모르겠다고 했다.

소설은 너 혼자 쓰니?

이나는 그의 말에서 존중이 사라졌다는 것을 느꼈다. 그의 말은 관심이나 걱정, 간섭을 지나 통제의 시도로까지 느껴졌다. 사실 이 일은 우준과 상관없는 이나의 일이었다. 그의 간섭이나 통제의 대상이 아닌 이나 고유의 일이었다. 그렇지만 마음이 불편한 것은 어쩔 수 없었다.

여행을 하다 보면 내 안에서 이야기가 풀려 나올지 모르겠소.

이나가 더 이상 일을 할 수 없겠다고 통보하러 간 날, 구자성이 베트남 여행 동행을 제안하며 새로운 계약서를 내밀었다. 엄밀하게 말하면 추가 계약서였다.

베트남 여행 동안 구자성이 제공하는 노트북을 사용하되, 그 노트북으로는 오로지 그의 구술과 관련한 작업만 할 수 있다는 내용이었다. 다른 저장매체를 사용할 수 없고 이나의 개인 메일도 그 노트북으로는 보낼 수 없다는 조항도 있었다.

이나는 어처구니없었다. 이미 마음이 돌아선 상태여서 좀 우습기도 했다. 그러나 그는 너무도 진지했다. 그에게서는 좀처럼 보기 어려웠던 어떤 간절함까지 내비쳤다. 계약서를 다시 살펴보니 그의 이야기에 대한 비밀을 지켜 달라는 안전장치 정도였다. 그로서는 이동 작업 시 발생할 수 있는 문제에 대비하는 행위였다. 그냥 그만두기도 찝찝했던 이나는 그의 성격을 존중하면서도 그의 일을 마무리할 수 있는 마지막 시간이라 생각하고 동의했다. 베트남어 잘하는 사람을 구한다고 했을 때 자신이 응했었고, 동남아 여행을 옵션으로 넣은 계약에 이미 서명한 상태였다. 왜 그런지 그 이유를 모르지만 베트남에 가면 그의 입이 풀릴지도 모른다니 달리 토를 달고 싶지 않았다.

그러나 여전히 구자성의 입은 풀리지 않고 있었다. 그가 머뭇거리고 있는 건지, 여기까지 와서도 입이 풀릴 만한 계기가 마련되지 않은 것인지 이나는 알 수 없었다. 그것은 거듭 그의 문제였고 그가 해결해야 할 일이었다. 이 여행이 끝나면 이나는 결과가 어떻든 기록자로서의 의무는 다한 셈일 것이었다.

다낭, '큰 강의 입구'라는 뜻이래. 이름처럼 이 도시에서 강과 바다가 만나고, 높은 산이 바다를 향해 도시를 품어 안은 것 같은 곳이네.

이나는 다낭에 도착해 호텔에 들어가자마자 우준에게 문자를 보냈다. 처음 와본 열대지방 도시의 거리와 풍경들, 사람들,

그리고 이나에게 다가온 그 느낌과 의미를 생생하게 전하기 위해 공들인 긴 문자였다.

어, 그래. 잘 있다 와.

열없는 답장이었다. 1그램의 영혼도 담기지 않은. 처음 이나의 베트남 여행을 극렬하게 빈대하던 우준은 나중에는 관심이 없다는 태도를 보였다. 이나에 대한 감정, 이나의 결정에 대한 분노를 그렇게 표현하는 것처럼 보였다.

더 지속될 수 있을까?

이나는 이 여행에서 둘의 관계를 점검해야 한다는 생각을 했다. 서로 3,000킬로미터 정도 떨어져 있는 지금이 문제가 생길 때마다 습관적인 스킨십으로 넘어갔던 미봉과 늘 흔들리던 애매한 감정에 끄달리지 않고 점검할 수 있는 시간이 온 것 같았다.

공부도, 취업도, 작품도 무엇 하나 심지를 내리거나 안정적인 것이 없었다. 뚜렷한 것도 특별한 것도 없었다. 이나의 삶에 우준이 있어 위로가 되었는데 이제 그 연애마저도 기단의 편차가 큰 불완전한 전선 속으로 휘말려 들어가고 있었다. 삶이 불안정하다는 것은 긍정적으로 생각하면 무엇이든 될 수 있다는 뜻이기도 할 것이다. 무엇이든. 그것은 가능성에 대한 과대망상이기도 할 것이고, 어쩌면 파탄이 예정된 절망이기도 할 것이다.

박사가 되면 뭘 할 수 있을까?

우준은 박사과정을 그만두면서 이나에게 변명처럼 말했다.

학위를 딴다고 해도 내 자리가 있을까? 나는 누가 말한 것처럼 빈자리 없는 주차장에서 자리가 나기를 기다리며 주차장 내부를 하릴없이 빙빙 돌며 시간을 보내는, 이미 그 자리를 노리는 수많은 경쟁자들이 나처럼 주차장 안을 빙빙 돌고 있는데 또 다른 경쟁자들이 끝없이 주차장으로 밀려들고 있는 이 상황, 이 처지에서 벗어나지 못할 것 같아. 나는 이런 어처구니없는 경쟁, 그토록 절망적인 경쟁은 하고 싶지 않아. 공부도 재미없고. 패배를 예상하고 꼬리 내리는 자의 변명처럼 들리겠지만.

그는 캔맥주 한 캔을 손에 들고 음미하듯이 조금씩 조금씩 입안을 축이며 자신의 말대로 그 변명을 안주처럼 씹었다. 이나는 같이 앉아 있는 한낮의 공원 벤치가 심야 주점처럼 느껴졌다. 이나에게는 그가 이미 과대망상도, 아니 무슨 희망이나 절망도 다 끊어낸 사람처럼 보였다. 준비성이 철저하고 말을 앞세우지 않는 그라면 이미 뭔가를 준비하거나 실행하고 있는지도 모른다는 생각이 들었다. 이나는 묻지 않았다. 그는 때가 돼야 자신의 입으로 내놓는 사람이었다. 그것은 그가 판단하고 결정하고 실행하는 그의 영역이었다. 다만 그와 자신 사이에 벌어진 틈이 이전보다 커 보인다는 것은 부인할 수 없어 보였다. 그것은 또한 자신이 어떻게 해볼 수 없는 영역으로 보였다. 실

제로 그는 그 말을 내놓은 다음 곧바로 대형 인터넷 신문사의
기자가 됐다. 그에게는 다 계획이 있었던 것이다.

　김집사는 구자성과 한방을 썼다. 구자성의 부탁에 따라 이
나가 항공권과 숙소 예약을 진행힐 때 서울에서 이미 이야기된
일이었다. 김집사와 구자성이 서로 의논한 내용이었을 것이다.
예약을 앞두고 김집사는 위험 상황이 올 수도 있고, 수발을 위
해서는 어쩔 수 없다고 변명처럼 말했다. 이나의 방보다 두 배
정도 큰 그들의 방에는 간격이 뜬 침대 두 개가 놓여 있었다. 그
방에서는 한강과 강 건너 빌딩 숲이 보였다. 이나의 방에서 보
이는 것은 옆 건물 사무실이었다. 호텔에서 공간과 위치는 시
야의 차이를 만들어냈다. 지금 그 차이는 결과적으로 무슨 계
급 관계를 드러내듯 사용자와 고용인의 차이를 확인시켜 주고
있는 것처럼 보였다. 그는 구술하는 고용주이고 이나는 그 구
술을 기록해야 하는 기록자, 고용인이라고. 근로계약서까지 쓴.
그게 크게 마음 쓰이고 불편한 것은 아니었다. 이나의 방이 작
긴 하지만 아늑했다. 에어컨도 빵빵하게 돌아가고 냉방 온도
도 마음대로 조절할 수 있어 쾌적하기조차 했다. 특별한 감정
의 움직임 없이 자신은 그의 구술을 받아 정리하고 이 일을 마
무리하면 될 터였다.

그러나 서울에서도 그랬듯이 언제 열릴지 모르는 사람의 입을 쳐다보고 있는 것이 생각처럼 쉬운 일이 아니었다. 벌써 다낭에 온 지 일주일이 넘어가고 있었다.

돌아가는 항공권에 찍힌 날짜에 맞춰 남은 3주 안에 다 마무리하고 홀가분하게 떠날 수 있을까?

늦은 아침 강가 산책길에 동행하면서 이나는 갑작스레 조바심이 밀려오는 것을 어떻게 할 수 없었다. 그가 입을 열어야 자신이 일을 끝낼 수 있고, 일을 마무리해야 자신이 홀가분하게 떠날 수 있을 터였다. 그런데 여전히 그의 입은 열릴 기미가 보이지 않았다.

그게 누구의 입이든 폭력을 사용하지 않는 한, 당사자의 의지가 있어야 열릴 터였다. 그렇게 보면 고문을 수행하는 자들은 기술자들이었다. 입이 닫힌, 또는 입을 닫은 사람에게서 원하는 답을 찾아낸다는 것은 자신의 몸 안에 있는 짐승을 깨워 일으켜야 가능한 일 아닐까 싶었다. 이나는 터무니없는 데까지 자신의 생각이 뻗어 나가는 것을 보고 자신의 머리를 두들겼다. 자신이 조급해할 필요가 없는 일이라고. 여긴 관광지이고, 세 사람은 지금 여행 중이라고. 입을 열거나 닫는 것은 구자성이 결정할 일이지 자신이 판단하고 강제할 수 있는 일이 아니라고.

강을 오른쪽에 끼고 북쪽으로 가는 산책길 내내 강물은 눈이 부시게 반짝거렸고, 그들의 왼쪽, 시가지를 오가는 시민들과 관광객들, 길가의 상인들 모두 분주해 보였다. 그에 비해 구자성을 앞세우고 김집사가 그의 휠체어를 밀고 이나가 그 뒤를 따르는 아침 강변은 고요했다. 선방의 스님들이 포행布行이라도 하는 것 같은 아침 산책길이었다. 그 고요함과 상관없이 강변 양쪽은 한때의 서울처럼 고층빌딩들이 경쟁적으로 들어서고 있는 게 한눈에 보였다. 이나는 어쩌면 저 빌딩들이 숲을 이루고 있어 이 고요함이 탄생했을 수도 있겠다는 생각이 들었다.

갑자기 구자성이 휠체어를 멈추라고 했다. 그의 시선이 멈춘 곳에 로켓이 막 발사대를 떠나는 것 같은, 또는 쏘아 올린 커다란 포탄이 막 지상을 떠나 하늘로 올라가는 것 같은 형상의 감청색 건물이 서 있었다. 강 왼쪽 시가지 한복판이었다. 구자성은 그쪽으로 가보자고 했다.

큰길을 건너고, 은행 건물과 호텔들 사이를 뚫고 들어가니 그 건물이 거기 우뚝 서 있었다.

저게 뭐요?

구자성이 다낭에 와 처음으로 입에서 낸 질문이었다.

다낭시인민위원회청사, 그러니까 다낭시청사라고 적혀 있네요.

이나는 그 현대식 건물의 간판을 읽어 줬다. 그 거대한 포탄 같은 건물은 고개를 쳐들어야 우듬지 끝이 아스라이 보일 정도의 날렵하면서도 우람한 건물이었다. 구자성은 잠깐 머리를 끄덕이다가 고개를 돌렸다. 그때 건물 입구가 파리 루브르박물관 입구의 투명 피라미드 모형을 본뜬 것 같은 3, 4층 높이의 늘씬하고 조촐한 현대식 건물이 이나의 눈에 들어왔다. 구자성도 그것을 봤는지 그쪽으로 손가락을 뻗었다.

해자를 가로지른 오래된 돌다리를 건너 도착한 곳은 뜻밖에도 박물관이었다. 다낭박물관. 옛 성터일 것 같은 지난 시대의 유적지 위에 현대식 건물의 박물관을 세운 것이었다. 구자성은 무엇에 이끌리듯 그리로 올라가라고 김집사에게 손짓을 했다. 계단 옆에 따로 경사로가 있어 휠체어가 오르고 내리는 데 어려움이 없었다.

1층에 옛 다낭 사람들의 삶과 통과의례를 전시하던 박물관은 2층부터 전쟁을 전시하기 시작했다. 첫 번째가 항불전쟁 부스였다. 그리고 항미전쟁 부스가 이어졌다.

벽면과 진열장을 가득 채운 것은 당시 사용한 무기와 물품들, 그 전쟁에 복무했던 사람들의 모형, 그리고 사진들이었다. 미군이 썼던, 당시로서는 첨단무기와 베트남 사람들이 썼던 원시적이고 보잘것없는 무기들이 대비되었다. 타이어를 잘라 만든 베트남 사람들의 샌들, 찌그러진 수통과 양재기 같은 밥그릇, 녹슬고 휘어진 포크, 미군의 레이션 깡통으로 만든 부비트랩, 해진 군복과 피 묻은 속옷…. 이나는 자신도 모르는 사이 가슴이 두근거리고 있는 것을 느꼈다. 마치 자신이 그 전쟁 한복판에 있는 것 같은 느낌이 들었다. 그리고 사진들이 나타나기 시작했다.

미군의 폭격 징면, 미군의 상륙 상면, 반쯤 걷어 올린 팔뚝에 태극 마크와 푸른 용 마크가 선명한 한국군의 상륙 장면…. 갑자기 구자성이 고개를 돌리며 김집사에게 나가자고 채근했다. 그는 피곤에 전 사람처럼 기진맥진해 있었다. 김집사가 서둘러 휠체어를 되돌리고 올라왔던 길을 되짚어 내려갔다. 이나는 자신이 전시물에 집중하느라 그를 살피지 못했다는 데 생각이 미치자 몹시 미안한 마음이 들었다. 자신은 구자성의 구술 기록자이기도 하지만 이곳에서는 어정쩡하나마 가이드이기도 했다. 무엇보다 노인은 어린아이처럼 언제 어디서나 살펴야 하는 존재였다. 특히 이 열대지방 여행지에서는.

5

산책하기 버거운 길은 택시를 탔다. 택시기사가 김집사를 도와 구자성을 뒷자리에 앉히고 휠체어는 트렁크에 실었다. 김집사는 호위무사처럼, 또는 지극한 간병인처럼 구자성의 옆자리에 앉고 이나는 기사 옆자리에 앉았다.

미군 장교들의 휴양지였다는 미케해변은 반달 모양의 누런 모래사장이 길고 예쁜 바닷가였다. 일부러 심어 가꾼 듯한 야자나무가 줄지어 서 있고, 투옌퉁이라는 대나무 바구니배가 아직 해가 떠오르지 않은 새벽 바다를 커다란 그릇처럼 떠다녔다.

지난밤 구자성은 이른 새벽 바닷가에 가겠다고 했다. 이나는 출발을 앞두고 한국에서 깔아놓은 그랩으로 택시를 불렀다. 호텔에서 가장 가까운 바다가 미케비치였다.

베이지색 비닐을 이엉처럼 엮은 고정 파라솔 앞을 거닐고 있을 때 바다와 맞물린 수평선에서 해가 떠오르기 시작했다. 바다라는 자궁에서 빠져나오는 태아처럼 붉은 핏덩이 같은 해는 수평선을 박차고 쑥쑥 올라왔다. 구자성은 눈을 가늘게 뜨고 떠오르는 해를 바라보고 있고, 김집사는 그의 휠체어에서 손을 떼고 눈을 감은 채 두 손을 모으고 있었다.

이제 수평선에서 한 뼘쯤 떠오른 해는 하늘과 바다와 땅으로 퍼져 나가는, 눈이 부신 강렬한 아침 햇발을 내쏘고 있었다. 이나는 이만큼 뒤에 서서 두 사람과 해가 떠오르는 광경을 한꺼번에 바라봤다. 어디로 향한 것인지 모르겠는 경건함이 두 사람을 감싸고 있었다.

미케해변 북쪽에 있는 선짜반도에는 커다란 석상이 바다를 굽어보고 서 있었다. 높이 67미터짜리 하얀 대리석 석상은 해수관음상이었다. 전쟁 막바지, 북쪽에서 밀려오는 해방군을 피해 무작정 배를 타고 바다로 나간 남베트남 사람들이 탄 배가 뒤집혀 여럿이 한꺼번에 죽었다고 했다. 살아남은 사람들이 다른 나라로 도망쳐 돈을 모아 그 영령들을 위무하기 위해 세웠다는 관음상은 우는 듯 웃고 있었다. 어쩌면 웃는 듯 울고 있는지도 몰랐다. 그 해수관음상 앞에서도 구자성은 눈을 가늘게 뜨고 하염없이 바다를 내다보고 있고, 김집사는 두 손을 모은 채 눈을 감고 있었다.

미케해변 남쪽에 있는 오행산은 각기 목, 금, 수, 화, 토라고 이름이 붙은, 바닷가 가까운 평지에 띄엄띄엄 사발처럼 솟아 있는 다섯 개의 봉우리였다. 관광객들이 주로 찾는 곳은 오르내리는 시설을 갖춘 뚜이선, 수산이었다. 그 산의 형태를 이루고 있는 암반 전체가 대리석이었다. 산을 오르는 길도 대리석으로 만든 계단이었다. 구자성은 갈 수 없는 길이었다. 다행히 엘리베이터를 타고 오르는 길이 따로 있어 이나와 김집사는 구자성과 함께 그 대리석 산에 오를 수 있었다.

몸체 한쪽이 투명유리로 된 엘리베이터는 산을 둘러싼 마을을 보여준 뒤 천천히 수직으로 상승하며 하얀 모래밭이 초승달 모양으로 둘린 해안선을 떠오르게 하고 그 너머에 바다를 배치했다. 옥빛 바다는 먼 바다로 갈수록 색깔의 편차로 경계의 띠를 두르며 쪽빛으로 바뀌어 갔다. 엽서에 박힌 사진처럼 아름답고, 평화롭고, 잔잔한 바다였다.

엘리베이터 바깥은 바로 숲길이었다. 한 발 내딛자마자 따가운 볕과 열기가 온몸을 휘감았다. 그 땡볕과 열기 속을 사람들이 물결을 이루며 높다란 칠층석탑 앞을 지나 나무 사이로 언뜻언뜻 보이는 몇 개의 전각들 사이로 흘러들어갔다. 높게 이어졌다 뭉툭하게 끊어지는 베트남식 염불 소리가 그 열기와 향 연기 속을 헤집고 다녔다. 맑은 날씨인데도 향 연기는 젖은 나무를 태울 때 나는 연기처럼 하얗게 뭉쳐서 염불 소리와 뒤섞여 떠다녔다. 점점 커지는 염불 소리와 점점 짙어지는 향 연기를 따라 기와를 인 추녀 끝이 날렵하게 하늘로 휘어진 법당들이 나타났다. 그러니까 그곳이 절이었다. 전각과 2층으로 이뤄진 법당 안의 불상들 가운데 몇은 하얀 대리석으로 조성한 것들이었다. 갖가지 빛깔의 대리석으로 만든 용들도 곳곳에 있었다. 탑으로 올라가는 난간, 법당과 전각의 기둥들, 탑과 전각들 사이 바위벽에도 대리석으로 빚은 온갖 용들이 꿈틀거리고 있었다. 구자성은 사로잡힌 듯 한동안 그 용들에게서 눈을 떼지 못했다.

오행산을 소개하는 리플릿에 따르면 산 곳곳에 대리석 동굴들이 있었다. 전쟁 시기, 그 동굴들은 야전병원까지 갖춘 베트남군 기지였다. 미군은 그 기지를 파괴하기 위해 여러 차례 폭탄을 쏟아부었다. 그 폭격으로 지붕이 뚫린 동굴도 있었다. 큰 피해와 타격을 주고도 미군은 끝내 그 동굴 기지를 장악하지는 못했다. 지금도 그 동굴들은 그때의 형태를 그대로 유지하고 있으며, 동굴 안은 에어컨을 틀어놓은 것처럼 시원하다고 리플릿은 적고 있었다. 그렇지만 휠체어를 탄 구자성과 함께 법당 뒤의 또 다른 돌계단 길을 올라 그 동굴들까지 가볼 수는 없었다.

그렇게 날마다 다낭 일대 여러 곳을 더투고 다녀도 구자성이 가장 자주 가고 오래 머무는 곳은 한강이 내려다보이는 롱다리였다. 그는 아예 이곳을 떠날 마음이 없는 사람처럼 아침저녁으로 강가에 나가 다리 주변을 서성거렸다. 여전히 그의 입은 풀릴 기미가 보이지 않았다. 이나의 귀에는 보이지 않는 시계의 초침 소리가 점점 크게 들렸다.

다낭에 온 지 열흘째 되는 날이었다. 강변 산책을 하고 모처럼 같이 아침식사를 하는 자리에서 구자성이 이나에게 아홉 시에 택시를 불러 달라고 했다. 이나는 채비를 하고 두 사람과 함께 호텔 로비에서 택시를 기다렸다.

하얀색 현대 엑센트에서 내린 기사는 30대 중반쯤 돼 보이는 키가 크고 힘이 좋게 생긴 남자였다. 그는 구자성을 번쩍 들어 뒷자리에 태우고 휠체어를 트렁크에 실었다. 자연스럽게 김 집사가 구자성의 옆자리에 앉고 이나가 기사 옆자리에 앉았다. 내비게이션이 매립돼 있는 차 안은 깔끔하게 정돈돼 있어 기사의 성격을 조금은 엿볼 수 있었다.

혹시 롱빈을 아시오?

기사가 자리에 앉자마자 구자성이 이제야 목적지가 생각난 사람처럼 기사에게 물었다. 영어였다. 그가 어느 지역을 행선지로 물은 것은 처음이었다. 영어를 쓴 것도 처음이었다.

모르겠는데요.

한참을 생각하던 기사가 고개를 저으며 엷게 웃었다. 몰라서 미안하다는 표정이었다. 이나는 볼에 보조개가 패고 눈가에 주름이 밀리는 그 웃음이 순박하다고 생각했다.

아저씨, 이름이 뭐예요?

이나는 베트남어로 물었다. 그를 편하게 해주고 싶었다.

키, 키엠입니다.

그가 놀란 표정으로 이나를 쳐다보며 말을 더듬었다.

롱빈이라고 못 들어 봤어요?

확인이라도 하듯 구자성이 다시 영어로 물었다. 이나는 뾰족하게 앞으로 내민 구자성의 입에서 고집스러운 집착을 봤다.

첨 듣는데요. 무슨 일로 그러시는데요?

그 대답과 질문까지는 영어로 안 되는 듯 키엠이 베트남어로 말했다. 사실은 이나가 묻고 싶은 말이었다. 이나는 키엠의 말을 한국말로 통역하며 구자성을 돌아봤다.

50년 전 한국군이 잠시 주둔했던 곳이오.

구자성이 다시 영어로 말했다. 키엠이 다 못 알아들은 듯해서 이나는 다시 그 말을 베트남말로 통역했다.

키엠의 눈썹이 미세하게 흔들렸다. 놀란 것은 이나 자신이었다. 구자성이 베트남전 참전군인일지도 모른다는 생각을 한 번도 해보지 못했다. 워낙에 고등학교 세계사 시간에 스치듯 배운 그 베트남전을 자신과 관련 있는 누군가와 연결해서 생각해 보지 못한 것이었다. 더구나 그가 그런 언질을 한 바도 없어 아무 맥락도 없이 구자성과 연결 지어 생각해 볼 수 없었다. 이나는 그의 입을 통해 한국군 주둔 지역을 묻는 말을 들으니 신기하기도 하고 좀 무섭기도 했다. 한국군의 베트남전 참전에 대해 자신이 아는 것이라고는 고엽제전우회 소속이라는 얼룩무늬 군복을 입은 나이든 남자들이 도로를 점거하고 시위하는 장면을 텔레비전 뉴스 화면에서 스치듯 본 것이 전부였다. 그들이 왜 그러고 있는지 알 수 없었고 관심도 없었다. 그만큼 자신이 무지했거나 게을렀는지도 모르는 일이었다. 이나는 스스로가 더 긴장할 필요가 있다고 생각했다.

한국군이 주둔했던 곳…, 내가 가본 곳이 있긴 한데, 거기가 롱빈인지는 잘 모르겠네요.

이나가 통역해 주는 말을 듣고 구자성은 고개를 끄덕일 뿐 아무 말도 하지 않았다. 대답을 기다리던 키엠이 먼저 말했다.

거기라도 가볼까요?

구자성이 고개를 끄덕였다.

택시는 바다를 왼쪽으로 끼고 해안도로를 달렸다. 남쪽으로 내려가는 길이었다. 멀리 남북으로 길게 뻗은 섬이 물을 가둬 바다는 호수처럼 잔잔했다.

구자성과 이나의 눈치를 보던 키엠이 축구 이야기를 꺼냈다.

요즘 바캉세오 감독 때문에 살맛이 나요. 베트남 국가대표팀을 맡은 바캉세오 감독은 요 몇 년 동안 스즈키컵을 두 번 연속 들어 올리고 동남아시안게임 우승컵도 들어 올렸어요.

축구 이야기라기보다는 박항서 감독 이야기였다. 키엠의 볼에 다시 보조개가 패었다.

바캉세오 감독은 베트남의 영웅이에요!

이나가 약간 흥분해 있는 키엠의 말을 그 감정을 살려서 통역해 줘도 구자성은 별 관심을 나타내지 않았다. 축구에 대해 아는 것이 없는 이나도 키엠의 말에 집중이 되지 않았다. 그보다는 구자성이 베트남전 참전군인일지 모른다는 생각을 한 번도 해보지 못했다는 것이 자꾸 마음에 걸렸다. 그만큼 자신이 역사에 대한 관심이 없었고, 무엇보다 구술자인 구자성의 개인사에 대해 별 관심 없이 너무 수동적으로, 기계적으로 접근한 게 아닌가 싶었다. 노인인 그가 베트남어를 할 줄 아는 사람을 찾았을 때, 적어도 그가 베트남 여행에 동행하자고 했을 때라도 생각이 거기 미쳤어야 하는 일이었다. 아니면 박물관에서 전쟁전시관을 보고 기운이 다 빠진 모습을 봤을 때라도. 다시 생각해도 자신이 그만큼 구자성의 삶의 배경에 관심이 없었고, 무지했고, 또 그만큼 아둔했다는 반증이었다. 그러니 더더욱 일의 진척이 없었던 게 아니었나 싶었다. 기록자는 구술자가 하고자 하는 이야기를 잘 풀어낼 수 있도록 이해하는 마음으로 대하는 것은 물론이고, 때로 자극을 주면서 더 깊이 상호작용했어야 하지 않았나 하는 생각이 이나의 마음을 무겁게 했다. 자신이 지극히 아마추어적으로 접근하고 반응했던 것이 아니었나 싶었다.

포장길에서 벗어난 택시는 대숲 사이로 난 좁은 흙길로 들어섰다. 그리고 잠시 뒤 흙길 옆 작은 공터에 섰다.

여기서부터는 걸어야 합니다.

재빨리 차에서 내린 키엠이 트렁크를 열어 휠체어를 꺼낸 뒤 뒷문을 열고 구자성을 안아 휠체어에 태웠다.

키엠이 앞장서고 구자성이 탄 휠체어를 밀고 가는 김집사가 그 뒤를 따랐다. 이나는 맨 뒤에 섰다.

풀이 듬성한 좁다란 모래밭길 양옆으로 감자밭과 고구마밭이 펼쳐졌다. 흰꽃, 자주꽃이 뒤섞여 있는 감자꽃은 여기서도 한국의 감자밭에서 본 것과 같은 빛깔이었다.

멀리 남북으로 길게 옆으로 누운 사구가 보였다. 포크레인이 그 사구 한 귀퉁이를 허물고 있었다. 그 사구 너머가 바다일 것이었다. 그러니까 그곳은 바닷가 마을이었다.

길 옆에 시멘트 난간을 담으로 두른 네모난 공간이 나타났다. 그 공간의 중앙, 사각의 단을 높이 쌓은 곳에 무슨 신전처럼 열여섯 개의 둥근 콘크리트 기둥이 지붕을 받치고 있는 건물이 서 있었다. 사각의 모퉁이가 공중으로 날아갈 듯이 날렵한 콘크리트 지붕에 푸른 기와를 올린 2층 전각이었다. 그 전각 안에 폭이 넓은 회색 대리석 비가 서 있었다.

합장을 한 채 비석을 향해 계단을 오른 키엠이 고개를 숙여 예를 갖춘 다음 비문을 가리켰다. 무슨 명단처럼 보이는 베트남

글자들이 비 안에 그득 들어차 있었다.

한국군 작전 중에 희생된 민간인들 명단 같습니다. 나이와 성별을 보니 막 태어나 이름도 없는 갓난아기부터 어린애와 노인들, 여자들이 대부분이네요.

기엠은 감정을 싣지 않고 객관적으로 설명하는 것처럼 말했지만 이나의 귀에는 그 말이 비난처럼 들렸다. 이나의 통역을 들은 구자성은 눈에 띄게 당혹스러워했다. 이 공간에 들어설 때부터 키엠과 이나의 표정을 살피고 뜨악한 표정을 짓고 있던 그였다. 그 점은 이나도 마찬가지였다. 자신들을 이리로 데려온 키엠의 의도가 무엇인지 헤아려지지 않았다.

여기가 롱빈인지 아닌지부터 확인해야 하는 것 아니에요?

이나는 키엠에게 따져 물었다. 이나는 먼저 그의 의도를 명확히 파악해야 한다고 생각했다.

아, 예. 조금 있으면 주민들이 오지 않을까 싶네요. 그때 물어 보면 될 것 같아요.

키엠이 태평하게 대답했다. 그의 볼에는 여전히 보조개가 떠 있었다.

여길 어떻게 알게 됐어요?

이나는 키엠이 달리 보이기 시작했다. 그저 평범한 택시기사가 아닌 것 같았다.

한국 젊은이들 넷을 태우고 와본 적이 있어요. 다낭과 호이안 일대 한국군 주둔지와 작전지역에서 벌어졌던 민간인 학살 피해 지역을 답사하고 위령비와 집단무덤 등 관련 장소에 참배하러 다닌다고 하더라구요. 향 다발과 꽃까지 준비하고 택시를 타 많이 놀랐습니다. 마음이 복잡하면서도 고맙더라구요. 자신들이 한 일도 아닌데 그러고 다닌다는 것이…. 아마 여기 살고 있는 영령들도 나와 같은 마음이 아닐까 싶었어요.

확실히 그는 축구 이야기를 하고 박항서 감독 이야기를 하던 그 키엠이 아닌 것은 분명해 보였다.

구자성은 어쩔 줄 몰라 했다. 이나는 뭔가 잘못되어 가고 있다는 생각이 들었다. 여기 더 있어야 할지 돌아가야 할지 구자성에게 의견을 묻고 결정해야 한다고 생각했다.

여기 한번 보시겠어요?

키엠이 비 뒤편으로 갔다. 이나는 따라가지 않을 수 없었다. 김집사도 떨떠름한 표정으로 구자성이 탄 휠체어를 밀었다.

비 뒷면에는 아무 내용이 없는, 푸른 줄기와 잎 사이 긴 대궁 위에 커다란 붉은 연꽃이 새겨진 대리석 벽이 수직으로 서 있었다.

그 젊은이들 말에 따르면 이 묘역과 비는 주민들을 위해 뭔가를 하고 싶었던 한국 참전군인 단체 중 하나가 비용을 대서 설치한 거랍니다. 주민들이 소망했던 것이기도 하구요. 비가 세워진 뒤 베트남에 있던 한국의 한 외교관이 학살 기록이 담긴 비문의 내용을 그 참전군인 단체에 전달했고, 그 내용을 본 한국 참전군인들이 이곳에 와 비문의 내용을 인정할 수 없다며 지우라고 소란을 피웠답니다. 주민들은 있는 사실을 그대로 적은 것인데 왜 지우냐고 맞서다 이 비문이 외교 문제가 되고, 과거를 딛고 미래로 가자는 베트남 중앙성부의 압력까지 받게 되자 이 연꽃 대리석으로 비문을 덮어 버렸답니다. 언젠가 한국인들 스스로 이 연꽃 벽을 떼어내고 온전한 비문을 같이 볼 수 있는 날이 오기를 기다린다며….

이나는 얼굴이 화끈거렸다. 잘 모르는 키엠을 너무 믿고 덥석 따라온 것이 화를 부른 것 같았다.

키엠이 말하는 동안 고개를 숙이고 있던 구자성은 고개를 들어 허공을 바라보고 있었다. 그는 몹시 피곤해 보였다. 이나는 김집사에게 어서 여길 나가자고 채근했다. 그때까지 구자성은 한마디도 하지 않았다.

여기가 집단무덤입니다.

키엠이 이나의 뒤를 따라오며 화단처럼 높이를 둔 전각 양옆의 모래밭을 가리켰다. 이나는 키엠을 쳐다보다 모래밭 무덤을 향해 두 손을 모으고 고개를 숙인 뒤 돌아섰다. 얼른 이 공간을 벗어나고 싶었다.

모래밭길에 들어섰을 때 한 할머니가 마른 지푸라기처럼 푸석한 백발을 흔들며 마을 쪽에서 다가왔다. 할머니는 어디가 불편한 듯 걸음을 떼는 데 시간이 걸리고 걸음걸이가 부자연스러웠다.

이나 일행 앞에 다다른 할머니가 온몸을 흔들며 뭐라고 뭐라고 급하게 내뱉었다. 이나는 그 높낮이가 가파른 말을 하나도 알아들을 수가 없었다.

손님들이 어디서 왔냐고 물어서 한국에서 왔다고 했습니다.

키엠이 통역을 하듯 재빨리 말했고, 이나가 다시 통역해 구자성과 김집사에게 그대로 전했다. 한동안 누구도 말을 하지 않았다. 침묵이 다섯 사람 위에 낮게 내려온 먹구름처럼 떠 있었다.

할머니, 여기가 어디예요?

분위기를 바꿔야겠다고 판단한 듯 키엠이 서둘러 할머니에게 물었다.

하미, 하미야, 하미!

할머니의 톤 높은 대답은 막 말을 배우기 시작한 어린애가 할미를 부르는 소리처럼 들렸다. 그러니까 여기가 롱빈이 아니라는 것은 분명했다.

한국군 정말 무서웠어! 정말 잔인했어!

할머니는 자신의 목을 손날로 따는 시늉을 하며 고개를 절레절레 흔들었다. 이나는 그때서야 할머니의 두 발목 아래가 깡통으로 이어져 있는 것을 봤다. 그게 할머니의 발이었다. 김집사도 그 발을 본 듯 벌린 입을 다물지 못했다. 구자성은 할머니 등 뒤의 허공을 응시하고 있었다.

할머니는 가슴을 쥐어뜯으며 무슨 말인가를 끝없이 쏟아냈다. 이나는 알아들을 수 없는 그 말들이 뾰족한 칼끝처럼 자신의 가슴을 찔러 내는 것을 어떻게 할 수 없었다.

한국군이 남편과 시부모, 어린 자식들까지 모두 죽였답니다. 할머니도 수류탄 파편에 두 발이 날아갔답니다. 가족 중에서 할머니 혼자 살아남았답니다.

땅바닥에 주저앉아 통곡하는 할머니의 말을 통역해 주는 키엠이 이나 일행을 번갈아 보며 난감한 표정을 지었다. 이나는 같이 길바닥에 주저앉아 할머니의 손이라도 잡아 줘야 한다고 생각했다. 그러나 다리만 후들거릴 뿐 몸이 움직여지지 않았다.

모이라고 해서 갔더니 우리에게 총을 쐈어. 쌀도 주고 빵도 주던 사람들이 왜, 왜 그런 거야? 대체 왜 우릴 쏜 거야? 왜 그 원통한 시신들마저 불도저로 뭉개고 바스라뜨린 거야? 왜? 도대체 왜? 그러고도 당신들이 사람이야?

이나는 자신이 뭘 어떻게 해야 하는지 알 수가 없었다. 백내장이 있는 것처럼 백태가 낀 할머니의 흐린 눈이 이나와 김집사와 구자성을 쏘아보고 있었다. 이나는 그 흐린 눈빛 속에 커다란 의문이, 그 대답을 듣고 싶어 하는 간절함이, 지독한 원한이 배어 있는 것을 봤다.

구자성은 아무 말도 하지 않았다. 그의 눈은 아무것도 보지 못하는 것처럼 텅 비어 있었다.

키엠의 도움으로 할머니에게서 떨어져 나오며 이나는 가슴이 저린 듯이 아프고 답답했다. 무슨 일이 뒤엉켜 버린 것 같았다. 무언가가 잘못된 것 같았다. 처음으로 자신이 한국인이라는 사실이 부끄럽게 느껴졌다. 살면서 한 번도 부딪쳐 보지 못한 문제였다. 생각해 보지도 못한 문제였다. 그렇다면 롱빈은 어디이며, 구자성은 왜 롱빈을 가고자 하는 걸까? 일이 어떻게 되어 가는지 이나는 갈피를 잡을 수가 없었다. 앞이 보이지 않았다. 이나는 자신의 눈에 허연 백태가 낀 것 같았다.

6

　일정을 협의하고 롱빈에 대해서 더 묻기 위해 이나가 구자성의 방을 노크하고 김집사가 열어 준 문으로 들어갔을 때 구자성은 마른 목욕을 하고 있었다. 아랫도리를 다 벗고 흰색 메리야쓰만 입은 채 침대에 앉아 있는 구자성의 다리를 김집사가 물 묻은 수건으로 닦아내는 목욕이었다. 구자성의 사타구니에는 하얀 호텔 수건이 덮여 있었다. 순간적으로 눈을 감았던 이나는 천천히 눈을 떠 구자성의 벗은 다리를 봤다. 수동적으로 접근해서는 그의 입을 풀어낼 길이 없다고 판단했기 때문이었다. 구자성의 다리는 근육이 다 빠져나가 뼈만 남아 있었다.

　음…, 제대 말년에 파편상을 입었소.

　이나의 시선을 의식하고 몸통을 좌우로 흔들며 좀 창피해하는 것 같았던 구자성이 내친김이라는 듯 입을 뗐다. 그의 발어사는 '음…'으로 바뀌어 있었다.

깨어나 보니 수술대 위였소. 포탄 파편이 허리에 박혔는데 큰 것들은 제거하고 작은 것 몇 개가 남아 있다고 합디다. 신경을 건드릴 수 있는 너무 위험한 부위라 제거하는 것이 더 위험하다고, 당장 생활하는 데 큰 지장은 없을 거라고, 그러나 나중에 문제가 생길지 모른다고 했는데, 말처럼 지금 와서 말썽을 부리고 있는 거요. 칠십을 넘어가니까. 지금도 제거하는 게 쉽지 않다고 합디다. 자칫 하반신이 마비될 수 있다고. 통증 때문에 걷지도 못하는데…. 그냥 이대로 살라는 거지.

이나는 그때서야 그가 칠십이 넘었다는 것을 알 수 있었다. 휠체어 아니면 이동하기 힘든 그는 하반신이 마비된 것은 아닌지 모르지만 마비된 것처럼 살고 있었다.

진통제 안 드시면 통 못 주무세요.

김집사가 욕실에서 수건을 빨아와 구자성의 사타구니를 닦다 말고 작은 목소리로 거들었다.

혹시 베트남전에 참전하셨나요?

이나는 확실하게 확인하고 진행해야 할 것 같다는 생각을 했다. 그러기 위해서는 조금 더 적극적으로 물어야 했다.

그, 그렇소.

구자성이 잠깐 말을 더듬었다. 이나는 쉽게 풀어 가야 한다고 생각했다.

그때 다치신 거군요?

그렇소.

다치신 곳이 롱빈인가요?

이나는 한 발 더 들어가기로 했다. 여러 정황으로 보아 롱빈이 그의 입을 풀어낼 키워드일 거라고 생각했다.

거긴 아니오. 나중에 다쳤소.

그럼 왜 롱빈을 찾으시는지요?

구자성은 입을 닫았다. 김집사도 그의 무릎 언저리를 닦던 동작을 멈추고 이나와 구자성을 번갈아 쳐다봤다. 구자성의 침묵이 방안 공기를 납작하게 눌렀다.

이제 그게 의식이든 무의식이든 롱빈이 그가 걸어 잠근 빗장을 여는 키워드임은 분명해 보였다. 구자성의 침묵이 그 증거처럼 보였다. 롱빈이 그의 입을 풀어낼 키워드라면 이나는 롱빈에 가야 비로소 그의 입이 열리는 게 아닌가 싶었다. 그러니 더더욱 그가 롱빈을 적극적으로 드러내도록 하고 함께 찾아야 할 것 같았다.

이나는 연꽃 비석을 보고 깡통발 할머니를 만난 뒤부터 충격에서 헤어날 수가 없었다. 자신이 알아듣지 못했던 할머니의 그 쨍쨍한 베트남 중부 사투리가, 두려움에 떨면서도 50년이 넘은 분노를 주체할 수 없어 가슴을 치던 그 오래된 원한이, 왜 그랬냐며 이나 일행을 바라보던 그 백태 낀 시선이 이나를 힘들게 했다. 욕실에서 씻을 때도, 잠자리에 누워 뒤척일 때도 할머니가 왜 그렇게 살아왔고, 여전히 그렇게 살아야 하는지 대책없이 스며드는 슬픔과 답답함이 자신의 힘으로 도무지 풀 수 없는 질문처럼 이나의 가슴에 매달려 있었다.

롱빈을 가면 답답함이 풀리고 그 질문들은 답을 얻을 수 있을까?

이나는 롱빈을 찾는 일이, 그곳에 가는 일이 자신의 일이 돼버린 것 같았다.

사연이 좀 있소. 사실은 그래서 월남에 온 거고.

그는 아직도 베트남이라는 말을 쓰지 않았다. 베트남을 지칭하는 모든 말에 그의 용어는 월남이었다. 이나는 그것이 나이 든 사람들의 입에 밴 용어라서 그런 걸 거라고 대수롭지 않게 생각했다. 그러나 지금 이나는 그 용어에 그의 의식이 머물러 있는 게 아닌가 싶은 생각이 들었다. 그는 그 월남에 대한 이야기를 더 이어가지 않았다. 이나는 지금은 더 채근하지 않아도 된다는 생각이 들었다. 우선은 롱빈을 찾는 데 집중하면 될 것 같았다. 그의 입이 풀리고 풀리지 않고는 그다음 일이었다.

그러나 롱빈을 아는 사람이 없었다. 호텔 프런트 직원들도, 이동하면서 꼭 확인하는 택시 기사들도, 시장 상인들도 아는 이가 없었다. 키엠을 만났을 때 구자성의 입에서 롱빈이란 지명이 튀어나온 뒤부터 아무리 여러 번 인터넷 검색을 해봐도 나오지 않았다. 그 비슷한 지명도 없었다.

시청에 한번 가볼까요? 관공서 사람들은 혹 알 수도 있을 테니까요.

구자성이 수긍한다는 듯 고개를 끄덕였다.

시 인민위원회 민원창구 여직원은 이나의 얼굴을 빤히 쳐다 봤다. 이나가 롱빈이 어디인지 알고 싶어서 왔다는 말을 못 알 아듣는 표정이었다. 이나는 당혹스러웠다. 자신의 베트남어 실 력이 그것밖에 안 되는가 싶었다. 상황을 지켜보던 구자성이 영 어로 물었다. 고개를 젓던 창구 직원이 영어를 한다는 다른 남 자 직원을 데려왔다. 키가 작고 머리가 벗겨진 늙은이였다. 포 탄이 하늘로 막 이륙하는 것 같은 형태의 그 시청사 안 민원실 이었다.

롱빈…?

이나는 영어로 물으려다가 두 손바닥을 들어 구자성에게 질 문을 넘긴다는 제스처를 했다. 구자성이 질문하도록 하는 것이 그의 적극성을 끌어내는 계기가 될지도 모른다는 생각이 순간 적으로 스쳐서였다.

롱빈, 롱빈을 찾습니다. 호이안 주변 마을입니다. 위치는 정 확히 모릅니다.

구자성이 늙은 직원에게 영어로 물었다. 키엠에게 길을 물 을 때도 느낀 거지만 이나는 그의 영어 발음이 무척 자연스럽다는 것에 놀랐다.

늙은 직원은 입을 벌려 겸연쩍게 웃으며 구자성과 이나를 번갈아 쳐다봤다. 그의 벌어진 입 사이로 이빨이 몇 개 남지 않은 검붉은 잇몸이 보였다. 이나는 얼핏 그 잇몸이 웃고 있는 것처럼 느껴졌다.

모라요.

이나는 머리를 흔들며 내뱉는 늙은 직원의 말을 한참 뒤에야 알아들을 수 있었다. 그의 발음이 이빨 사이로 새, 단어들을 식별하기가 쉽지 않았다.

창구 직원이 인터넷으로 검색해 보다 고개를 젓고는 안에 들어가 커다란 지도를 들고 왔다. 작은 마을까지 표기된 꽝남성 지도였다.

동서남북 구획을 나눠 호이안 일대를 찬찬히 뜯어보던 창구 직원과 늙은 직원이 작은 소리로 몇 마디 주고받다가 고개를 들었다.

지도에도 없네요. 안 나와요.

이나는 한참 지나서야 총탄을 맞은 벽돌 조각들처럼 깨져 흩어지며 날아가 버린 늙은 직원의 영어 단어들을 겨우 유추해 문장으로 꿰맞출 수 있었다.

하우스보이, 유에스아미 아메리칼 디비전!

실망한 표정이 역력한 구자성과 이나를 보며 늙은 직원은 자신에게 실망해서 그런 것으로 생각했는지 천천히 또박또박 영어로 말하며 손가락으로 자신을 가리켰다. 구자성의 눈이 커졌다. 그도 늙은 직원의 입 모양으로 알아들은 눈치였다. 입을 벌리고 미안한 표정으로 웃고 있는 늙은 직원의 빠진 이빨과 잇몸 사이로 빈랑나무 열매를 오래 씹은 사람의 그것처럼 시커먼 입안이 보였다. 고개를 끄덕이던 구자성이 천천히 고개를 흔들었다.

나는 그때 일곱 살이었소. 부산 범전동에 있던 미군부대 캠프 하야리아 앞에서 구두를 닦았소. 학교도 들어가기 전이었소.

숙소로 돌아오는 차 안이었다. 구자성이 듣지 않아도 괜찮다는 듯이, 아무 생각 없는 듯한 목소리로 나직하게 이야기를 시작했다. 이나는 서둘러 노트를 꺼내고, 몸을 옆으로 돌려 앉아 뒷자리의 구자성을 바라보며 메모를 시작했다. 비로소 그에게서 두루뭉술하게 넘어갔던 어린 시절 이야기를 구체적으로 듣는 셈이었다.

정확히 말하면 닦는 것은 동네 형들이었고, 나는 심부름하는 찍새였소. 미군의 워커를 가져다 딱새 형들에게 주고 형들이 닦은 워커를 미군들에게 가져다주는 일이었소. 내가 나르는 워커의 개수가 내 수입이었소. 일종의 영업사원이자 운반담당이었던 거지. 워커를 가장 자주 닦는 미군이 서전트 험프리, 거인처럼 덩치가 큰 험프리 중사였소. 워커뿐 아니라 외출할 때 신는 구두도 닦았으니까. 반들거리는 앞코에 부딪친 햇빛이 튕겨 나와 눈을 찌를 정도로 형들이 침을 뱉어 잘 닦은 워커를 들고 가면 험프리가 가지고 놀던 카드를 손에 든 채 나를 안고 수염이 꺼끌한 거친 볼을 내 얼굴에 비벼 댔소. 자기가 무슨 내 아버지라도 되는 것처럼.

이 대목에서 구자성은 잠시 숨을 멈췄다. 잔잔한 것 같았던 그의 표정이 좀 일그러져 있었다.

그 늙은 직원이 미군부대 하우스보이 출신이라고 하는 바람에 내가 별 얘기를 다 하고 있네!

구자성이 자책하는 것처럼 중얼거렸다.

그래서요? 돈을 좀 버셨어요?

이나는 그가 말을 잇게 하는 것이 중요하다고 생각했다.

일곱 살 난 구두닦이, 아니 구두닦이도 아닌 찍새가 무슨 돈을 벌었겠소.

그는 좀 망설이다가 다시 말을 이었다.

퀸셋 막사 맨 끝에 있는 험프리의 방에는 침대 하나와 탁자하나가 있었소. 그가 그 거대한 몸을 움직일 때마다 침대 스프링이 바닥까지 잠겼다 삐걱삐걱 신음 소리를 내곤 했소. 그는 다른 병사들과 달리 그 공간을 혼자 쓰고 있었소. 한쪽 벽에 성조기 하나가 그림처럼 붙어 있을 뿐 그의 방엔 아무런 장식이 없었소. 지금 생각하면 그 사방의 빈 벽에 은밀한 침묵을 걸어 놓고 있었던 것이 아니었나 싶소. 채워야 할 무슨 욕망을 걸어 놓은 것처럼.

그 대목에서 그가 무슨 말을 하는지 이해가 되지 않았지만 이나는 내색하지 않았다. 그의 입에서 이야기가 끊어지지 않고 흘러나오는 것이 중요했다.

내가 갈 때마다 그는 탁자나 침대 위에서 뒷면에 붉은 꽃무늬가 그려진 카드를 들고 혼자 놀고 있었소. 그는 카드를 쥔 손가락까지 붉은빛이 도는 누런 털로 뒤덮인 털북숭이였소. 카드를 갖고 노는 그의 손가락을 보고 있으면 털이 무성한 크고 기다란 막대벌레들이 꽃을 갖고 노는 것 같았소. 나는 그 털들이 내 몸에 닿는 것처럼 이물감이 느껴져 소름이 돋았소. 험프리가 그 거대한 몸에서 뻗어 나온 털북숭이 팔로 나를 번쩍 안아 들고 내 뺨에 자신의 얼굴을 비빌 때마다 나는 소리를 지르고 고개를 돌렸소. 그의 몸에서 나는 누린내와 그 소름 돋는 터럭이 너무 싫었소. 내려 달라고 소리쳤소. 소용없었소. 내 외침이 커질 때마다 그는 낄낄거리며 더 재밌어했소. 그렇게 한참 동안 나를 안고 털과 수염으로 비비다가 내려놓으며 그는 따로 1센트짜리 동전을 내게 주곤 했소. 손톱만 한 구리빛깔 동전에는 한쪽 면에 구레나룻이 텁수룩한 코 큰 남자 얼굴이 들어가 있고, 뒷면에는 돌창살이 세로로 질린 네모난 창고 건물이 있었소. 나는 그의 방을 나오며 그 동전을 주머니에서 꺼내 손가락 사이에 넣고 비비곤 했소. 그 손가락을 코에 대면 동전 냄새가 묻어났소. 구리 구린내와 쇠 냄새가 뒤섞인 날카롭고 복잡한 냄새였소. 우습게도 나는 그 험프리에게서 영어를 배웠소. 영어한 단어가 늘 때마다 그 단어가 더해진 습득 단어의 개수는 구두 숫자 오른쪽 어깨에서 지수로 작동했소. 그 덕에 다른 병사들의 더 많은 구두를 나를 수 있었으니까. 싫어도 험프리에게 안길 수밖에 없었던 거요. 거기서 그쳤으면 좋았을 텐데…, 나는 그가 갖고 노는 카드를 너무도 만져 보고 싶었소. 어깨 너머로 그의 게임을 들여다보며 그의 게임 속으로 들어가 보고 싶었소. 아무래도 내가 그때 그 욕망을 누르지 못해 이 모양 이 꼴이 된 것 같소.

거기서 그는 입을 다물었다. 이나는 그가 소년 노동을 하기 이전부터 이미 유년 노동을 할 수밖에 없었다는 것이 너무 놀라웠다. 그 시절, 그의 고단했을 삶이 조금은 보이는 것 같았다. 더불어 그의 입에서 또 어떤 말들이 쏟아져 나올지 궁금했다. 그러나 벌써 호텔 앞이었다. 이나는 때가 되면 다시 그의 입이 열릴 것이라고, 이제 일곱 살 어린 시절에 대해 입을 뗐으니 그의 이야기도 구체적으로 나이가 들어 갈 것이라고, 그렇게 될 것이라고, 그렇게 만들어야 한다고 생각했다.

호텔 직원에게 롱빈을 아는 사람이 있으면 알려 달라고 부탁하고 여러 경로로 소문을 냈지만 롱빈을 아는 사람은 나타나지 않았다.

거길 꼭 가보셔야 한다면 좀 더 적극적으로 광고를 하면 어떨까요?

구자성이 무슨 말이냐는 듯 이나를 쳐다봤다.

지역 신문에 광고를 해보면 어떨까 싶어서요. 이렇게 무작정 기다리는 것보다 조금은 더 적극적일 필요가 있는 것 같아서요. 시간도 단축하고 머무는 비용도 줄이면 좋지 않을까요?

한참을 머뭇거리던 구자성이 고개를 끄덕였다. 이나는 그 머뭇거림이 의미하는 바가 뭘까 잠시 생각했다. 그러나 지금은 자신마저 머뭇거릴 시간이 아니었다. 다낭 체류 14일이 지나고 있었다.

이나는 호텔 직원을 통해 다낭 포털 격인 다낭신문과 다낭공안신문 사람을 만나 롱빈을 아는 사람을 찾는 광고를 냈다. 막상 4면에 1단 1컬럼짜리 광고가 실린 두 신문을 받아 보고 이나는 롱빈을 찾는 일이 모래밭에 떨어진 바늘을 찾는 격이라는 것을 실감했다. 막막하다는 말은 사전에 잠들어 있는 단어가 아니었다.

7

어디에서 누가 보내올지 모르는 소식을 기다리는 일은 그 막막함의 폭과 질량과 부피가 끝도 없이 저마다의 방향으로 팽창한다는 것을 의미한다. 그만큼 숨이 막히고, 멈춰 바장이느라 너덜너덜해진 시간이 남루해지고 지루해진다. 그렇더라도 지금은 롱빈을 아는 사람이 나타나기를 기다리는 것 외에 뚜렷한 다른 수단이 없었다. 호텔에서 마냥 기다리고 있을 수만은 없어 세 사람은 호이안으로 갔다. 구자성이 롱빈을 호이안 주변에 있던 마을로 기억했기 때문이었다. 거기 한 발이라도 더 가까이 가보는 것이 롱빈을 찾는 데 도움이 될 것 같았다.

호이안 시청에서도 롱빈을 아는 사람이 없었다. 호이안에는 지역신문이 없어 따로 광고할 수도 없었다.

세 사람은 시청을 나와 잠시 문 앞에 서 있었다. 어디로 가야 할지 방향이 잡히지 않았다. 이나는 지도를 살펴보고 호이안 구시가지 쪽으로 방향을 잡았다.

밤새 거세게 쏟아졌던 비가 그치고 볕이 따가웠다. 땀을 줄
줄 흘리면서도 김집사는 구자성을 태운 휠체어 손잡이를 손에
서 놓지 않았다.

가게와 가게가 잇닿아 거리를 이루고, 그 기게들마다 색색의
등을 걸어놓고 있었다. 등들은 2층이나 3층, 또는 4층에서 줄을
타고 내려왔다. 자세히 보니 그 줄들은 가게와 가게, 거리와 거
리를 신호줄처럼 잇고 있었다.

거리를 오가는 사람들이 늘어나기 시작했다. 주민들보다는
멀리서 온 이방인들이 많아 보였다. 그때서야 이나는 이곳이
이름난 관광지라는 데 생각이 미쳤다.

거리 뒤편에 있는 집들의 시멘트벽은 대개 어두운 노랑으로
칠해져 있었다. 이나는 문득 그 벽 색깔에서 고흐의 '노란집'과
'아를르 포름광장 카페테라스'를 떠올렸다. 그 밝은 듯 어두운
노랑은 고흐의 그림처럼 거리의 내면과 어떤 갈망을 표현하고
있는 것처럼 보였다.

다시 보니 거리는 시간을 뒤로 당겨 놓은 것 같은 낯선 중세
도시의 모습을 띠고 있었다. 어떻게 보면 보존이 잘 된 중국의
옛 거리 같기도 하고, 어떻게 보면 일본의 지방 도시 오래된 뒷
골목 같기도 하고, 또 어떻게 보면 유럽의 시골 유적지 같기도
했다. 그 거리마다 골목마다 피부색이 다른 사람들이 떼를 지어

기슭으로 달려가는 파도처럼 흘러가고 있었다.

이나 일행이 그 관광객들처럼 가게의 좌판과 거리를 기웃거리는 사이, 두 사람이 몸을 부딪치며 겨우 비껴갈 만한 좁은 골목에서 갑자기 한 사내가 튀어나왔다. 그 순간, 구자성이 움찔하며 사내의 뒤를 날카롭게 살폈다. 사내의 뒤는 아무것도 없는 텅 빈 골목이었다. 군인처럼 머리를 짧게 깎은 사내는 흰 러닝셔츠에 건빵 주머니가 달린 짙은 베이지색 6부 바지를 입고 있었다. 배가 약간 나온 사내는 이나 일행에게는 눈길도 주지 않고 제 갈 길을 갔다. 사내가 왼손에 든 반투명 비닐봉지에는 몇 가지 반찬들을 따로따로 싼 작은 비닐봉지들이 들어 있었다. 구자성이 숨을 크게 내쉬면서 가슴을 쓸어내렸다.

여기 어디서 시가전을 벌였소. 이 골목처럼 좁은 골목 앞에서.

구자성이 다시 한번 숨을 크게 내쉰 뒤 하기 싫은 이야기를 어쩔 수 없이 하는 것처럼 입을 열었다. 이나는 구자성에게 바짝 다가섰다.

쭈라이에 있던 기존 부대를 떠나 어둔 밤 미군 상륙함을 타고 북쪽으로 바다를 거슬러 올라갔소. 그리고 도착한 곳이 호이안 근처 바닷가였소. 미군의 요청으로 주둔지역을 바꿨던 거요. 근데 사방이 모래언덕뿐 아무것도 없었소. 맨땅에 새로 진지를 구축해야 했던 거였소. 중대 진지를 구축하기 위해서는 참호를 파고 각 분대 소대 중대 급별 벙커를 짓고 망루를 세우고 최소 다섯 겹의 철조망을 둘러야 하는데 벙커는 시늉만 내고 밤새워 철조망 한 겹을 막 두르고 났을 때 출전 명령이 떨어졌소.

부대는 드럭을 타고 이동해 호이안 외곽에 포진했소. 거기가 우리가 호이안 시내로 들어갈 수 있는 가장 가까운 곳이었소. 베트콩과 월맹 정규군이 구정 공세를 시작해 호이안 시내를 지키고 있던 몇 개의 월남군 부대가 적의 수중에 떨어졌다고, 그걸 탈환하라고 우리가 동원된 거였소.

적들은 박격포를 쏘아댔고, 미군이 공중폭격으로 그 포격을 덮는 일이 하루종일 이어졌소. 어둠이 몰려오기 시작하고, 적들이 잠시 주춤하는 사이 우리 부대는 적의 대열 한쪽을 허물고 호이안 시내로 들어갔소. 시가지는 폭격과 포격이 일으킨 먼지구름으로 자욱합디다. 그 먼지구름을 뚫고 하늘로 올라간 조명탄들이 불꽃놀이를 하듯 펑펑 불꽃을 일으켰소. 그때마다 하늘에서 지상으로 날리는 가오리연처럼 불꽃 위로 긴 꼬리를 매단 궤적이 따라 내려왔소. 그 조명탄 불빛 아래 베트콩과 월맹 정규군이 득시글거리고 있었소. 그렇게 많은 적들을 바로 눈앞에서 실물로 보기는 처음이었소.

자, 가자!

소대장이 외치는 것과 동시에 자욱한 먼지구름 속에서 총알이 날아왔소. 옆에 있는 누군가가 쓰러졌소. 정확히 어디에서 총알이 날아오는지 몰라 그 먼지구름 속으로 드드득 갈겨대는 수밖에 없었소. 한동안 총소리가 잠잠해진 뒤 갑자기 아까 본 것 같은 좁은 골목에서 어둠과 뒤섞인 적들이 쏟아져 나왔소. 나는 얼결에 연발로 장전하고 있던 M16의 방아쇠를 당겼소. 내가 좀 빨랐는지 맨 앞에 오던 적이 쓰러지는 게 보였소. 그러나 그들은 너무 많았고, 너무 가까웠소. 수류탄을 던지거나 소총을 쏠 수 없는 거리였소. 곧바로 몸끼리 맞붙을 수밖에 없었소. 나는 훈련받은 대로 발을 뻗어 적의 배를 차고 주먹으로 적의 명치와 턱을 올려붙였소. 그리고 쓰러진 자의 몸통에 대검을 꽂아 돌렸소.

이나는 너무 끔찍했다. 자신의 가슴이 대검에 찔린 것 같았다. 이나는 진저리를 치면서도 메모에 집중했다. 땀이 손가락 사이에서 배어나 미끌거렸다. 햇볕이 강렬해 노트에 쓴 글씨가 잘 보이지 않았다. 그늘에 가서 적으면 어떨까 싶었지만 구자성의 입이 닫힐까 봐 엄두를 낼 수 없었다. 얼굴에서 땀이 줄줄 흐르고 있는 김집사는 이미 바다색 반팔 티셔츠가 젖어 브래지어 윤곽이 다 드러나고 있었다.

마음이 급한데 대검이 잘 빠지지 않았소. 적의 근육과 힘줄이, 또는 죽고 싶지 않은 적의 마음이 대검에 달라붙어 잡아당기는 것 같았소. 온몸의 기를 모아 겨우 대검을 빼냈을 때는 몸이 떨려 정신을 차릴 수가 없었소. 가까이서 하늘로 쏘아 올린 조명탄이 내려오고 있었소. 그 순간 내 대검에 찔린 적과 눈이 마주쳤소. 정규군 복장을 했지만 앳된 중학생 같았소. 몸에서 한순간에 힘이 쏙 빠져나갑디다. 피로가 한꺼번에 몰려오고 눈이 서절로 감겼소. 그런데 또 다른 누군가가 내게 달려드는 기척이 느껴졌소. 나는 눈을 뜨고 다시 기운을 짜내 내게 달려드는 다른 적들에게 발길질을 하고 주먹을 휘두르고 철모를 벗어 내리쳤소. 그러다가 어느 순간 적들이 더 이상 달려들지 않았소. 소대장이 현장을 수습하라고 소리쳤소. 조명탄은 끝없이 하늘로 치솟았다가 지상을 염탐하듯 내려오고 있었소. 우리 분대원 셋이 쓰러져 있었고, 적 다섯이 쓰러져 있었소. 죽은 동료들을 수습하다가 아까 눈이 마주쳤던, 내가 대검으로 찔렀던 적을 얼핏 봤소. 찢어진 군복 사이로 젖가슴이 불룩 삐져나와 있었소. 피비린내가 진동했소. 내가 또 무슨 짓을 했는가 싶었소. 헤아려 보면 단 몇 분의 육박전이었을 텐데 한 10년이 흘러간 것 같았소. 그 전투 현장에서 나는 죽지 않고 크게 다치지 않고 살아남았지만 우리 중대는 막대한 타격을 입었소. 다음 작전에 투입되기 전까지 한동안 보충될 신병을 싣고 오는 미군 수송선을 기다려야 했으니까.

거기까지 말하고 나서야 구자성은 눈이 부신 듯 손차양으로 햇볕을 가렸다. 이나는 아직도 진저리쳐지는 이 끔찍함을 어서 물리고 이동해야 한다고 생각했다. 할 말이 더 있으면 구자성도 더 내놓게 될 것이었다.

이나는 자신이 먼저 사람들이 흘러가는 거리 쪽으로 발걸음을 뗐다. 어서 그 골목 언저리를 벗어나고 싶었다. 김집사가 손등으로 이마의 땀을 훔친 뒤 구자성의 휠체어를 밀고 따라왔다. 이나는 골목들이 얽혀 있는 거리를 에둘러 돌았다.

그사이 거리에는 온갖 곳에서 몰려온, 온갖 인종의 사람들이 집회장에 모여 행진하는 것처럼 물결을 이루며 흘러가고 있었다. 따갑던 볕이 뭉근해지고 있었다.

이나는 구자성과 김집사의 의사를 물은 뒤 근처에 있는 쌀국수집에 들어갔다. 삶은 돼지고기 몇 점과 숙주와 청경채와 고수 몇 잎이 국수 위에 고명처럼 얹어 있는 쌀국수는 담백했다. 구자성도 김집사도 먹을 만하다고 고개를 끄덕였다.

왜 롱빈을 아는 사람이 없을까요?

국수를 다 먹고 물을 마시는 사이 이나는 구자성에게 물었다. 구자성이 잘못 알고 있는 게 아니라면 이토록 아는 사람이 없다는 게 잘 받아들여지지 않았다.

모르겠소. 내가 들어갔던 마을이 롱빈이었다는 기억은 분명한데…. 한동안 잊고 있었소. 나조차 내 기억에서 지워진 줄 알았고. 죽을 때가 가까워 온다고 생각하니 그 마을과 그 마을 이름이 분명하게 떠오릅디다. 모르지. 내 기억이 잘못됐고, 내가 잘못 알고 있는지도.

이나는 그가 두려워하는 게 아닐까 싶었다. 자신의 과거, 그가 롱빈이라고 이름 붙인 자신의 과거와 마주치는 것이 두려워서 그러는 것이 아닐까 싶었다. 박물관에서 자신이 찍혀 있을지도 모를 사진들을 보고 서둘러 도망쳤듯이. 그렇다면 그는 왜 그 두려운 베트남에 다시 오고, 롱빈을 찾는 것일까? 아무리 그의 내부에서 두려움과 죄책감이, 또는 다른 무언가가 길항한다고 해도 그 모순의 갭이 너무 커 보였다.

이나는 갑자기 수렁에 빠진 느낌이 들었다. 롱빈이라는 수렁, 또는 구자성이라는 과거, 또는 그의 기억, 또는 그가 펼쳐놓은 이야기의 수렁. 그렇더라도 그의 이야기는 뿌리까지 모두 드러내야 할 것 같았다. 더는 실뿌리조차 나오는 게 없도록 그가 이야기를 다 풀어내게 해야 할 것 같았다. 이나는 그것이 그의 무거운 몸을 좀 가볍게 해주는 길이고, 그에게서 급료를 받는 문제를 떠나 이 일을 시작한 자신의 역할을 다 하는 일일 것이라는 생각이 들었다.

이따금 하미에서 만났던 할머니의 깡통발과 구자성의 뼈만 남은 다리가 겹쳐서 떠올랐다. 할머니의 발이 그 끔찍한 시간의 오래된 현재성을 표현하고 있는 거라면 그의 다리는 시간의 풍화작용 속에서 슬픔이 간장처럼 배어 있는 몰골이 아닐까 하는 생각이 들곤 했다. 그때마다 이나는 그에게 다리가 의미하는 것이 뭘까 생각했다. 어쩌면 그의 다리는 그의 젊음이 그에게 쏜 총알의 흔적이 아니었을까, 또 어쩌면 그는 그의 의지와 상관없는 역사의 총알받이 아니었을까 싶기도 했다. 그때 그의 몸이 거기 그렇게 놓여 있었다면 그로서도 어떻게 할 수 없는 일 아니었을까 싶기도 했다.

그렇다면 할머니 가족의 몰살과 할머니의 발은 대체 무엇이란 말인가? 키엠 때문에 알게 된 하미 마을 사람들은? 거기다가 구자성의 대검에 찔려 젖가슴이 드러난 채 죽은 그 앳된 얼굴은 또 누구란 말인가? 이나는 어쩌면 자신이 이 수렁에서 빠져나가지 못할 것 같다는 두려움에 휩싸였다. 아무리 생각해도 자신이 감당할 수 있는 일이 아닌 것 같았다. 아직 끝이 어딘지도 모르는 모험에 대한 동경의 결과가, 아니 그 행로가 이런 것인가 싶었다. 자신이 이 일을 너무 쉽게, 너무 낭만적으로 접근했던 게 아니었나 싶었다. 이나는 자신이 정말로 자신의 토끼굴에 빠져 버린 것 같았다.

구시가지 남쪽 끝에는 강이 있었다. 지도에는 투본강이라고 적혀 있었다. 강변 한쪽에는 생선전과 잡화전이 펼쳐져 있고, 강을 건너는 다리 근처에는 물살이 거세 운행하지 못하고 있는 작은 나무배와 흔히 FRP라고 하는, 유리섬유 강화 플라스틱으로 만든 하늘색 배들이 매여 있었다. 상류에는 비가 많이 왔는지 강 복판에 흙탕물이 거센 기세로 흘러가고 있었다.

내레 저런 강을 여러 개 넘었시오.

오래도록 강물을 들여다보고 있던 김집사가 포도를 먹고 씨를 뱉듯이 톡 내뱉었다. 땀이 밴 그의 손은 여전히 구자성의 휠체어를 잡고 있었다. 이나는 무슨 말인가 싶어 김집사를 돌아봤다. 구자성은 자신의 내부에 침잠하고 있는 사람처럼 흘러가는 물살에 눈을 박아 놓고 가만히 있었다.

얼어붙은 압록강을 건넜고, 장강을 건넜고, 황하도 건넜시오. 끝내는 메콩강을 건너 한강까지 건넜고.

북에서 오셨군요?

이나는 비로소 그의 말투가 이해됐다.

청진에서 왔시오.

김집사가 다시 흙탕 물살에 눈을 두고 덤덤하게 말했다.

그때는 몰랐는데, 강을 건너는 것은 삶의 굽이를 건너는 것입디다. 굽이 하나하나마다 고비를 맞닥뜨리기도 하고 부정적이든 긍정적이든 전과는 너무 다른 새로운 세상을 만나게 되고.

그때 김집사의 핸드폰이 울렸다. 카톡 전화 발신음이었다. 김집사는 구자성의 휠체어를 이나에게 맡기고 저만큼 떨어져 통화를 했다. 그의 입에서 유창한 중국어가 흘러나왔다. 이나는 김집사가 어떤 사람인지 조금은 알 것 같기도 하고 정보가 더해

질수록 잘 모르겠는, 더 낯선 사람으로 보이기도 했다.

큰아들이네요.

통화를 끝내고 온 김집사가 다시 구자성의 휠체어를 두 손으로 잡으며 이나에게 말했다.

한국에 데려오고 싶은데 숨지가 않네요.

김집사가 구자성의 눈치를 살피며 혼잣말처럼 중얼거렸다. 이나는 김집사가 누구일까, 무슨 사연이 있는 걸까, 괜히 증폭되는 궁금증을 떨어내기 위해 두 손을 부딪쳐 털었다. 이 세상에 저마다의 사연이 없는 사람이 어디 있겠는가.

날이 어두워지기 시작했다. 혹시 몰라 가게 몇 군데를 들러 룽빈을 물었지만 안다는 사람은 없었다. 이나는 이제 호텔로 돌아가야 할 때라고 생각했다.

택시를 타고 보니 가게 처마에서 줄을 타고 내려온 온갖 빛깔의 등들이 불을 밝히기 시작했다. 그 등불들은 저마다의 가게를 저마다의 빛깔로 빛나게 하고, 서로 어우러져 새로운 밤거리를 만들어내고, 거리들은 서로 얽혀 고색창연한 새로운 도시로 태어나고 있었다.

뒷자리에 앉은 구자성은 눈을 감고 명상을 하듯 가만히 있었다. 그런 구자성을 김집사는 걱정스런 표정으로 조용히 들여다보고 있었다.

이나에게는 오늘이 여태까지 베트남에서 보낸 날 중 가장 힘들고 긴 하루였다. 시간이 갈수록 가슴 아픈 이야기는 점점 쌓여 가고 그 이야기들이 자꾸 가슴을 짓누르고 있었다. 그나마 구자성의 입이 조금씩 풀리고 있다는 것이 고무적이라면 고무적인 일일까? 그러나 이곳에서 전쟁을 치른 구자성의 입이 풀릴수록 가슴에 쌓이는 이야기는 더 늘어날 것이라는 데 생각이 미치자 암울하기조차 했다. 그렇더라도 이제 딱 두 주밖에 안 남아 있는, 돌아가는 비행기 편에 맞춰 일을 마무리하려면 구자성의 입이 끊이지 않고 열려야 했다. 이나는 롱빈을 찾으면 그 일이 가능할 것이라고, 어쩌면 시간이 당겨질 수도 있을 거라고 믿고 싶었다.

8

특별히 구자성이 아침이나 새벽 일정을 전날 미리 말하지 않는 한, 이나가 아침 식사를 하고 구자성의 방에 들어가 그날의 일정을 의논하는 것이 그날의 첫 일정이었다. 서로 그렇게 하자고 한 것은 아니지만 자연스럽게 그렇게 되고 그렇게 굳어졌다.

이나가 습관처럼 우준에게 아침 인사 메시지를 보내고 구자성의 방에 들어갔을 때 그는 침대 위에서 선이 굵은 붉은색 큰 체크무늬 파자마를 입은 두 다리를 벌리고 그사이에 카드를 늘어놓고 놀고 있었다. 겉면에 희미한 붉은 기운이 도는 아주 오래된 카드였다. 여느 카드와 달리 네 귀퉁이가 다 닳아 둥글게 원을 그리고 있었다.

이따금 구자성은 고개를 수그린 채 허리를 세워 등을 두드린 뒤 벽에 기대고 있다가 다시 가상의 상대를 설정해 카드를 돌리고 뒤집어 패를 보고 다시 돌리며 패를 깠다. 이나는 자신이 온 것도 모르는 것처럼 구자성의 그 초집중한 모습이 몹시 외로워 보였다.

같이 놀아 드릴까요?

이나는 인사 삼아 말을 붙였다. 그의 외로움을 조금이라도 누그러뜨려 주고 싶었다.

일없소.

구자성이 고개도 들지 않고 김집사의 말투를 흉내 내며 이나의 틈입을 저지했다. 이나는 자신이 표현을 잘못한 것 같다는 생각이 들었다. 그를 도와주고 싶다는 뜻이 아니라, 자신이 심심하니 같이 놀아 달라는 의미를 전하는 게 더 좋았을 것 같았다. 그런데 조금 더 생각하니 그의 동작은 그 카드는 혼자만 갖고 놀아야 한다는 의사표현이 아니었을까 싶기도 했다.

손에 피 묻히는 것은 나 혼자로 족하오.

이나가 뻘쭘하게 서 있자 구자성이 지나가는 말처럼 중얼거리듯 말했다. 한편으로는 이나의 생각을 확인시켜 주는 것 같으면서도 속뜻을 전혀 알 수 없는 말이었다. 이나의 반응을 눈치챘는지 그의 얼굴에 곤혹스러워하는 표정이 미세하게 스치고 지나갔다.

군에 있을 때 조동호라는 사람이 있었소. 최수영도 있었고, 박노수도 있었고.

구자성이 카드에서 눈을 떼지 않고 다시 중얼거리듯 말했다.

이나는 그가 비로소 본격적으로 젊은 시절의 이야기를 풀어놓는 게 아닌가 싶어 귀를 쫑긋 세웠다. 그러나 그는 그 이상의 말은 하지 않았다.

그래서요?

이나는 그가 이야기를 풀어내도록 추동해야 한다고 생각했다. 고개를 든 구자성이 무슨 말이냐는 표정으로 이나를 올려다봤다.

군에 있을 때 친구들 이야기를 하시다가 말이 없으셔서요.

내가?

구자성은 스스로도 놀란 듯 눈을 크게 뜨고 이나를 쳐다봤다.

조동호, 최수영, 박노수 씨 이야기를 하신 것 같은데요?

그럴 리가?…

구자성이 어정쩡하게 부정했다. 이나는 그에게는 쉽게 꺼낼 수 없는 이야기일지도 모르겠다는 생각이 들어 더 몰아붙이지는 않았다. 이 또한 그 스스로 풀어낼 때까지 기다려야 하는 이야기인지도 몰랐다.

구자성은 다시 카드에 코를 박고 한마디도 더 내놓지 않았다. 이나는 자신의 방으로 건너올 수밖에 없었다.

이나는 벽걸이 에어컨 앞에 등을 대고 서 있었다. 답답하기도 하고 초조하기도 했다. 혼자 안달해서 될 일이 아니라는 것을 알면서도 그런 심리 상태에서 벗어나기가 쉽지 않았다.

다 지나갈 것이다. 이 답답하고 하는 일 없이 제멋대로 흘러가는 시간도.

이나는 시린 등에 기대 마음을 다독였다. 최대한 순리대로, 흘리기는 대로 갈 수밖에 없었다.

초인종이 울렸다. 김집사였다. 김집사가 이나의 방을 방문한 것은 처음이었다. 워낙에 구자성이라는 환자가 수발들 것이 많은 존재였다. 김집사 스스로도 빈틈없이 하려고 애쓰고 있고.

방이 너무 작지 않아요?

아뇨. 충분해요. 천날만날 여기 살 것도 아닌데요, 뭐.

하긴 그렇지요. 얼른 일 마치고 가야지요. 나는 우리 누고가 걱정돼 죽겠어요. 어젯밤에는 꿈에까지 나타나 마음을 시끄럽게 하더라구요. 아무래도 굶어죽을 것 같아요.

이나는 그 마음이 오롯이 느껴져 가슴이 아팠다. 누리가 집을 나갔을 때 느꼈던 통증이 생생하게 되살아났다.

잘 버티고 있을 거예요. 다른 집 쓰레기통을 뒤져서래도 먹을 것은 구하겠죠. 아마 집사님 오기를 눈 비비며 기다리고 있을지 모르겠네요.

그러게요. 얼른 마치고 가면 좋겠는데.

누고 때문에 안달하면서도 김집사는 뭔가 주뼛대는 모습이었다. 고양이 이야기가 아닌 뭔가를 말하고 싶어 하는 표정이랄까, 이나는 그에게 다른 이야기가 있다는 것을 직감했다.

이나씨가 우리와 함께해서 얼마나 고마운지 몰라요. 솔직히 말하면 이나씨 이전에도 몇 사람이 왔었는데 계약서를 보고는 다 도망쳤어요. 아마 저 양반을 이상한 사람이라고 생각했던 거 같아요.

이나는 자신도 그랬다고 말할 뻔했다. 부질없는 소리였다. 자신은 지금 이들과 함께하고 있었다.

심장이 좋지 않으세요. 혈관이 막혀 스텐트를 두 군데 하셨거든요. 얼마를 더 사실지 잘 모르겠어요.

아, 그렇군요! 나도 얼른 마치고 가면 좋겠는데 선생님도 더 말씀하지 않으시고, 말씀하신 롱빈도 찾을 수 없으니 난감하네요. 마음만 바쁘고.

조금 더 기다려 보면 좋아지지 않을까 싶어요. 롱빈도 찾지 못하고 이야기도 풀어내지 못해 답답한 것은 저 양반이 더할 것 같으니까요.

그래야겠죠.

이나는 무덤덤하게 대답했다. 이나와 김집사가 해결할 수 있는 문제가 아니었다.

그렇게 이야기가 끝난 것 같은데 김집사는 여전히 이나 방에서 미적거렸다. 무언가 할 말이 더 있는 사람 같았다.

혹시 하시고 싶은 이야기가 더 있으세요?

이나는 얼른 김집사를 보내고 쉬고 싶었다. 구자성의 일은 생각만으로도 피로가 쌓였다.

그냥… 내 이야기를 좀 하고 싶어요. 내가 어떻게 살아왔는지…. 어디 가서 누구한테 입도 벙긋 못하고 살아왔거든요. 이나씨라면 할 수 있을 것 같아서….

이나는 고개를 끄덕였다. 그도 구자성에게 감염된 것 같았다. 구술충동바이러스 같은 것이. 왜 아니겠는가. 사연이 지극한 사람들은 때로 그것을 더 이상 자신의 가슴속에 쌓아 놓을 수 없는 임계점에 다다르기 마련인데 지금 김집사가 그 지점에 와 있는 게 아닐까 싶었다. 풀어낼 수만 있다면 쏟아내는 것이 가슴을 가볍게 하는 일일 터였다.

하시고 싶은 이야기 있으면 부담 갖지 말고 하세요. 이래봬도 내가 소설가잖아요.

이나는 빙긋 웃었다. 어차피 들어야 한다면 말하는 사람을 편하게 해주고 싶었다.

그 겨울, 압록강은 꽁꽁 얼어 사람이 오갈 수 있는 얼음판이 됐어요. 강에 얼음다리가 놓인 셈이지요. 총 맞아 죽을 수도 있고, 얼어 죽을 수도 있는. 그러나 그 두려움 속에서도 강을 건너면 새로운 세상이 기다리고 있다고 믿고 싶었어요.

창을 등지고 다탁 옆 의자에 앉은 김집사가 낮은 목소리로 차분하게 자신의 이야기를 하기 시작했다. 커튼 사이로 들어온 아침 햇빛이 그의 한쪽 얼굴에 닿아 그는 빛과 그늘이 공존하는, 조곤조곤 말하고 필요한 손동작을 할 때마다 가볍게 움직이는 모빌처럼 보였다.

흔히 브로커라고 하는 사람이 지정해 준 곳으로 갔어요. 강쪽과는 많이 떨어진 곳이었어요. 기다리는 내내 겁이 나더라구요. 그가 보위부 끄나풀이어서 잡혀가면 어쩌나 싶기도 했구요. 그래도 기다릴 수밖에 없었어요. 밤이 되자 한 여자가 나타났어요. 남자가 아니어서 놀랐어요. 40대쯤 돼 보이는 키 작은 여자였는데 엄청 다부져 보였어요. 조용히 따라오라고 하더라구요. 어떤 마을을 빙 돌아 강가에 도착했어요. 국경초소가 멀지 않은 곳이었어요. 건너갈 시간을 가늠하며 숲에서 덜덜 떨고 있는데 그렇게 몸이 덜덜 떨리면서도 졸립더라구요. 청진에서 거기까지 걸어오는데 꼬박 이틀이 걸렸거든요. 깜빡 잠들었는데 여자가 깨웠어요. 새벽 두 시가 막 지나고 있었어요.

총소리가 나도 멈추지 말고 달리라우. 최대한 소리 내지 말고 갈짓자로 달리라우, 갈짓자, 알간?

여자가 등을 떠밀었어요. 건너편에 가면 사람이 나와 있을 거라고 걱정하지 말라고.

암호는 장백산이야, 장백산. 가서 잘 살라우.

조심스럽게 강가를 떠나 냅다 달렸어요. 강의 중간쯤 가니까 내가 떠나온 초소 쪽에서 서치라이트가 켜지고 뭐라고 소리치는 소리가 얼음판에 미끄러지고 있더라구요. 그리고 총소리가 들렸어요. 나는 무작정 달렸어요. 총알이 얼음판에 부딪쳐 핑핑 뛰어오르더라구요. 갈짓자로 달리라는 말이 떠올랐어요. 그런데 그렇게 할 수 없었어요. 너무 무서워 곧장 달릴 수밖에 없었으니까요. 강 건너편에 닿을 즈음에는 총소리도 들리지 않았어요. 그때서야 숨이 차고 다리가 후들거려 한 걸음도 떼지 못하겠더라구요.

김집사의 호흡이 가빠졌다. 이나는 그가 아직도 그 도강 현장에 있는 것처럼 느껴졌다.

거친 숨이 잦아들 즈음 강가에 사람이 나타났어요. 어둠 속에서도 나이 든 남자라는 것을 알 수 있었어요. 젊은 사람이 아니어서 오히려 안심이 되더라구요.

누구고?

장백산이라요.

나는 브로커가 시킨 대로 했어요.

장백산? 옳게 찾아왔구만. 날래 가자우.

남자의 차를 타고 갔어요. 덜컹거리는 낡은 트럭이었어요. 남자가 주는 빵과 만두만 먹고 이틀 동안 비포장도로를 달렸어요. 용변은 남자가 내려주는 길가에서 해결해야 했어요. 다시는 헤어나오지 못할 것 같은 골짜기, 골짜기 골짜기로 차가 들어가더라구요. 아무리 생각해도 뭔가 잘못된 것 같다는 생각이 들었어요. 어디로 가냐고 물어도 앞만 보고 달리던 남자가 그러더라구요.

너래 돈 벌러 나오지 않았니? 가서 많이 벌라우.

산밑 마을이었어요. 사방이 높은 산으로 둘러싸인 산 아래 마을.

김집사는 거기서 침을 꼴깍 삼켰다. 이나는 그에게 물을 한잔 따라 줬다. 그는 잔을 기울여 그 안의 물에 입술을 담갔다 떼고 이나를 빤히 쳐다봤다.

이런 이야기 듣기 힘들지요?

아니에요. 이야기가 너무 생생하고 실감이 나네요. 가슴이 아프기도 하구요. 살던 곳에서 도망쳐 나와 어떤 위험이 도사리고 있는지도 모를 낯선 곳으로 간다는 것이 쉬운 일이 아니잖아요. 그게 누구든. 저 신경 쓰지 말고 계속하세요.

저물 무렵, 그 산골짜기 어떤 집 앞에 차가 섰어요. 오막살이를 겨우 면한 자그마한 집이더라구요. 거기서 사람들이 나왔어요. 나는 내리지 않고 남자만 내렸어요. 남자와 그들이 시끄럽게 주고받는 말은 중국말이었어요. 그 집 사람들이 차 안을 기웃거리며 나를 살피더라구요. 노인 부부였어요. 나를 보고는 씩 웃었어요. 맘에 든다는 듯이. 그 집 사람들이 남자에게 뭔가를 한 뭉치 줬어요. 붉은색 중국돈인 것 같았어요. 나도 압록강가에서 여자 브로커에게 돈을 줬는데 여기서도 돈이 오가는구나 싶었어요. 남자가 나보고 내리라고 하더라구요.

딴맘 먹지 말고 잘 살라우.

나를 내려놓은 남자는 차를 타고 쌩하니 가버렸어요. 뭐라고 할까요, 심청이 인당수 가까이 다가갔을 때 마음이 그런 마음일까요? 꼭 죽으러 온 것 같더라구요.

그 집에는 노인 부부 외에 중년이 된 한 남자가 있었어요. 다리 한쪽을 저는 소아마비더라구요. 안노인이 뭐라고 뭐라고 하면서 내게 밥을 줬어요. 중국식 밥과 국과 만두였어요. 나는 상황이 어떻게 돌아가는지 알 수 없어 그걸 먹을 수가 없었어요. 내가 먹지 않으니 그들이 슬픈 표정을 짓더라구요. 이걸 먹어야 하는 걸까, 고민하지 않을 수 없었어요. 그런데 그걸 먹으면 내가 잘못될 것 같은 두려움이 커서 입에 댈 수가 없었어요.

밤이 되니까 노인 부부가 나를 남자 방으로 밀어넣더라구요. 그때서야 알게 된 거지요. 내가 그 남자에게 팔려 왔다는 것을. 삶이 뭐 이러나 싶더라구요. 나는 거부했어요. 내가 막 울부짖으며 집을 나가려니까 노인 부부가 빗자루로 나를 패더라구요. 뭐라고 뭐라고 하는데, 너한테 쓴 돈이 얼마인지 아냐고 그러는 것 같더라구요. 그들은 문을 걸어 잠그고 나를 나가지 못하게 했어요. 일하러 밖에 나갈 때는 나를 안에 가두고 밖에서 문을 잠갔어요. 소아마비 남자는 먼발치에서 나를 바라만 볼 뿐 내게 접근하거나 폭력을 행사하지는 않았어요. 악역은 부모가 맡고 그 남자는 일이 되기를 기다리는 눈치였어요.

그렇게 육개월을 살았나 봐요. 겨울 지나 봄이 가고 여름이 왔으니까요. 남자는 밖에 나갔다 들어올 때는 뭔가를 사들고 와 내게 던져 주고는 했지만 가까이 다가오지는 않았어요. 멀리서 내 눈치만 살핀 거지요. 그런데 어느 날 문득 그 남자가 불쌍해 뵈드라구요. 그리 나쁜 사람 같지도 않고. 그렇게 그 남자의 아이를 갖게 되고 두 아이를 낳았어요. 아들만 둘.

아들 둘을 낳으니 그들의 감시가 느슨해지더라구요. 평생 이렇게 살아야 한다면 어떻게 해야 할까, 번민이 커져 갔어요. 돈을 벌어 오겠다고 두고 온 오마니 생각을 하면 미칠 것 같았어요. 돈을 보내 주기는커녕 소식 한 장 전할 수가 없었어요. 그 깡촌에서는 무슨 돈을 여툴 수가 없었어요. 아무리 생각해도 죽을 때까지 그렇게 살 수는 없겠더라구요. 아이들까지 평생 그 골짜기에서 벗어나지 못할 것 같은 두려움도 컸어요. 내가 먼저 나가 자리를 잡고 아이들을 데려가야겠다 생각했어요. 아이들 아빠는 도통 그 골짜기를 떠날 생각이 없었어요. 그럴 자신이 없었겠지요. 평생 그 골짜기 밖을 나가 보지 못한 사람이었으니까요. 둘째 아이가 초등학교에 들어가는 것을 보고 도망쳤어요. 제 아빠도 있고, 할머니 할아버지가 있으니까 잘 키워 줄 거라고 믿고 싶었구요. 마지막 날 밤, 막 잠이 들려고 하는 아이들 귀에 속삭였어요. 꼭 데리러 올게. 작은애는 바로 잠이 들고, 큰애가 눈을 감고 눈물을 주르륵 흘리더라구요. 알고 있었던 거지요. 내가 떠날 것이라는 것을. 그런데 여태 데리러 가지 못하고 있네요. 그 애들이 청년이 됐는데.

김집사가 눈시울을 붉혔다. 이나는 자신이 이제 두 사람의 이야기를 기록하는 역할을 맡은 것 같은 느낌이 들었다. 일을 두 배로 해야 할 것 같은 느낌이었다. 그러나 그의 이야기가 끌리지 않는 것은 아니었다. 구자성의 이야기보다 훨씬 가까이 다가오는 이야기였다. 그리고 보면 사람들의 이야기를 듣고 그 이야기를 갈무리하고 시간이 지나 숙성된 그 이야기들을 매만져 새로운 이야기로 만들어내는 것이 자신의 숙명일지도 모르겠다는 생각이 들었다. 기왕에 들을 이야기라면 더 능동적으로 들을 필요가 있었다.

근데, 북에서는 왜 떠나왔어요?

먹고 살아야 하니까. 살 수가 없었어요. 살아갈 수가.

왜 살 수가 없었어요?

여러 문제가 서로 얽혀 있었어요. 복잡한 문제들이.

그는 거기에 대해서는 더 말을 내놓지 않았다. 이나는 그가 그것까지 말하고 싶어 하지 않는다는 것을 알 수 있었다.

밤중에 그 골짜기를 걸어서 빠져나와 소도시에 가서 버스를 타고 철길이 있는 곳까지 갔어요. 거기서 기차를 타고 텐진으로 갔구요. 그때쯤에는 중국말도 좀 할 수 있게 됐거든요. 텐진에는 한국 사람들이 제법 많았어요. 사업하는 사람들도 있었고, 일하러 온 사람들도 있었고. 한국 기업도 여럿 있었구요. 갈 데가 마땅찮아 식당에서 서빙을 했어요. 한국 교민들을 상대로 하는 한국 식당이었어요. 거기서 나를 챙겨 주는 한국 사업가를 만났고, 그를 통해 한국 선교사를 만났어요. 그 선교사한테 성경 공부도 하고 한국 이야기도 많이 듣고. 그 선교사가 돈을 더 벌고 싶으면 한국으로 가라고 하더라구요. 자기가 보내줄 수 있다고. 솔깃했어요. 오마니는 이미 돌아가셨다는 소식을 들었고, 아이들을 그 골짜기에서 빼내 오려면 돈을 더 벌어야 한다는 생각이 떠나지 않았거든요. 아바지 소식도 궁금했고.

아버지요?

선교사의 주선으로 한국 입국 수속을 밟는데 그사이 내 국적이 중국으로 바뀌어서 탈북민으로 입국이 어려운 거예요. 어렵게어렵게 북에서 도망쳐 왔다는 서류를 만들고 쿤밍과 라오스, 태국을 거쳐 한국으로 왔지요.

그는 아버지에 대해 묻는 이나의 질문에 답하지 않았다. 아마 아직은 말하고 싶지 않은 대목일 거라고 생각하고 이나는 그의 이야기를 듣는 데 집중했다.

한국에서 국정원 심문받고, 하나원 생활하고, 어렵게 한국

국적을 취득했어요. 그때도 내가 중국 국적으로 되어 있어 심문을 많이 받았어요. 사실대로 이야기할 수밖에 없었는데, 그 과정이 너무 힘들더라구요.

그는 고개를 흔들며 몸서리를 쳤다.

다시는 그런 일 겪고 싶지 않은데 사람 일을 어떻게 알겠어요. 이제 저 양반 도움도 받고 그런대로 자리를 잡아 가는데 아이들을 데려올 수가 없네요. 아이들 아버지 반대가 심하고, 한국말을 모르는 중국 국적의 아이들을 데려와 사는 것도 쉽지 않은 일이고. 그렇다고 서로 남남으로 살 수는 없는 노릇이고.

중국은 가보셨어요? 아이들은 만나 보셨구요?

아니오. 나는 돌아갈 수가 없시오. 중국으로도, 과거로도.

그는 누가 등을 떠밀기라도 한 것처럼 강한 거부 의사를 표현했다. 그때 초인종 소리가 들렸다. 김집사가 깜짝 놀랐다. 두려움이 그의 얼굴을 그물처럼 덮고 있는 것을 이나는 보지 않을 수 없었다. 그에게는 낯선 것에 대한 두려움이 비늘처럼 붙어있는 것 같았다.

문밖에는 구자성이 화가 난 얼굴로 휠체어에 앉아 있었다. 혼자 휠체어를 밀고 거기까지 와서 초인종을 누른 것이었다. 이나가 핸드폰을 할 수도 있었을 텐데, 그가 왜 여기까지 직접 왔을까 생각하는 사이, 구자성이 소리를 버럭 질렀다.

이게 뭐 하는 짓이야? 나 혼자 침대에서 굴러떨어져 죽으라는 거야?

잠깐 차 한 잔 마시고 간다는 것이 시간이 걸렸네요.

김집사가 재빠른 동작으로 구자성의 뒤로 돌아가 휠체어를 당겨 그들의 방 쪽으로 방향을 틀었다.

이나는 구자성이 화를 내는 모습을 처음 보았다. 휠체어가 방향을 바꾸는 순간, 이나는 그의 넓은 이마를 다시 봤다. 속설처럼 넓은 이마가 마음의 넓이를 가리키는 것은 아니라는 생각이 들었다. 구자성의 태도는 꼭 가부장적인 남편이 아내에게 하던 버릇 그대로였다. 이나는 둘의 관계가 뭘까 싶었다. 단순히 고용주와 고용인 관계는 아닌 것 같았다. 아마도 이나에게까지 내색할 수 있는 관계는 아닌 것 같았다. 그렇다고 자신이 그들의 관계를 심각하게 생각하거나 알은체할 필요는 없었다. 그들의 관계는 그들의 일이었다. 자신은 구자성의 이야기를 듣고 정리해 주는 또 다른 고용인일 뿐이었다.

혼자 남은 이나는 갑자기 외롭고 마음이 무거워졌다. 이제 우준에게서는 이나가 도착한 뒤 받았던 그 1그램의 영혼도 담기지 않은 답 문자조차 없었다. 그도 이제 정리하겠다는 뜻인가? 처음 베트남에 왔을 때 이나는 지금 이곳이 자신의 마음을 들여다보고 둘의 관계를 근본적으로 점검할 수 있는 최적의 시간과 장소라고 생각했다. 그러나 그 생각에서 한 발짝도 더 들어

가지 못했다. 떨어져 있으니 더 그리울 뿐, 관계의 점검이라는 것이 생각처럼 쉬운 것이 아니었다. 그리움은 언제나 현재가 아닌 좋았던 시절에 닿아 있었다. 이나는 그런 생각과 감정이 뒤섞여 작동하는 것이 너무 피곤했다. 지금은 점검하겠다는 생각조차 쉬는 것이 마땅할 것 같았다. 그렇게 자꾸 미루고 도망쳐봐야 해결책이 생기는 것은 아닐 거라는 것을 알면서도 그게 쉽지 않았다. 미루고 미루다 보면 길이 저절로 보이지 않을까? 이나는 이번에도 그냥 시간에 맡겨 보고 싶었다.

9

아직도 롱빈을 아는 사람은 나타나지 않았다. 다낭에 온 지 17일이 지나가고 있었다. 구자성의 눈치를 보던 김집사가 후에에 다녀오기를 제안했다. 베트남 마지막 왕조의 궁궐이 있다는 후에는 외국인들이 둘러볼 만한 관광지로 으뜸이라고 했던 키엠의 말을 김집사가 기억해 낸 것이었다. 롱빈을 찾기 전까지의 무료함과 누고를 볼 수 없는 초조함을 그렇게라도 견디고 싶어 한 말이었다. 한참 동안 김집사를 빤히 쳐다보던 구자성이 어쩔 수 없다는 듯 고개를 끄덕였다. 그는 대체로 조용히 뭔가를 기다리는 것 같기도 하고, 또 조바심치며 뭔가를 버리고 싶어 안달하는 사람처럼 보이기도 했다. 그러나 그에게도 기다리는 시간은 무료할 수밖에 없을 터였다.

다낭 시내를 벗어난 키엠의 택시는 꼬불꼬불 가파른 언덕길을 오르고 있었다. 뒤돌아보니 멀리 바다가 보이고, 다낭 시내

가 보이고, 다낭 시내를 남북으로 관통하며 바다와 나란히 흐르는 한강이 보였다. 도시를 이루고 있는 빌딩숲과 건물들, 항구의 배들…. 택시가 오르는 산의 고도가 높아질수록 다낭이 얼마나 큰 도시인지 스스로 윤곽을 드러내고 있었다.

키엠의 옆자리에 앉은 이나는 가끔씩 고개를 돌려 운전석 뒷자리에 앉은 구자성의 상태를 살폈다. 택시가 산허리에 이른 때부터 그가 좀 불안해 보였기 때문이었다. 정확하게는 그의 얼굴에 말로 표현하지 못하는 공포 같은 것이 떠 있다는 느낌이었다. 하미를 다녀온 뒤부터 그의 얼굴에 그런 표정이 수시로 떠오르곤 했다. 이나는 그 표정이 어디에서, 무엇 때문에 오는 것인지 자신도 모르게 예민하게 살피곤 했다.

이런 산길이나 시야가 확보되지 않은 곳을 지날 때 우리 쪽 사상자가 많이 생겼소. 참 두려웠소. 바닥인지 나뭇가지인지 어디에 부비트랩이 설치돼 있는지 알 수 없었고, 언제 어디에서 총알이, B40이 날아올지 몰랐으니까. 늘 신경이 날카롭게 곤두서게 되고.

구자성이 창밖에서 눈길을 떼지 못하고 중얼거리듯 말했다. 이나의 의문에 답하기라도 하는 것 같은 말이었다.

대관령 같은 산길, 굽이를 돌 때마다 산꼭대기를 향한 위쪽 비탈에는 이따금 아름드리 나무와 집채만 한 바위들이 나타나고 바다를 향한 아래쪽 비탈은 나무가 빽빽이 우거진 낭떠러지였다. 그 가파른 비탈의 끄트머리를 꼬불꼬불 타원을 그리며 돌고 있는 택시는 자칫 핸들을 놓치거나 내려오는 차를 피하다 가 실수를 하면 바로 낭떠러지 아래로 굴러떨어질 것 같았다.

이런 숲에서 저렇게 시야를 가리는 커다란 바위나 나무들은 거의 대부분 적들이 숨어 있는 엄폐물들이었소. 차량이든 도보 든 이런 길로 이동하다가 기습을 당하면 아무리 좋은 무기를 갖 고 있어도 살아남기 힘들었소. 적들은 지형이라는 우리보다 성 능 좋은 무기를 갖고 있었으니까. 우리는 이 나라가 어떤 나라 인지, 이 나라 사람들이 어떤 사람들인지 아무것도 모르고 여 기 왔었소. 왜 왔는지도 몰랐고. 지금에 와서야 하는 생각이지 만 낯설고 잘 모르는 남의 땅에 들어온 우리는 두려움이 그만 큼 클 수밖에 없었던 같소. 그래서 더 독해질 수밖에 없었고. 그 래야 살아남을 수 있다고 생각했으니까.

나는 그의 말이 그때 자신이 처했던 상황에 대한 설명으 로 느껴지면서도 무슨 일에 대한 변명으로 느껴지기도 했다. 아 마도 그것은 그 시절 그가 여기 왔다 간 일에 대한 합리화의 한 가닥이 아닐까 싶었다.

차가 고갯마루에 섰다. 그 순간 올라오는 내내 청명했던 날 씨가 순식간에 뒤바뀌며 고갯마루가 안개에 잠겨 버렸다. 미처 차에서 내리기도 전이었다.

놀랍지요? 그래서 이곳 사람들은 이 고개를 하이반海雲 고개라고 한답니다. 바다에서 몰려온 구름이나 안개가 고개 꼭대기를 한순간에 먹어 버린다고요.

키엠이 운전석에 앉은 채 고개를 돌려 이나를 보고 설명했다. 이나는 그 말을 다시 한국말로 통역해 구자성과 김집사에게 들려줬다.

그사이 안개가 조금씩 옅어지기 시작했다. 키엠의 낭만적인 설명과는 달리 프랑스 지배 시절 지었다는 성곽은 다 스러지고 3층 높이의 아치형 문만 뚫린, 탑같이 생긴 건물 두 채만 남아 있었다. 그 옆에는 고압선 철탑과 미군이 쌓았다는 콘크리트 벙커 몇 개가 둥근 감시탑처럼 우뚝 서서 총기 거치대로 썼을 네모난 공간을 사방에 뚫어놓고 그 스러진 성곽과 고개를 지키고 있었다. 성곽과 아치문과 벙커의 벽돌과 콘크리트에는 구멍 나고 깨지고 떨어져 나간 총탄 자국이 선명했다.

이나는 그것이 단순히 지나간 전쟁의 상흔이 아니라 전쟁 또는 그 상처가 현재진행형이라는 표지가 아닐까 하는 생각이 번뜩 들었다. 그러기에 포성과 총성이 그쳐도 전쟁이 쉽게 끝나는 것이 아닐지도 모른다는 생각이 들었다. 하미의 그 할머니처럼 상처받은 사람에게 그 전쟁은 그 상처의 깊이만큼 계속 이어지고 있을 테니까.

다시 날이 맑아지고, 가는 길 내내 오른쪽으로 눈 시린 옥빛 바다를 끌고 달리던 택시가 후에에 들어갈 즈음 비가 거세게 쏟아지기 시작했다. 차는 그 비를 뚫고 낯선 중세 도시의 한 귀퉁이로 들어가고 있었다. 낡고 우중충한 거리에서는 아주 오래된 무언가가 습기 속에서 삭는 냄새가 났다.

호텔은 그런 거리 한중간에 서 있었다. 10층짜리 하얀 사각 건물이었다. 차에서 먼저 내린 키엠이 구자성을 휠체어에 태웠을 때는 그 거셌던 빗줄기가 부슬비로 바뀌어 있었다. 구자성이 휠체어를 멈추게 하고 가만히 거리를 내다보았다. 늘어선 가게 앞 길가에는 얇은 비닐 우비를 뒤집어쓴 오토바이들이 띄엄띄엄 주차돼 있었다. 그 오토바이들과 가게들 사이로 짙은 향 연기가 날개 젖은 나비의 숨죽인 퍼덕거림처럼 허옇게 떠다녔다. 특이한 것은 가게 앞마다 댓돌이 놓여 있고, 사람들이 그 댓돌에 신발을 벗어 놓고 드나든다는 점이었다. 이나는 구자성의 눈길을 좇아 그 가게들의 유리창 안을 들여다봤다. 옷가게도 음식점도 내부는 한국의 여느 가게와 다름없는 공간들이었다. 몇몇 가게 앞에는 돌기둥이나 시멘트 기둥이 절간의 커다란 석등처럼 서 있었다. 그 기둥 꼭대기에는 정면이 열린 벽감 같은 네모난 공간이 있었다. 그 공간에 인형이나 사진 같은 것이 들어 있고, 향 연기가 비가 부슬부슬 내리는 낮에도 촛불이 켜진 그곳에서 흘러나오고 있었다. 무언가가 눌어붙어 있는 듯한 그

향 연기는 높은 습도 속을 유령처럼 느리게 떠다니고 있었다. 뒤늦게 그 향 연기를 본 구자성이 재빨리 고개를 돌렸다. 거리가 온통 거대한 분향소처럼 가라앉아 있었다. 이나는 갑자기 감기라도 걸린 것처럼 몸이 으슬으슬 추워지는 것을 느꼈다.

호텔에 짐을 들여놓고 호텔에 딸린 식당에서 점심 식사를 했다. 무난하게 먹을 수 있는 것은 쌀국수였다. 구자성의 젓가락질은 느렸고, 김집사의 젓가락질은 빨랐다. 늘 구자성의 식사 속도에 보조를 맞추던 김집사는 구자성이 몇 젓가락 뜨기도 전에 국수를 다 먹고 국물이 맛있다며 후룩후룩 마셨다. 구자성은 이상하게 긴장하고 있고, 김집사는 여행객처럼 약간 들떠 있었다. 이나는 자신이 그 가운데에서 중심을 잡아야 한다는 생각이 들자 부담감이 밀려오고 피로도가 급격히 올라갔다. 어쩌면 이 일이 끝날 때까지 다 자신이 감수해야 할지도 모르는 일이라고 생각하니 남은 시간이 아득했다.

거리의 분위기가 심상치 않고 하미의 일이 떠올라 이나는 구자성이 불편할지도 모르겠다는 생각이 들어 키엠을 궁성 옆 주차장에서 기다리게 했다. 세 사람은 천천히 깊고 넓은 해자를 건너 궁성 안으로 들어갔다. 궁성은 해자부터 한국이나 일본에서 봤던 조촐하고 오밀조밀한 규모와는 크기가 달랐다. 1800년대 초반부터 중반까지 베트남과 프랑스 건축가들이 40년 넘게 지었다는 궁은 외성 한 변의 길이가 10킬로미터라고 했다. 다양한 양식을 보여주는 건물들은 안으로 들어갈수록 웅장하면서도 표현한 부재 하나하나가 엄청 섬세했다. 이나는 자신이 잘 몰랐을 뿐, 옛 베트남 사람들이 깊이 있고 특색 있는 문화와 역사를 가진 존재였을 것 같다는 생각이 들었다. 이곳에 오지 않았으면 알지 못했을 내용이었다. 이 나라 말을 공부한 자신조차 이 나라 역사에 대해 이토록 깜깜한데, 어린 시절 자신의 땅에서 전쟁을 겪은 젊은 청년들이 여기 이곳에 대해 아무것도 모른 채 총을 들고 들어왔을 생각을 하니 이나는 너무 끔찍했다. 하미의 할머니를 생각하면 그들은 자신들이 무슨 짓을 하고 있는지도 몰랐을 것 같았다.

알고도 그랬다면?

그것은 누구도 구제할 수 없는 일일 것이었다.

전각 어디서나 향 연기가 낮게 가라앉은 습기 속을 떠다녔다. 성 이곳저곳에는 깨지고 부서진 건물의 잔해들이 황성 옛터의 진면목을 보여주는 것처럼 저마다의 망가진 모습으로 뒹굴고 있었다. 멀쩡한 건물에도 총탄 자국이 선명했다.

전쟁 시기, 폭격으로 부서진 건물과 성벽의 잔해들입니다. 지금 복원 공사를 하기 위해 파편을 모으고 설계도를 정리하고 있다고 합니다. 언제가 될지 모르지만 뒷날에 오면 복원이 다

된 황성을 볼 수 있게 될지도 모르겠네요.

다양한 피부색을 가진 외국인 관광객들을 데리고 다니며 안내를 하고 있는 가이드가 자신의 잘못인 양 미안한 표정으로 말하는 게 들렸다. 영어였다. 가이드는 구자성의 휠체어를 밀고 있는 김집사 근처에 서 있었다. 면도기로 민 것처럼 푸른빛이 나며 반들거리는 머리, 양끝이 궁궐 전각의 지붕 끝선처럼 날렵하게 위로 일어난 코밑의 팔자수염이 가이드의 정체성을 설명하고 있는 것처럼 보였다.

집 문간이나 가게 앞에 석등처럼 서 있는 것들은 뭡니까? 촛불도 켜 있고, 향 연기도 오르던데?

한국사람이나 일본사람처럼 보이는 중년 여자가 물었다. 그 순간 이나는 구자성의 눈길이 멈칫거리며 흔들리는 것을 봤다. 이나는 그 석등 풍경이 그의 마음을 불편하게 하고 있는지도 모른다고 생각했다. 이나는 가만히 걸음을 멈췄다. 김집사도 덩달아 휠체어를 멈췄다.

아, 그거요? 이곳 주민들이 '콤' 또는 '떠돌이 유령의 집'이라고 하는, 잡신을 모시는 일종의 작은 신당입니다. 베트남 사람들은 객사하거나 억울하고 원통하게 죽은 사람들, 실종되거나 흉측하게 죽은 사람들의 넋이 집으로 돌아가지 못하고 그가 죽은 곳 근처에서 고통 속에 떠돌고 있다고 믿는데 그들을 부당하게 대하거나 잘못 건드리면 근처에 사는 사람들에게 해코지

를 한다고 생각합니다. 그래서 '꼬 박'이라고 하는 그 떠돌이 넋
들을 위로하고 달래기 위해 집 문간이나 가게 앞, 자신들이 드
나드는 골목 어귀에 말씀하신 것처럼 석등 같은 기둥 위에 작은
신당을 세우고 그 안에 음식을 차려주고 촛불을 밝히고 향을 사
릅니다. 그들을 홀대하고 돌보지 않아 그들이 집안에 들어오면
불행의 씨앗이 되어 식구들이 아프고 하는 일이 풀리지 않으며
재물이 달아난다고 믿기 때문이지요. 집안에는 '냐 토'라고 하
는 조상의 사당을 설치하는데, 거기 모신 '옹 바'라고 하는 자신
들의 조상신만큼이나, 또는 그 이상으로 정성을 바쳐 돌봅니다.
일종의 추모 시설인데, 이쪽이었든 저쪽이었든 유령의 죽기 전
소속을 따지지 않고 돌봅니다. 누군가의 유령은 다른 사람의 가
족이었다는 생각을 하는 것이지요. 내 가족 누군가가 낯선 곳에
서 억울하게 죽거나 실종되었을 때 그곳의 누군가가 돌봐주고
있을 거라는 믿음에 바탕을 둔 것이기도 하구요. 전쟁이 끝나고
관리들로부터 봉건의 잔재이자 나라 발전을 가로막는 옛 체제
의 망령이라고 공격을 받기도 했지만 안팎의 영혼을 달래고 보
살피는 것이 베트남 사람들 삶의 중요한 토대를 이루기 때문에
전후 복구 과정에서 마음을 모아 사당과 신당을 세우고 일상적
으로 그들에게 먹을 것을 바치고 향을 사릅니다. 너무 많은 사
람들이 억울하게 죽어 그들을 위무하지 않고는 산 사람들의 삶
이 평안하지 않기 때문이겠지요.

좀체 땀을 흘리지 않던 구자성의 얼굴에서 땀이 주르륵 흘러내리고 있었다. 아마도 그는 가이드의 말을 다 알아들었을 것 같았다. 이나는 갑자기 맷돌 같은 것이 자신의 가슴에 매달리는 것을 느꼈다. 그것은 가이드의 말 때문이기도 하고 구자성의 반응 때문이기도 했다. 이곳에서는 그 어느 누구도 마음이 가벼워지기를 바라서는 안 되는 게 아닌가 싶었다.

입구에서 얼마 들어가지 않았는데 구자성은 벌써 지쳐 몸이 까라지고 있었다. 이나는 서둘러 궁성을 빠져나오지 않을 수 없었다.

6층에 자리한 이나의 방은 바깥 거리가 보이는, 침대 하나만 달랑 놓인 자그만 방이었다. 맞은편에 있는 구자성과 김집사가 쓰는 방은 가까이 붙어 있는 뒷건물과 벽과 창을 마주하고 있는 큰방이었다. 그야말로 뒷건물의 벽과 창뿐, 창밖으로 아무것도 보이지 않았다. 거기서 그치지 않고 창문이 아예 열리지 않았다. 열어도 의미가 없다고, 아예 고정시켜 놓은 것 같았다. 하룻밤만 묵을 뿐이므로 구자성과 김집사는 크게 신경 쓰지 않는 것처럼 보였지만 예약을 진행한 이나는 좀 미안했다. 좀 더 찬찬하게 확인했어야 하는 일이었다. 처음 다낭 호텔에서의 방 배정이 계급 관계를 느끼게 해 약간 마음이 쓰였던 이나로서는 그 호텔 사정을 완벽하게 꿰뚫고 있지 않는 한 복불복일 수도 있다는 생각이 들었다. 구자성이나 김집사가 의도한 것도 아니었고, 자신이 너무 예민할 필요가 없는 문제였던 것이다. 예약도 자신이 진행했고.

저물 무렵부터 다시 빗줄기가 거세졌다. 저녁을 먹고 방에 들어와 씻고 쉬고 있을 때 김집사가 이나를 찾아왔다. 자신들의 방에서 빗물이 흐르는 것처럼 물소리가 들린다고 방을 바꿔야 할 것 같다고 했다.

이나가 그들의 방에 들어갔을 때 구자성은 잠옷을 입은 채늘 하던 대로 침대 위에서 그 가느다란 다리를 벌리고 카드 패를 뒤집고 있었다.

생각보다 물소리가 크게 들렸다. 옥상이나 위층에서 모인 빗물이 방 바깥에 있는 홈통을 타고 흘러내리는 것 같은데 물이 거칠게 흘러가는 냇가에 와 있는 것 같았다. 밤이 깊어지면 숙면에 방해가 될 것 같았다.

방을 바꿔 달라고 해야 할 것 같습니다.

이나는 구자성의 의사를 묻듯 자신의 판단을 말했다. 구자성이 잡고 있던 카드 패를 그대로 침대 위에 놓고 두 손바닥으로 침대 바닥을 짚어 엉덩이를 끌며 침대 끝으로 왔다.

가봅시다.

구자성이 김집사에게 손가락으로 휠체어를 가리키며 말했다. 김집사가 능숙한 동작으로 구자성을 휠체어에 태우고 그의 다리에 담요를 덮어 줬다.

　이나의 설명과 요구를 들은 호텔 프런트 직원은 다른 동료들과 의논한 뒤 이나에게 다가와 방을 옮기는 데 300달러가 든다고 했다. 한국돈 36만 원이 넘는 돈이었다. 이나는 젊은 직원의 진지한 얼굴이 너무 뻔뻔하게 느껴졌다.

　이런 도둑놈들!

　구자성이 휠체어를 획 돌렸다. 이나는 다시 상황을 설명하고, 이 부분은 호텔 측에서 책임을 져야 하는 일인데 왜 손님에게 돈을 요구하냐고 따졌다. 더구나 예약한 객실 요금의 두 배나 되는 요금을. 직원은 손님이 예약한 요금은 프로모션 요금이고, 방을 바꿀 때는 본래 책정된 요금을 내는 것이라고, 이것이 호텔 운영 지침이라고, 원치 않으면 호텔을 이용하지 않아도 된다고 진지한 표정으로 말했다. 이미 그 방을 사용했기 때문에 환불은 해줄 수 없다고 했다. 이나는 너무 어이가 없어 이 부당함에 대해 후에시청에 민원을 넣고 인터넷에 실상을 알리겠다고 또박또박 말했다. 그러나 동이라는 이름의 명찰을 달고 있는 직원은 다시 진지하게 말했다.

　그것은 손님 권리구요, 나는 내 일을 할 뿐이에요.

　이나는 지금 이 상황이 이 일을 처리하고 있는 동이라는 직원의 특성에서 오는 것인지 베트남이라는 나라가, 또는 베트남 사람이 본디 외국인에게, 특히 한국인에게 그렇게 대하는 것인지 알 수가 없었다. 무력감과 치솟는 화가 일을 해결해 주지는 못했다. 이나는 구자성을 데리고 방으로 올라올 수밖에 없었다.

구자성은 냉장고를 가리키며 맥주 있으면 꺼내 달라고 했다. 김집사가 얼른 후다맥주 한 캔을 꺼내 뚜껑을 따서 구자성에게 건넸다. 맥주 한 캔을 벌컥벌컥 들이킨 구자성은 다시 침대 위에 다리를 벌리고 앉아 조용히 카드 패를 늘어놓기 시작했다. 이나는 마음을 가라앉히기 위한 명상의 형태가 참 다양하다는 것을 알 수 있었다. 그만큼 구자성이 자신을 컨트롤하는데 카드가 큰 몫을 한다는 것을 보여주는 장면이기도 했다. 그러나 이나가 방을 나서며 구자성의 표정을 얼핏 보았을 때 그는 엄숙했다. 마치 누군가와 대결이라도 하는 것처럼 비장함조차 느껴졌다.

이나는 자신의 방으로 돌아와 침대 위에 벌렁 드러누웠다. 좀체 화가 가라앉지 않았다. 자신의 판단으로는 이렇게 장사하는 이 사람들의 태도가 도무지 납득이 되지 않았다. 이나는 다시 욕실에 들어가 씻고 냉장고에서 맥주 한 캔을 꺼내 벌컥벌컥 들이켰다. 베트남은 자신에게 점점 알 수 없는 곳이 되어 가고 있었다.

누군가가 문을 두드리는 소리가 났다. 이나는 소스라치게 놀라 몸을 벌떡 일으켰다. 그사이 깜빡 잠이 든 것 같았다. 문 두드리는 소리가 다시 났다. 초인종 소리가 아닌 조심스러운 손동작이었다.

나예요, 김집사.

이나는 또 무슨 일이 생겼는가 싶어 빠른 걸음으로 달려가 문을 열었다. 김집사는 이나의 동의도 구하지 않고 이나를 지나 쳐 안으로 들어가 침대 끝에 걸터앉았다.

질식할 것 같아요. 물소리도 물소리지만 숨도 안 쉬고 카드 패만 돌리고 있는 저 양반 곁에 있으면 내가 미쳐 버릴 것 같아요.

이나는 김집사의 상황이 이해가 됐다. 그에게도 숨 쉴 곳이, 피난처가 필요할 터였다.

누고가 어떻게 됐는지 걱정이에요. 밥은 굶지 않고 있는지…, 다른 고양이나 개들한테 공격을 받지는 않았는지….

그사이 구자성의 일은 잊어버렸는지 김집사는 누고 이야기 부터 꺼냈다. 베트남에 온 이래로 김집사의 입에서 고양이가 떠 나지 않았다. 다른 곳 아닌 그의 입에 누고가 살고 있는 것 같 았다.

누고 이야기가 끝났는데도 그는 갈 생각이 없는 것 같았다. 뭔가 할 말이 있는데 미적거리는 것 같기도 했다.

이나는 얼른 김집사를 보내고 쉬고 싶었다. 호텔 직원의 경 우 없는 처사도 이나를 힘들게 하고 있지만 낮에 후에 궁성에서 낯선 가이드에게 들었던 이야기도 이나의 마음을 무겁게 했다.

지금 베트남은 숨 쉬는 공기조차 너무 무거운 곳이었다.

무슨 할 말이 있으세요?

이나는 자신의 입에서 말이 나가는 속도가 너무 빠르다는 것을 느꼈지만 제어할 수가 없었다.

네에, 하던 이야기 마저 하고 싶어서요.

약간 주눅이 든 듯한 김집사가 주저주저하며 말했다. 이나는 그의 어색한 서울말이 좀체 익숙해지지 않았다. 인간에게 낯선 것과 함께한다는 것이 얼마나 힘든 일인지 비로소 알 수 있을 것 같았다. 아마 그래서 우준과의 관계 점검이 생각처럼 쉽지 않은지도 몰랐다.

익숙한 것과의 결별, 낯선 것과 함께하기.

이나는 자신이 무슨 풀지 못할 화두를 들고 있는 것 같았다.

10

오마니가 그러더라구요. 니 애비 때문에 이렇게 인생이 꼬였다고. 그런데 너까지 속 썩이고 있다고. 모두 내 인생에서 사라져 주면 좋겠다고.

김집사는 낙담한 표정으로 이야기를 시작했다. 이나는 들을 수밖에 없었다. 불쌍한 표정으로 말하고 있는 사람의 이야기를 듣는 것만큼 부담스러운 일도 없었다.

그때 내가 같은 직장에 있는 유부남을 좋아해서 엄마 속이 시끄러웠거든요. 나야 그렇다고 해도 있지도 않는 아바지는 왜 끌어들이냐고 따졌지요.

이런 민한 에미나이, 그카니끼니 푼수를 몰르고 날뛰는구만! 그 애비에 그 자식이라더니, 옛말이 그른 데가 없어야.

그렇게 말하고 오마니는 입을 닫았어요. 나는 열불이 났어요. 그 바람에 싸움이 커졌어요. 나도 더 이상 청진 바닥에서 그 모양 그 꼴로 살기가 싫었는데 오마니까지 몰아붙이니까 성이 난 거지요. 그러나 오마니는 더 이상 아바지에 관한 이야기를 하지 않았어요. 나는 보따리를 쌌지요. 더는 이 집구석에서 살기 싫다고.

고럼 어떻게 살 거인데?

오마니가 비양하듯이 물었어요. 아바지 찾아가겠다고 했지요.

없는 아바지를 어드렇게 찾을 거인데?

보위부 가서 물어 보면 찾아 주겠지.

그 말에 오마니 기가 팍 꺾였어요. 무언가 있지 싶었어요. 보위부가 걱정할 만한 무언가. 나는 한발 더 나갈 수밖에 없었어요.

죽지도 않은 아바지가 살아 있지도 않으면 보위부에서는 알지 않겠슴둥?

죽지는 않은 것 같은데, 어디서 어드렇게 살고 있는지는 모르겠다는 이야기를 어렸을 때 할머니에게서 들은 기억이 났거든요.

여기 앉아 보라마.

그때서야 오마니가 자신의 감정을 가라앉히고 차분하게 말하기 시작했어요. 아바지가 혁명사업을 수행하러 남쪽으로 넘어갔다고. 그런데 연락이 끊어져 죽었는지 살았는지 알 수 없다고. 그러니까 이남식 표현을 하자면 아바지는 간첩이었든 거지요. 남파간첩. 그 이야기를 듣고 나니 그동안 왜 우리 집 살림이 어려웠는지, 왜 내가 또는 우리가 알게 모르게 차별을 받았는지 환하게 보이더라구요. 원망이라기보다는 우리를 이렇게 만든 아버지가 도대체 어떤 사람인지 알고 싶었어요. 그야말로 살았는지 죽었는지, 살았다면 어드메서 어드렇게 살고 있는지 궁금하기도 하고. 그런 것을 다 떠나 그 청진 바닥을 떠나고 싶었어요. 내 연애 사건이 소문나는 바람에 청진 바닥이 시끌시끌했거든요. 나를 모르는 다른 곳에 가서 살고 싶었어요. 돈도 벌고 싶고. 결국 소원을 이뤘지요. 중국 산골 깡촌에 팔려가 아들 둘 낳고 산다고 살았으니. 그 산골 깡촌이 너무 싫어 텐진에 나가 살다가 이렇게 이남에서 이남 돈 만지며 살고 있고. 무슨 호사인지 베트남까지 와서 여행 아닌 여행을 하고 있으니….

아버지 소식은 들었어요?

처음에 이나는 자신이 김집사의 남은 이야기까지 또 듣고 있어야 하나 싶어 몸이 뒤틀리기도 했지만 자신도 모르게 김집사의 이야기 속으로 다시 빨려 들어가고 말았다.

하나원에서 심사를 받을 때 다 털어놨어요. 제발 우리 아바지 행방을 찾아 달라고 부탁했어요. 그때까지 이남 정보기관에서도 모르는 것 같더라구요. 지금까지 어떤 통보도 없는 걸보면 아직도 모르는 것 같고. 움직이다 죽었는지도 모르지요. 북남을 오가다 혼자 떨어져 있을 때 죽었다면 누가 어드메서 어드렇게 죽었는지 어드렇게 알갔시오?

김집사의 어색한 서울말 중간중간에 북한 사투리가 툭툭 튀어나왔다. 이나는 지금 김집사가 사용하는 언어가 그의 내밀한 정체성을 나타내는 것이 아닐까 잠시 생각했다.

혹시 몰라 아바지 고향 마을을 찾아갔더랬는데, 아바지를 아는 사람이 없었어요. 모르지요, 알면서도 쉬쉬했는지. 또 모르지요. 아바지가 여기도 저기도 다 싫다, 어드메 모르는 곳에 들어가 감쪽같이 숨어 살고 있는지도. 그렇다고 한들 내가 밝혀내거나 찾아낼 수 없는 일 아니갔시오?

김집사는 자신의 잘못이 아니라는 듯 그 점을 강조했다. 이나는 그가 부채감에 시달리고 있다는 것을 직감했다. 적어도 자신이 여기까지 왔다면 아버지 행방은 알고 있어야 하는 게 도리이자 임무라고 생각하는 것 같았다. 그것은 달리 말하면 아버지에 대한 그리움이었다. 이나는 그에게 그런 감정이 있다는 것이 놀랍고 신기했다. 자신에게는 존재하지 않는 감정이었다.

왜 사람들은 이렇게 살까요? 이렇게 터무니없는 삶을 살까요?

김집사가 머리를 흔들었다. 이나는 문득 엄마를 떠올렸다. 자신의 엄마 윤정숙씨는 살벌하고 폭력적이었던 아버지에게서 도망쳐 나와 나중에 이나의 아빠가 되는 고향 선배 김수근씨에게 몸을 의탁하고 자신의 삶을 맡겼다. 스무 살이 채 되기도 전이었다. 그러나 엄마의 아버지와 엄마의 남편은 큰 차이가 없었다. 그것은 이나에게도 마찬가지였다. 비밀이 많은 아빠는 어린 이나가 자신의 서재에 드나들지 못하게 했다. 드나든 흔적이 보이면 엄청나게 닦달을 했다. 놀다가 잠깐 들어갔다 나온 것뿐이있는데도 험악하게 몰아붙였다.

안 들어갔다구요.

이나는 버텨 보는 수밖에 없었다. 자신이 아빠 방에 들어갔다 나왔다는 것을 어떻게 아는지 도무지 알 수가 없었다.

네 머리카락이 내 책상 위에서 나왔는데도?

이나는 그때 알았다. 아빠가 자신의 물건에 표시를 해놓는다는 것을. 그것을 통해 누가 자신의 물건에 손을 대는지 파악한다는 것을. 그렇더라도 그가 어떻게 엄마와 이나의 머리카락을 구분할 수 있는지, 그리고 딸이 아빠 서재에 드나드는 것이 그렇게 큰 죄가 되는지 알 수 없었다. 정보기관 간부인 그에게는 엄마와 이나도 위험인물의 하나일 뿐이었을까? 어쩌면 그는 가까이 있는 식구가 더 위험한 존재라고 생각했는지도 몰랐다. 자신과 자신의 조직을 곤경에 빠뜨릴 수 있는. 그는 무슨 일로 엄마와 다투고 나면 며칠이 지나도 온갖 것을 트집 잡아 성질을 부렸다. 자신은 무오류의 인간이라도 된다는 듯이 좀체 사과를 하거나 화를 풀지 않았다. 견디다 못한 엄마가 잘못했다고 먼저 빌었다. 이나의 눈에도 보이는 그 가짜 평화를 위해. 엄마는 자신이 무엇을 잘못했는지도 몰랐을 것이다. 이나는 그런 아빠가 왜 결혼을 하고 가정을 꾸렸는지, 왜 자식을 둘이나 낳았는지 알 수 없었다.

누리도 아빠에게서 그런 억압과 폭력의 징후를 느끼고 불안하지 않을 수 없었을 것이다. 자연스럽게 빠져서 날리는 터럭에 대해, 오줌을 비롯한 고양이 분비물에 대해, 무엇보다 누리의 행동과 존재 자체에 대해 그렇게 예민했던 아빠였는데 그 아빠가 누리에게 얼마나 위험한 존재였는지까지는 심각하게 생각하지 못했었다. 누리를 집안에서 키울 수 있느냐 없느냐는 문제에만 집중하고, 누리로 인해 다른 식구들이 힘들어지는 걱정만 했을 뿐이었다, 바보같이.

우유를 끊고 사료를 먹기 시작하면서 누리는 명랑해졌다. 근육이 붙고, 쓰레기더미 속에서 데려온 아이라고는 생각할 수 없을 정도로 깨발랄하고 아깽이 본능에 충실했다. 끈질긴 공격력으로 장난감을 걸레로 만들고, 자세를 낮췄다 도약을 하면 인형이고 그릇이고 화분이고 남아나는 게 없었다. 이나에게 다가올 때도, 이나의 무릎이나 배 위에 오를 때에도 그냥 오는 법이 없었다. 저 멀리서부터 질주해 머리로 박거나 침대 아래서 뛰어올라 제가 맘먹은 곳에 단번에 도달했다. 책장 위에서 뛰어내려 먼지 풀풀 날리며 한순간에 목표 지점에 다다를 때도 있었다. 처음 그런 대상은 오빠와 엄마, 아빠도 예외가 아니었다.

그러나 아빠에게 혼이 난 다음부터는 아빠에게 하악질을 하거나 방심하고 있을 때 습격하듯이 손이나 다리를 발톱으로 할퀴고 이빨로 물어 아빠의 화를 더 돋구기도 했다. 그것이 그때 새끼고양이의 자연스러운 성장 활동이자 사랑법이었겠지만 아빠에게는 통하지 않는 사랑이었다. 아빠의 위협이 커질수록 누리는 이나에게 더 가까이 다가오고 더 바짝 안겼다. 이나 또한 누리라는 생명체의 심연에 더 깊이 빠져들어 갔다. 누리는 잠투정이 심해 이나의 배 위나 무릎 위, 겨드랑이 아래가 아니면 쉬이 잠들지 못하고 짜증을 냈다. 그렇게 투정을 부리다 이나의 몸에 기대 잠든 누리를 보면, 잠 속에서도 입맛을 다시거나 잠꼬대를 하는 누리를 보면 이 커다란 우주 한 귀퉁이에서 자신에게 기댄 한 작은 생명이 있다는 게 실감이 났다. 깊고 그윽한 푸른빛이 나는 잿빛 털과 깨끗한 흰 털이 줄무늬를 이루며 그가 잠든 다른 세상으로 뻗어 나가는 듯한 누리의 털빛은 보는 것만으로도 기쁨을 줬다. 사람을 빨아들이고 마음을 안정시키고 평안하게 하는 물질이 그 털에서, 누리의 몸에서 빛처럼 뿜어져 나오는 것 같았다.

그러나 그 작은 새끼고양이가 깨어나면 세상은 이내 다른 세상으로 탈바꿈했다. 누리의 아침은 잠든 이나의 얼굴을 혀로 핥는 것으로 시작했다. 그게 누리의 알람이자 기상나팔이었다. 덕분에 이나는 학교 늦는다고 엄마의 성화를 받을 일도, 지각할 일도 없었다. 휴일에도 그러는 바람에 늦잠의 달콤함을 누릴 수 없는 것이 서운했지만 눈도 뜨지 못한 채 팔을 뻗어 누리의 털과 몸을 만지면 사람보다 2도 높은 고양이 체온의 온기가 손끝을 타고 이나의 몸속으로 흘러들어왔다. 그것은 서운함도 아빠와의 갈등에서 오는 불안감도 다 녹여 날려 버리는 누리의 온도, 곧 친밀의 온도, 교감의 온도, 사랑의 온도였다. 그렇게 스킨십을 하고 그루밍을 하고 깨방정을 떨다가도, 휴일 아침 온 집안을 헤집어 놓아 아빠의 눈치를 봐야 하는 이나와 엄마를 조마조마한 긴장 속으로 몰아넣다가도, 이나나 엄마가 기분이 가라앉아 있거나 몸 상태가 좋지 않으면 귀신같이 알아채고 옆을 지키고 앉아 걱정스러운 표정으로 이나와 엄마를 핥아 주고 또 다른 의미의 스킨십을 해줬다. 또 어떨 땐 스스로에게 잠겨 들어가 면벽수도하는 선사처럼 우두커니 창턱에 앉아 유리창 너머 다른 세상을 하루종일 관찰하기도 했다. 이따금 누리는 친구가 없는 오빠를 챙겨 주고 틈틈이 놀아 주기도 했다. 누리야말로 오빠에게는 장애에 대한 편견이 없는 벗이었다. 그런 누리와 같이 있을 때 오빠의 몸에서는 누리의 몸에서 울리는 가르랑거리는 소리가 복화음처럼 들렸다. 둘의 몸에서 울리는 복화음의 합창이었다. 오빠는 얼굴이 밝아졌고, 몸동작이 커지면서도 섬세해졌고, 바깥의 친구들을 만날 때도 전처럼 크게 주눅이 들지 않았다. 이나는 누리가 자신의 집을 일부러 찾아온 사랑의 신, 또는 치유의 신이 아닌가 싶어 눈을 가늘게 뜨고 찬찬히 살펴보기도 했다.

그러나 아빠에게는 누리가 다른 존재였다. 성가실뿐더러 온 집안을 어지럽히고, 아빠가 온몸으로 수호하는 근엄한 공간을 파헤치고 파괴하는. 늘 닫혀 있는 아빠 서재가 궁금했던 누리는 방문이 잠시 열린 틈을 타고 들어가 헤집어 놓은 뒤로 더더욱 그렇게 되었다. 누리는 무슨 보복이라도 하듯 책상 위에 놓인 서류를 찢어놓고 책장과 책장 사이를 비집고 들어가 맛동산을 선물로 남겨놓고 나왔다. 아빠의 분노는 어린 고양이의 습성이나 천진함 또는 무구함으로 덮을 수 있는 것이 아니었다. 아빠는 당장 갖다 버리라고, 절대로 집안에 들어서는 안 된다고 이나를 닦아세웠다. 이나는 다시는 그렇게 못 하게 하겠다고 아빠에게 빌고 또 빌었다. 아빠는 밖에 내놓고 밥을 주는 것은 뭐라 하지 않겠지만 집안에 들이는 것은 절대 안 된다고 딱 잘랐다. 이나는 새끼고양이는 밖에 나가면 죽는다고, 그것만은 안 된다고 다시 빌었다. 아빠가 누리의 뒷덜미를 잡아 밖으로 내던졌다. 이나는 등교거부와 단식으로 맞섰다. 아빠는 한 번만 더 말썽을 부리면 내쫓는다고, 그때는 네 손으로 버리라고, 그걸 받아들이는 조건으로 누리를 집안에 들이는 것을 눈감아 줬다. 그러나 천방지축 어린 고양이의 활동성을 어떻게 인간 사이의 약속으로 막을 수 있겠는가. 아빠와의 갈등과 대립 전선에서 식구들의 맨 앞에 서서 첨병으로 활동하던 누리에게 아빠의 모든 화력과 화살이 집중됐다. 그리고 끝내 누리에게서 날린 터럭들은 아빠의 눈에 띌 때마다 비수가 되어 엄마와 오빠와 이나에게 꽂혔다. 점차 누리도 엄마와 오빠와 이나와 마찬가지로 아빠의 눈치를 보기 시작했다. 한동안 누리는 아빠가 가까이 다가오면 하악질을 하거나 털을 세우고 등을 활처럼 구부려 제 몸 부피를 최대한 키워 아빠의 공격적인 행위에 맞섰다. 그게 통하지 않자 누리는 아빠가 나타나면 소파 뒤로 숨거나 아빠와 동선이 겹치지 않기 위해 아빠와 자신의 거리와 행동반경을 계산하고 피했다. 이나는 누리가 그런 집안 분위기를, 그 억압과 폭력을 견디지 못했다고 생각했다. 이나는 누리가 공존이 불가능하다고 판단했을 그 억압으로부터, 그 폭력으로부터 누리를 지켜 주지 못해 늘 미안했다. 어쩌면 누리가 이나와 오빠와 엄마를 곤경에서 구하겠다고 제 발로 나간 것이 아닐까 싶기도 했다. 그때마다 가슴이 칼끝으로 후벼파이는 것처럼 아프고, 누리에게 미안하고 또 미안했다. 이나는 누리가 집을 나가고 난 뒤 오빠의 목울대에서 빠져나오던 그 울음소리, 깊이 앓는 짐승의 신음 같던 그 울음소리를 오래도록 환청처럼 들을 수밖에 없었다.

엄마 또한 자식들이 그토록 지극한 사랑을 주고받는 새끼 고양이 한 마리와 함께하지 못하는 삶이 서럽고 넌더리가 났을 것이었다. 엄마는 늘 이나에게 자신의 삶이 반면교사가 되기를 원했다.

엄마를 봐. 이걸 삶이라고 할 수 있겠니?

도주라는, 극단적이면서도 주체적인 결정으로 자신의 아버지 품에서 벗어났지만 남편이라는 다른 남자의 품에서 또다시 갇혀 살아야 했던 엄마는 틈만 나면 이나에게 독립적인 삶을 이야기했다.

아빠고 남편이고 모든 남자로부터 독립해. 모든 힘 가진 자로부터 독립해야 네 삶을 살 수 있어. 그래야 비로소 자유로운 인간이 될 수 있는 거야. 그러려면 자기 분야에서 실력이 있어야 하고, 남들과 다른 자신만의 능력을 갖춰야 하고.

엄마는 집안에 무슨 일이 있을 때마다 주문을 외듯, 기도를 하듯 이나에게 말했다. 그것은 이나가 엄마 자신이 포박된 그 삶과 그 구조에 정복당하지 않기를 바라는 염원이자 교육이었다. 자신을 견디기 위한 일종의 투약이기도 했다. 그토록 애처로운 엄마의 노력과 상관없이 독립은 누리가 집을 나간 날부터 이나가 꿈꾸던 일이었다.

외롭고 힘들어도 끝까지 버텨. 약해지지 마.

이나가 집을 나올 때 엄마는 이나를 안아 주며 속삭였다. 이나는 대학을 졸업하는 그날, 아빠의 집을 벗어났다. 누리가 집을 나간 뒤 한 번도 자신의 집이라고 생각하지 않은 집이었다. 무슨 일로 서류를 작성할 때마다 다시 적고 싶지 않았던 낯설고 또 낯설었던 주소였다. 누리도 그랬을 것이다. 누리도 그 집에서 안식과 평화를 찾지 못해 제 발로 나갔을 것이다. 이나는 자꾸 자신과 누리를 연결 짓는 습관이 스스로도 안타까웠다. 어떻게 보면 명백한 퇴행이었다. 변형된 피터팬증후군일 수도 있고. 그러므로 더더욱 독립은 자신에게 중요한 문제였다. 그때 찾아낸 변두리 작은 원룸은 이나가 아빠의 집에서 벗어날 수 있게 한 첫 번째 공간이자 독립군 숙소였다. 대학 생활 내내 쉬지 않고 알바를 해서 모으고, 좀 부족한 것은 엄마가 아빠 몰래 여툰 돈을 보태 줘 잡을 수 있었다. 취업이 안 돼 그 공간을 유지할 수 있을까 저어되기도 했지만 알바를 계속하면 자신의 삶을 일궈 나갈 수 있을 것 같았다. 절실함은 어려움을 이겨낼 수 있는 무기이기도 할 테니까.

독립은 그냥 이루어지는 것이 아니라 기대어 살 때의 습관이나 관습, 과거와의 단절이 필요한 새로운 삶의 양태였다. 이나가 가장 먼저 한 일은 엄마의 성으로 성씨를 바꾼 일이었다.

윤이나. 김이나와는 확실히 다른 의미의 이나였다. 아빠의 자장으로부터, 일상적으로 일어나는 억압과 그 폭력으로부터, 그렇게 구축된 사회와 그 인식의 체계로부터 벗어나고 또 단절하기 위한 상징적 행위였다. 이나는 그것을 기존 의례를 벗어나는 일종의 상징 투쟁이자 새로운 상징의 확립이라고 생각했다. 너무 거창하게 생각한 것일까? 적어도 이나 자신의 마음은 그랬다. 그런데 그 별것 아닌 일이 자신을 바꿔 내는 것을 이나는 실감할 수 있었다. 스스로 되뇌어 봐도 부르기 좋고 의미의 아우라도 달랐다. 자신이 훨씬 빛이 나는 느낌이었다.

생각해 보면 저 노인네 참 불쌍하오. 늙은 아바지 같고, 병든 남편 같고, 장애를 가진 아들 같고….

김집사가 툭 던지는 말에 이나는 현실로 돌아올 수 있었다. 누군가의 고통스러운 이야기를 듣는다는 것은 사실 또 다른 고통이었다. 그의 아픔이 듣는 이에게로 고스란히 전이되기 때문이었다. 그렇기 때문에 누군가의 아픔을 듣는다는 것은 그의 아픔에 공감하고 동참하는 일이었다. 이나는 세상이 그렇게 직조돼 있다는 느낌을 받았다. 실과 실이 잇닿아 조직이 되고 그물과 그물로 연결된 세상이었다.

어떻게 베트남어를 배우게 됐어요?

돌연 김집사가 조금은 마음이 풀린 표정으로 물었다. 누군가에게 자신의 이야기를 한다는 것은 자신의 등에 지고 있는 짐을 덜어내는 행위인지도 모른다. 그리고 그런 이야기를 서로 주고받는 것은 그 짐을 나눠 지는 행위이자 친밀감이 두터워지는 계기일 수도 있고. 이나는 그런 의미에서 친밀감을 느낀 김집사가 자신에게 물었다고 생각했다.

장애가 있는 오빠가 있었어요.

이나는 이제 자신이 이야기보따리를 풀어야 할 차례라는

것을 알 수 있었다. 굳이 피하고 싶지는 않았다.

두 다리가 약간씩 꼬여 걷는 게 불편했고, 지적장애도 있었어요. 성인이 돼서도 초등학교 저학년생 정도의 지능을 넘어서지 못했으니까요. 심성은 아주 착했어요. 장애인을 고용하는 직장에 다녔는데 아주 성실하게 일해서 그 회사 사장이 오빠 같은 사람만 있으면 세상 걱정 없겠다고 했으니까요. 아빠는 오빠 삶에 별 관심이 없었어요. 마치 자신의 책임이 아니라는 듯이. 엄마 혼자 애를 끓였어요. 엄마는 어떻게든 짝을 지워 독립을 시키고 싶어 했어요. 그래야 당신이 떠난 뒤에도 살아갈 수 있을 거라고 생각했겠지요. 엄마의 짐을 그럴 수 있는 누군가와 나눠 지거나 넘겨주고 싶었는지도 모르지요. 그런데 오빠랑 맞는 짝이 어딨겠어요. 어쩔 수 없이 동남아 결혼 브로커를 통해 베트남에서 온 새언니를 소개받아 결혼시켰어요. 오빠도 싫은 눈치는 아니었어요. 왜 아니겠어요? 몸은 이미 다 큰 어른인데. 결혼을 하고도 오빠 내외는 한동안 아빠 집에서 같이 살았어요. 엄마는 언니에게 한국 생활을 익히게 하고, 무엇보다 모자라는 오빠를 존중하며 사는 태도가 몸에 배도록 학습시키고 싶었던 거지요. 언니는 한국어를 전혀 할 줄 몰랐어요. 서로 의사소통하는 데 애를 먹었지요. 그 때문에 우스운 일이 생기기도 하고 집안에 분란이 생기기도 했어요. 내가 고3 때였는데, 왜 언니만 한국말을 익히기 위해 고생해야 하는지 이해가 안 되더라구요. 불공평하다고 생각했어요. 같이 사는 식구인데 서로의 언어를 배워야지요. 그러니까 나라도 베트남 말을 배워 보자 싶어 베트남어과에 간 거예요. 내게 특별한 꿈이 없어 그랬는지도 몰라요. 그때까지 특별히 하고 싶은 일이 없었거든요. 되고 싶은 역할도 찾지 못했구요. 막 대학에 들어가 기초 베트남어를 익히고 있을 때 엄마가 오빠네를 오빠 직장 가까운 곳으로 독립시켰어요. 새언니 태도를 보니 그만하면 안심할 수 있겠다 판단했겠지요. 오빠네는 잘사는 것 같았어요. 둘만의 시간과 공간을 누릴 수 있고, 무엇보다 신혼이라는 시절의 역할이 있었을 테니까요. 그런데 언젠가부터 가끔씩 집에 오는 오빠의 얼굴이 어두워지기 시작했어요. 오빠는 말하지 않았는데 엄마가 확인해 본 바로는 언니 직장 베트남인 남자 동료가 오빠 집에 드나든다는 거였어요. 어떨 땐 언니가 집에 들어오지 않을 때도 있구요. 엄마가 언니를 데려다 혼을 냈지만 언니는 무슨 말인지 못 알아듣겠다는 표정으로 넘어갔구요. 그러다가 그 소식을 들었어요. 언니가 그 남자와 함께 나가 집에 돌아오지 않는 새벽, 오빠가 교통사고로 죽었다고. 경찰은 오빠가 횡단보도가 아닌 8차선 도로를 무단으로 건너다 차에 치인 거라고 하더라구요. 언니는 장례식장에도 나타나지 않았어요. 겁이 났겠지요. 그때 깨달았어요. 어떤 짐은 끝내 나눠 질 수 없다는 것을. 누군가에게 떠넘길수도 없다는 것을. 나는 오빠가 자신을 죽였다고 생각했어요.

그 여리고 착한 사람이 자신이 버리고 도망가고 싶은 누군가의 짐이라는 것을 안 순간부터 이 세상에 존재하기가 쉽지 않았을 것 같다는 생각이 들었어요. 그때 내 베트남어도 잠시 멈췄어요. 대신 휴학을 하고 오빠 이야기를 소설로 썼어요. 그러지 않고는 오빠를 보낼 수가 없었으니까요. 그리고 나서 베트남어 공부를 계속했어요. 언니 일은 언니 일이고 내 공부는 내 공부니까요. 굳이 전공을 바꿀 필요까지는 없다고 생각했어요. 내 의지와 상관없이 아빠는 베트남어 공부는 그만 끝내라고 채근했어요. 모든 인연이 끝났다고. 나는 아빠의 찌르는 듯한 눈빛과 날카롭게 각진 얼굴선과 냉기가 흐르는 표정을 보고 무슨 일이 벌어졌는지도 모르겠다는 생각이 들었어요. 언니가 흔적도 없이 사라졌거든요. 아빠가 언니를 어떻게 처리했는지는 모르겠어요. 아빠 같은 사람이 그냥 두지는 않았을 것 같다는 생각이 들기도 했지만 관여하고 싶지 않았어요. 그럴 힘도 의지도 없었구요. 그 뒤로 언니를 보거나 언니의 소식을 들은 바가 없어요. 이따금 오빠의 부재가 가슴의 틈을 벌리고, 언니의 흔적 없음이 나를 불편하게 했어요. 시간이 지나도 가슴의 틈이 메워지지 않았어요. 마음의 불편함도 사라지지 않았구요. 조금이라도 시간의 틈이 생기면 가슴의 틈은 더 벌어졌구요.

그때는 그게 무엇인지 정확히 짚어낼 수 없었지만 지금 생각하니 그것은 부끄러움이었다. 언니의 흔적 없음에 대한 불편함, 언니에게 뭔가를 했을 것 같은 아빠의 처사에 대한 그 불편함은 침묵함으로써 그것에 동조하고 동참해 버린 자신에 대한 부끄러움이었다. 그렇게 생각하니 자신에게 화도 나고 마음이 아팠다. 그동안 언니는 이해의 대상이 아니었다. 오빠의 불쌍하고 불행한 처지와 비참한 마감, 그 아픔에 매몰돼 언니의 처지와 욕망을 헤아릴 겨를이 없었다. 그러고 싶지도 않았다. 가족의 짐을 베트남에서 온 언니에게 떠넘겼지만 어쩌면 언니에게는 오빠와 사는 하루하루가 정말 내키지 않는, 견디기 힘든 고통이었을지도 모르는 일이었다. 한국에서 돈을 벌고 정착 기회를 잡기 위해 오빠와의 결혼을 이용한 것이었다 하더라도, 배신하기 위해 이용한 것이라 하더라도 그런 언니에게 오빠라는 짐을 떠넘긴 나나 가족의 행위가 정당화될 수는 없는 일일 것이다. 서로가 서로를 활용했고 어떤 면에서 인간으로서의 예의를 지키지 않은 것이었다. 어느 한쪽, 특히 언니에게만 책임을 물을 수 없는. 어쩌면 당시 오빠는 얼른 상대 진영에 넘겨 버려야 하는 탁구공 같은 존재였고, 그것을 알게 된 오빠는 끝내 이곳에 존재할 수 없었을 것이다. 선의를 갖고 진행한 일이라고 하더라도 그런 결과에 이른, 오빠가 겪은 두 겹의 배신은 어리고여린 사람이 감당할 수 있는 일이 아니었을 것이다. 모두 당시각자가 욕망한 자기 삶을 살았다. 장가를 든 오빠도, 그런 오빠를 이용한 언니도 나나 가족도. 그리고 그런 결과가 빚어졌다.

최소한 유독 언니에게만 혹독한 책임을 물을 수 없는.

영어를 복수전공 했어요. 어떻게든 시간에게 빌미를 줘 가슴의 틈이 더 벌어지게 하지 않아야 했으니까요. 그렇게 공부한 언어로 이렇게 일을 하고 있네요. 엄마가 어느 구름에 비가 들어 있는지 모른다는 말을 입에 달고 살았는데, 세상일은 참 알 수 없다는 생각이 가끔 들어요.

이나는 자신이 말하는 동안 무언가가 자신의 몸을 떠난 것 같은데 그게 무엇인지 짚어낼 수가 없었다. 후련함 같기도 하고 허전함 같기도 한 알 수 없는 물질이 그 자리에 앉아 지난 슬픔과 아픔을 반추하듯 흐득흐득 느껴 울다 사라지는 듯한 텅 빈 느낌이 몸을 흔들고 있었다. 김집사는 벌린 입을 다물지 못하고 있다가 주르륵 흐르는 눈물을 손등으로 닦았다.

이 세상에 아프지 않은 사람이 없네요! 이남 사람들은, 특히 이남 젊은이들은 풍요로운 땅에 태어나 좋은 교육을 받고 평안할 줄 알았는데….

이나는 김집사가 잡아 주는 손을 마주 잡았다가 슬며시 빼냈다. 자신이 듣는 이에서 말하는 이로 변신해 있는 것이 너무 낯설었다.

11

　김집사는 자신의 방으로 돌아갈 생각이 없는 것 같았다. 마치 이나에게 더 받아먹을 떡이 남아 있다는 표정이었다. 이나는 그만 자리를 물리고 싶었다. 더 할 이야기도, 그의 이야기를 더 듣고 싶은 마음도 없었다. 그런 마음을 적절하게 표현하는 것처럼 하품이 저절로 나왔다. 그러나 김집사는 여전히 일어날 생각이 없어 보였다.

　김집사를 일으킨 것은, 그리고 그 사이 땀이 흘러 그만 씻고 자고 싶은 이나마저 일으킨 것은 구자성이었다. 맞은편 방에서 비명이 들렸고, 그것은 구자성이 지르는 비명이었다.

　김집사는 잔뜩 눌린 용수철처럼 튕기듯 일어나 총알같이 두 개의 현관문을 열고 구자성이 있는 방으로 달려 들어갔다. 이나도 김집사를 따라 달려갔다. 그 습도 높고 더운 날에도 하얀 시트를 몸에 감고 있는 구자성이 끝없이 비명을 지르면서 허공에 두 팔을 젓고 있었다. 눈이 감겨 있는 것으로 보아 거친 꿈을 꾸고 있는 것 같았다. 김집사가 침대 위로 뛰어 올라가 구자성의 몸을 흔들어 깨웠다.

이제 괜찮아요. 내가 있으니까 괜찮아요.

김집사는 능숙한 동작으로 구자성을 안고 벽에 등을 기댔다. 그의 오른팔은 어린애를 안듯 구자성의 목 뒤를 가누고 왼손은 구자성의 가슴을 연신 토닥였다. 그때서야 구자성이 눈을 떴다.

무슨 일 있어요?

김집사가 어린애를 어르듯 조용하게 물었다.

귀신들이 이 방에 가득 들어차 있어!

지금은 없어요. 저번처럼 내가 다 쫓았어요.

봐! 저길 보라고! 나를 노려보고 있잖아!

구자성의 손가락이 가리키는 곳에는 하얀 벽과 밖이 어두운, 열리지 않는 창문밖에 없었다.

안 들려? 저 소리 안 들리냐구?

구자성이 다시 벽을 향해 손가락질을 했다. 벽을 타고 흐르는 듯한 물소리뿐, 다른 소리는 들리지 않았다.

김집사가 그렇게 안고 다독여도 구자성은 다시 잠들지 못했다. 그가 손에서 놓지 않던 카드도 다시 붙들지 못했다. 아예 일어나 앉지를 못했다. 그런 구자성을 두고 이나도 그 방을 떠날 수가 없었다.

그때 그 동굴에 들어가는 것이 아니었어!

구자성은 눈을 뜨고 있었다. 눈을 뜨고 그런 소리를 하고 있었다.

어떻게든 조동호를 꺾었어야 했다고!

아무리 전리품이라고 해도 그가 들고 나온 카드를 받는 것이 아니었어!

무엇보다 그때 월남에 가는 것이 아니었어! 무턱대고 해병대에 기어들어 갈 일이 아니었다고! 그 여자가 떠났다고 해도 그것은 내가 아파할 일이 아니었어! 그것은 단지 그 여자의 일일 뿐이었는데…, 바보같이!

이나는 그가 무슨 말을 하는지 알 수가 없었다. 그야말로 횡설수설이었다.

미안해, 최수영! 그때 내가 같이 갔어야 하는데….

미안해! 정말 미안해! 그렇게까지 안 해도 됐는데. 미안해! 정말 미안해! 내가 미쳐서 그랬어! 그땐 다 미쳐 있었잖아?

그래, 미안해! 다 미안해! 내가 살아남아서 미안해! 그때 갔어야 했는데. 그거 알아? 나는 이미 그때 죽었다고!

구자성의 눈은 뒤집혀 있었다. 눈을 뜨고도 다른 사물을 보지 못하는 것 같았다. 김집사나 이나를 알아보지 못하고 전혀 다른 시공간에 있는 것 같았다. 이나는 더럭 겁이 났다. 꼭 무슨 일이 생길 것만 같았다.

　갑자기 구자성이 입을 다물었다. 그의 몸은 이미 축 늘어져 있었다. 그가 잠잠해지자 물소리가 크게 들렸다. 누군가가 흐느끼는 소리…, 울부짖는 소리…, 욕하는 소리…, 따지는 소리… 소리는 끝없이 다른 소리를 물고 왔다. 이나는 저 물소리가 구자성을 다른 곳으로 데려갔는지도 모르겠다는 생각이 들었다.

　너무 놀랐지요? 나도 놀랐어요. 이따금 가위눌리거나 팔을 내저으며 소리친 적은 있지만 오늘처럼 크게 비명을 지르신 적은 없었거든요. 흔들어 깨우면 정신을 차리셨는데 오늘은 헛소리까지 하시네요. 이제 좀 안정되신 것 같으니 가서 쉬세요.

　계속해서 구자성을 안고 가슴을 토닥여 주고 있던 김집사가 이나에게 말했다. 이나도 놀란 가슴이 조금은 가라앉고 있었다. 이나는 내일 일을 어떻게 꾸려 가야 할지가 걱정이었다.

　그럴게요. 집사님도 좀 쉬셔야 할 텐데….

　난 괜찮아요. 이게 내 일인 걸요.

　선생님 편히 쉬세요. 낼 아침에 뵐게요.

　이나는 구자성의 손을 잡았다 놓으며 몸을 돌렸다.

　가지 마요! 나 혼자 두고 가지 마요!

　그 순간 구자성이 감았던 눈을 뜨며 다급하게 말했다.

　괜찮아요. 내가 있잖아요. 걱정하지 마세요.

김집사가 구자성의 귀에 입을 대고 속삭이듯 말했다.

가지 마요. 나 혼자 두고 가지 마요.

다시 눈을 감은 구자성의 눈끝에서 눈물이 주르륵 흘러내렸다. 이나는 침대에 걸터앉으며 그의 손을 잡아 줬다. 쭈글쭈글 뼈만 남은 손에는 냉기가 만져졌다.

이 방엔 귀신들이 너무 많아요. 나 혼자 감당하기 너무 힘들어요. 아까 돈 아끼지 말고 방을 바꿨어야 했는데…. 호텔을 바꾸든지….

구자성이 차분한 음성으로 말했다. 이나는 그가 평상심으로 돌아왔는지 판단하기가 쉽지 않았다.

지금이라도 바꿔 달라고 할까요?

이미 늦었어요. 귀신들이 이 호텔을 벌써 접수했을 거요. 내가 여기 온 것을 알고 있을 테니까.

이나는 그가 지금 멀쩡해 보여도 패닉 상태에서 빠져나오지 못한 것을 알 수 있었다.

오늘 주무시고 내일 다낭으로 돌아가시면 괜찮아지실 거예요.

이나는 우선 그를 안정시키는 것이 중요하다고 생각했다. 아무래도 무슨 일을 겪을 것만 같은, 앞이 보이지 않는 깜깜한 두려움이 스멀스멀 이나의 몸속으로 쳐들어왔다.

틀렸소. 너무 늦었소. 내가 여기 왔다는 것을 그들이 모두 알게 됐소. 다른 도리가 없소. 사정 얘기를 해보는 수밖에.

이나는 자신의 방으로 돌아갈 수 없다는 것을 깨달았다. 그의 횡설수설은 두려움이 만든 대사였다. 패닉의 언어였다.

나는 키엠의 차를 타고 싶지 않소. 다른 교통수단을 알아봐 줘요. 기차를 타도 좋고.

구자성의 침대에 걸터앉아 깜빡 졸다가 깼을 때 이나가 깨기를 기다렸다는 듯 구자성이 말했다. 김집사는 그를 안은 채 입을 벌리고 코를 골고 있었다.

알겠습니다. 기차편을 알아보겠습니다.

미안해요. 그만 가서 자요.

이나는 지금은 그가 멀쩡하다는 것을, 그 기간이 얼마나 지속될지 모르지만 패닉 상태에서 빠져나온 것 같다는 판단이 들었다.

이나는 김집사를 깨웠다. 정신을 차린 김집사가 구자성을 가지런하게 뉘고 그 옆에 누워 팔베개를 해준 뒤 구자성의 얼굴을 가만 들여다봤다. 구자성이 눈을 감고 고개를 끄덕여 줬다.

편히들 주무세요. 내일 아침 일찍 올게요.

제 방으로 돌아와 침대에 누운 이나는 다음 일이 걱정이었다. 구자성이 저런 상태라면 아직 찾지도 못한 롱빈까지 갈 수 있을 것 같지 않았다. 갑자기 잠이 달아났다. 오늘 하루가 아직 끝나지 않은 것 같았다. 호이안에서 겪은 긴 하루는 별것도 아니었다는 생각이 들었다. 도무지 이 일의 끝이 보이지 않았다.

조금 잠짓을 하고 눈을 뜨자마자 이나는 구자성의 방으로 달려갔다. 두 사람 모두 깨어 있었다. 그러나 둘 다 기진맥진해 있었다.

괜찮으셨어요?

눈으로 물어도 답이 없어 이나는 김집사에게 다가가 조그맣게 물었다.

새벽에 귀신들이 다시 쳐들어왔나 봐요. 거의 한숨도 못 주무셨어요.

김집사가 가라앉은 목소리로 말했다.

이나는 키엠을 돌려보냈다. 간밤에 구자성이 의사표시를 한 바도 있지만 구자성의 공포와 패닉에는 키엠도 한몫하는 것 같았다.

밤새 내리던 비가 여전히 추적추적 내리고 있었다. 이나는 다른 택시를 불러 구자성과 김집사를 태우고 후에역으로 갔다. 하노이에서 출발하여 다낭을 거쳐 호치민까지 가는 열차가 있었다. 한 시간 뒤에 도착이었다.

기차표를 끊고 대합실에 앉아 기다리는 일이 쉬운 일이 아니었다. 구자성은 어젯밤과 크게 달라진 것이 없어 보였다. 멀쩡해 보이다가도 갑자기 두려움에 떨곤 했다.

여기도 온통 귀신들 천지네!

구자성이 낙담한 듯이 말하는 소리를 듣고 이나는 그가 단순한 패닉 상태에 빠진 것이 아니라 정신적으로 문제가 있는 것이 아닌가 싶었다. 이나는 두려웠다. 자신마저 패닉이 올 것 같았다. 김집사도 그걸 느꼈는지 구자성의 휠체어 옆에서 그의 팔짱을 끼고 앉아 쉼 없이 그의 손을 주물러 주고 있었다. 구자성은 김집사에게 붙들리지 않은 손으로 자꾸 자신의 몸을 거칠게 털어내고 있었다.

기차는 제시간에 오지 않았다. 스피커에서는 뭐라고 뭐라고 웅웅거리는 안내방송을 했으나 이나가 온전히 알아들을 수 있는 수준의 말이 아니었다. 이나는 기차도 기차지만 구자성에게 문제가 생겼다면 롱빈이고 뭐고 귀국밖에 답이 없을 것 같다는 생각이 들었다. 그렇다면 다른 택시를 섭외해 서둘러 다낭까지 가야 하는 것 아닐까 싶었다. 마음이 조급해진 이나는 개찰구에 서 있는 직원에게 왜 이렇게 기차가 늦는지, 언제 도착하는지 물었다. 직원은 이나를 빤히 쳐다보고 고개를 저었다. 모른다는 뜻인지, 못 알아들었다는 뜻인지 알 수가 없었다. 그 대신 그 옆에서 개찰을 기다리고 있던 얼굴이 검은 서남아시아계 청년이 단선철로라 기차가 하노이에서 여기까지 오는 동안 연착하는 시간이 쌓이고 쌓여서 늦어지는 거라고 영어로 띄엄띄엄 설명해 줬다. 길고 검은 고수머리가 꼬불꼬불 말려 있는 그는 자신의 몸보다 큰 배낭을 보부상의 지겟짐처럼 지고 있었다. 그는 기차 출발 시간 한 시간이 지났으니 곧 올 거라고 했다. 정말로 그의 말이 끝나자마자 개찰이 시작됐다.

걱정했던 것보다 기차 시설이 나쁜 것은 아니었다. 그러나 시끄러웠다. 중간에 자리한 청년들이 둥글게 모여 앉아 카드놀이를 하며 이따금 소리를 지르고 깔깔거리며 박수를 쳤다. 남자애들은 머리를 짧게 깎았고 그 사이사이에 앉은 여자애들은 긴 생머리였다. 승무원을 비롯한 누구도 그들에게 뭐라 하지 않았다. 그러나 그래서 기차 안은 현실성이 있었다. 구자성이 더 이상 귀신 이야기를 하지 않는 것으로 보아 적어도 구자성에게 귀신들이 달려드는 공간은 아닌 것 같았다.

창밖으로 비에 젖은 풍경들이 끝없이 흘러갔다. 가늘고 키 큰 아유나무 군락, 주변에 야자나무를 병풍처럼 두른 벌겋게 녹슨 함석지붕 집들, 잊을 만하면 나타나는 물웅덩이들, 모래밭에 심은 땅콩들의 행렬, 그리고 하얗게 포말을 일으키며 달려오는 바다…, 풀 몇 포기 비루먹은 짐승의 털처럼 덮고 있는 사구들, 벼가 파란 논들, 그 논에서 농을 쓰고 일하는 아낙들, 빠지면 헤어나오지 못할 것 같은 수로와 늪지들, 좁은 계곡들, 도무지 틈이 보이지 않는 덩굴나무숲과 가시대나무숲들….

똑같아! 그때도 저랬어! 그때도 저런 풍경이었다고!

휠체어에서 내려 통로를 사이에 두고 이나와 나란히 앉은 구자성이 독백을 하듯 중얼거렸다. 이나는 아직도 구자성이 그 시간으로부터 빠져나오지 못한 것을 알 수 있었다. 어쩌면 평생을 그렇게 살았는지도 모르겠다는 생각이 들었다. 그렇게 생각하니 그의 생이 참 아프게 다가왔다.

긴 굴을 빠져나온 기차는 흔들리면서 꼬불꼬불한 산길을 동력이 없는 썰매처럼 오르고, 기차가 타원를 그리며 앞머리와 꼬리가 만날 것처럼 가까워질 때마다 블라인드 끝단의 기다란 쇠클립들이 한꺼번에 창틀을 치는 소리가 들렸다.

저 소리 들려?

구자성이 창가에 앉은 김집사에게 고개를 돌리며 물었다. 창밖을 내다보던 김집사는 무슨 말인지 몰라 구자성을 올려다봤다.

저건 중대 단위 병사들이 소총 안전장치를 한꺼번에 푸는 소리라고. 이 사람들은 아직도 전쟁을 끝내지 않은 거라고.

구자성의 얼굴이 다시 두려움으로 구겨졌다. 창밖으로 비한 방울 새어 들어갈 틈이 없어 보이는 빽빽하게 우거진 정글이 계속 펼쳐졌다.

우리가 이 기차에서 내릴 수 있을까? 무사히 집에 돌아갈 수 있을까?

구자성은 다시 패닉 상태에 접어들고 있었다.

아무래도 잘못 온 것 같아. 또다시 실수한 거야, 내가. 여길 다시 오다니, 미친 거야, 내가.

이나는 그가 파병된 그때로 다시 돌아가고 있는 것처럼 보였다. 어쩌면 그의 생도 그가 처한 현실과 그때의 시간들 사이에서 도돌이표처럼 평생 왕복운동을 한 게 아닌가 싶었다.

12

　비가 쏟아지고 있었다. 굵은 빗방울들이 유리창에 부딪쳐 타원형으로 일그러지며 흘러내렸다. 온통 진눈깨비에 덮인 것처럼 유리창이 흐릿해졌다. 밖을 나갈 수 없어 세 사람은 구자성의 방에서 가끔씩 서로를 돌아보며 시간을 보낼 수밖에 없었다.

　후에에서 돌아온 뒤로 구자성은 더는 귀신 이야기를 하지 않았다. 그는 뭔가를 기다리는 사람처럼 그저 침대 위에서 가느다란 다리를 벌린 채 그 오래된 카드만 갖고 놀았다. 시간을 죽이기 위해 필사적으로 시간을 쓰는 사람처럼 보였다.

　그렇게 사흘이 지나도록 그는 어떤 의사표시도 하지 않았다. 전처럼 롱빈을 찾는 데 열의를 보이는 것도 아니고, 그렇다고 한국으로 돌아가겠다는 내색을 하지도 않았다. 돌아갈 비행기표에 적힌 남은 시간은 이제 6일이었다.

그는 이제 멀쩡해진 걸까?

이나는 수긍하기 어려웠다. 그의 몸은 눈에 띄게 부실해져서 허깨비처럼 축 늘어져 있었다. 너무나 가파르게 몸이 쇠잔해져서 꼭 귀신들 때문이 아니더라도 이러다가 무슨 일을 겪게 되는 게 아닌가 싶은 걱정이 자꾸 들었다. 그런 걱정을 상쇄시키기라도 하겠다는 듯 그는 말이 많아졌다. 그 때문에 이나는 그의 곁을 쉽게 떠날 수가 없었다.

이런 비는 참 사람을 딱하게 해. 비참하게 만들기도 하고.

카드를 내려놓고 휠체어에 앉아 창밖을 내다보던 구자성이 혼자 중얼거렸다. 이나에게는 이 상황과 모든 사태의 원인을 비에게 돌리는 것처럼 들렸다.

한겨울, 피란을 떠난 우리는 진창길을 걸었소.

호텔 밖 거리를 내다보는 그의 시선을 따라가면 도로에 흐르는 흙탕물이 보도를 핥으며 성급하게 흘러가고 있는 것이 보였다. 곧 흙탕물이 넘쳐 보도 옆 상가들로 흘러들 것 같았다.

하늘에서 진눈깨비가 먹을 수도 없는 죽처럼 흘러내리는 그 진창길을 어머니와 함께 걸었소. 언 발이 진창에 빠져 자꾸 넘어지고 쓰러졌지만 얼어 죽지 않기 위해 다시 일어나 걸었소. 어머니는 언 땅을 뒤져 나무뿌리나 풀뿌리를 캐 주며 씹게 했소. 얼음 조각이나 녹지 않은 눈이 식수였소. 마을이 나타나면 구걸은 허기진 다섯 살 내 몫이었고, 곡식이든 뭐든 입에 넣을 것을 훔치는 것은 어머니 몫이었소. 그것도 여의치 않아 나중에는 두 사람 다 두 역할을 할 수밖에 없었소.

그는 자신의 내부에서 흘러나오는 말들을 이제 어쩔 수 없다는 듯 쏟아내기 시작했다. 스스로도 그것을 주체하지 못하는 것 같았다. 폭우가 촉발한 것이 분명해 보이는 그 말들은 이나의 작업 영역으로 쏟아져 들어오는 말이기도 했다. 이나는 이만큼 비켜 서서 서둘러 메모를 시작했다.

느 아버지는 그렇게 죽을 사람이 아니었다. 그렇게 죽어서도 안 되는 사람이고. 어머니 입에 늘 붙어 있던 말이었소.

비가 오면 그렇게 시작된 넋두리가 끝없이 이어졌소. 구장이 보도연맹 가입허라고 혀서 이름 빌려준 죄밖이 읎는 느 아버지가, 평생 일밲이 몰른 느 아버지가 그렇게…, 사람이 어떻게 그렇게 죽을 수가 있었니? 얼굴은, 얼굴은 벌레들이 죄 파먹어서 문드러졌고, 핏물이 든 저고리 속에서 배만 불뚝 부풀었드라. 너두 봤쟈? 누가 그러대. 총 맞어 죽은 사람은 총알 독이 올라 그렇게 배가 부픈다고. 죽일 늠덜, 아이고 쥑일 늠덜! 어머니는 누군가에게 보고를 하듯, 하소연을 하듯 빗속으로 당신의 입에서 흘러나오는 넋두리를 뿌렸소. 당신의 가슴을, 창자를 뿌렸소. 아마도 당신이 잊지 않기 위해, 또는 나에게 잊지 말라고 그러는 것 같았소.

그는 자신의 가슴속에 숨어 있는 어둠을 주절주절 풀어내고

있는 것 같았다. 무슨 일로 그것을 가리던 막이 뜯겨 나가 심리
적 저항을 포기한 사람 같았다.

　막 다섯 살이 된 해 초여름이었소. 아버지, 구장네 집으루 오
시래유. 길에서 만난 구장이 한 말을 아버지에게 그대로 전했
소. 그게 뭔지도 몰랐지만 전쟁이 났다는 소문이 역병처럼 돌
때였소. 구장네 집으로 간 아버지는 돌아오지 않았소. 70년이
지난 지금도…. 내가 그 말을 전하지 않았으면 아버지는 죽지
않았을까? 아버지, 구장네 집으루 오시래유, 지금도 내 가슴속
에 매달려 있는 말이오.

　그는 앙상한 손가락으로 눈가를 훔쳤다. 눈곱인지 진물인지
모를 것이 그의 손가락에 묻어 있었다. 김집사가 얼른 티슈를
뽑아 그의 손가락을 닦아 줬다.

　할머니와 어머니 손에 이끌려 아버지가 죽임을 당했다는 골
짜기를 찾아나섰소. 파리떼가 버섯구름처럼 떠다니고 있습디
다. 수십 구의 시체 더미 속, 시신마다 파리떼가 포도송이처럼
엉겨붙어 있고, 구더기가 살을 파먹고 있었소. 살 썩는 냄새 때
문에 숨을 쉴 수가 없었소. 남자들은 똑같이 허연 무명바지저고
리를 입고 있어 옷으로는 구별할 수가 없는 시신들이었소. 어머
니와 할머니는 코를 싸쥐고 그 시신들을 하나하나 들추며 얼굴
을 확인했소. 그러나 이미 살이 흘러내려 형태가 무너진 얼굴
들은 알아볼 수가 없었소. 무슨 일인지 시신들은 남자나 여자

나 임산부처럼 배가 부풀어 있었소. 할머니는 다른 골짜기에서 시신들을 들추고 있고, 어머니는 그 시신들 틈에 주저앉아 가슴을 치며 울고 있었소. 한참을 울고 난 어머니가 시신들의 무릎을 살피기 시작했소. 하도 일을 많이 해 유독 무릎이 많이 닳고 빨리 닳아 안으로 낡은 삼베를 세 겹 덧댄 무명바지를 입은 남자를 찾고 있었던 거요. 그런 남자가 제발 나타나지 않기를 빌면서. 무릎을 살펴보기 위해 겹쳐 있는 시신들을 들추다 보면 팔이 쑥 빠져나오거나 다리가 빠져나와 어머니는 기겁을 하고 벌러덩 주저앉기도 했소. 드디어 어머니는 자신이 낡은 삼베로 무릎을 세 겹 덧대 준 무명바지를 입은 남자를 찾았소. 얼굴은 이미 썩어 문드러져서 쓰다듬어 줄 수도, 쓰다듬어 볼 수도 없었소. 그저 옷자락을 붙잡고, 그 무릎을 쓰다듬어 보며 통곡하는 수밖에 없었소. 어머니와 할머니는 그 골짜기 아랫마을에서 곡괭이를 빌려와 가까운 산비탈을 얕게 파고 아버지를 끌어다 임시로 묻었소. 그리고 주먹만 한 돌들을 주워 그 위에 꽃잎을 만들어 놓았소. 코스모스 꽃잎이었소. 그래도 혹시 몰라 그 꽃잎 한가운데에 나뭇가지를 꺾어 꽂아 놓았소. 잎이 퍼렇게 달려 있는 물푸레나무 가지였소. 다음날 동네 사람들을 데리고 와 집 근처로 옮겨오기로 한 것이었소. 그러나 다음날도 그 다음날도 그 다음날도 그곳에 갈 수 없었소. 총을 든 경찰이 지키고 있었기 때문이었소. 경찰이 철수한 뒤 그곳에 갔을 때는 시신들이 한 구도 없이 사라진 뒤였소. 꽂아 놓은 물푸레나무 가지도, 돌들을 모아 만들어 놓은 코스모스 꽃잎도 찾을 수가 없었소. 그 근처라고 가늠되는 곳을 파보아도 헛일이었소. 지금도 나는 생시의 아버지 얼굴보다 살이 다 썩어 문드러졌던 그 얼굴이 선명하게 먼저 떠오르오. 그때 나는 이미 세상을 다 살아 버린 것 같소. 자라기도 전에 늙어 버린 거였소. 그러니 세상살이가 무슨 재미가 있었겠소.

그 처절한 이야기와는 달리 그의 얼굴은 맑고 투명했다. 마치 세상을 다 산 사람 같은 적막한 표정이 요 며칠 사이 수가 부쩍 늘고 골이 깊어진 그의 얼굴 주름살 위에 떠 있었다.

우리 마을은 남북의 군인들이 오가는 통로였소. 겨울에 중공군이 몰려왔을 때, 은빛 미군기가 하늘에 떠서 선물을 던져줬소. 방금까지 있던 마을이 연기 몇 줄기만 남긴 채 그 선물들과 함께 사라졌소. 집안에 있던 할머니와 여동생도 그 선물을 받고 집과 함께 흔적도 없이 사라졌소. 어머니와 나는 땔감을 구하러 산에 올라 나무를 하다가 그 광경을 눈 뜨고 지켜볼 수밖에 없었소. 어처구니없었소. 울음도 나오지 않았소. 공포만이 아닌, 세상이 텅 비어 버렸다는 공허가, 그 태초의 공허 같은 것이 가슴을 메우고 있었소. 그러나 거기 그대로 있어서는 안 된다는 것은 알 수 있었소. 어머니와 나는 밀어닥친 피란민 행렬을 따라 부산까지 걸어갔소. 하늘에서 주는 선물을 땅에서는 주지 않는다는 보장이 없기 때문이었소. 폭격 뒤에는 그 설거지를 하기 위해 군인들이 몰려온다는 것을 어른들은 알고 있었던 것이었소. 그 덕에 내가 나서 그때까지 자라는 동안 익혔던 충청도와 경상도 경계 지역의 말은 기억 저편으로 잠겨 버렸소.

그는 이제 남의 이야기를 하는 것처럼 담담했다. 이나는 그의 말이 후에에서 쏟아지던 횡설수설의 진창을 지나 질서 있게 흘러나오고 있다는 것을 알 수 있었다. 그것은 그의 내부가 어느 정도 정비가 됐다는 의미로 읽혔다.

집도 절도 없고 아는 이 하나 없는 우리가 그 낯선 부산 땅에서 뭘 하며 살아갈 수 있었겠소? 남의 판잣집 한 귀퉁이에 사과 궤짝을 뜯어낸 나무 널을 덧대 누울 자리를 만든 어머니는 미군부대에서 흘러나오는 양담배나 밀가루, 옷가지들을 사다 길거리에 쭈그리고 앉아 팔았고, 나는 미군부대 앞에서 구두닦이 심부름을 했소. 모르겠소. 그것들도 미군이 던져 주는 선물의 일종이었는지….

문득 그런 생각을 하곤 했소. 이 게임이 일곱 살, 험프리 중사를 만났을 때 시작된 게 아닐까. 그런 것은 내가 어떻게 해볼 도리가 없는 일 아닌가. 그렇게 나를 용서하기 위해 애쓰기도 해봤소. 지금이야 아버지가 죽은 그때부터 시작된 일이 아닌가 싶기도 하지만.

지금도 험프리는 내 손을 끌어다 자신의 팬티 안에다 집어

넣곤 하오. 영문도 모르고 끌려 들어갔던 그때처럼.

구자성의 얼굴이 무슨 병이 든 사람처럼 갑자기 검게 일그러졌다. 이나는 그것이 몸으로 나타난 고통의 표현이라고 생각했다. 그러기에 이나는 지금 이 이야기를 계속 들어도 되는지, 듣고 있어야 하는지 판단이 서지 않았다. 그러나 그는 멈추지 않았다.

그의 손은 야구 글러브같이 커다랬소. 어느 날 그 털북숭이 야구 글러브가 내 손을 이끌고 그의 팬티 안으로 쑥 들어갔소. 거기는 수북한 털밭이었고, 빳빳하고 굵은 기다란 몽둥이가 뭉툭 서 있었소. 너무 놀라고 당황해서 내가 손을 빼내려고 하자 그는 힘을 주어 당기며 그 작은 손으로 그걸 만지고 쓰다듬도록 만들었소. 나는 손을 빼야 한다고, 도망쳐야 한다고 생각했지만 호흡만 가빠질 뿐이었소. 내 손은 야구 글러브 같은 그의 손에서 빠져나갈 수가 없었소. 그렇게 손을 뺄 수도, 아무것도 하지 않을 수도 없는 한 생이 흘러갔소. 끝내 나는 얼굴을 으등거리며 눈을 감고 그 털북숭이 몽둥이를 만질 수밖에 없었소. 험프리의 거친 신음 소리는 날카롭게 고고를 외치며 말의 울부짖음으로 바뀌어 갔고, 내 손은 그 말 울음 소리를 좇아온 화끈거리고 미끌거리는 젤리 덩어리의 급작스런 습격에 담겨 버렸소. 똥통에 빠진 기분이었소. 말 울음소리를 그친 험프리가 자신의 팬티로 내 손을 닦아 주며 은색 동전 하나를 줬소. 코가 뾰족한 한 남자가 거기 들어 있었소. 뒷면에는 햇불을 가운데 두고 올리브 가지와 떡갈나무 가지가 그 양옆에 서 있었소. 어린 나이였지만 그렇게는 돈을 벌고 싶지 않았소. 그러나 내가 앞으로 그렇게 돈을 벌 수밖에 없을 것 같다는 절망과 공포가 휩쌌소.

그는 다시 그 앙상한 손가락으로 눈가를 훔쳤다. 김집사가 다시 티슈를 뽑아 그 손가락을 닦아 줬다. 이나는 또다시 김집사는 구자성에게 누구이며 무엇일까 잠시 생각했다. 그러나 그것은 역시 자신이 점검하거나 관여할 사항이 아니었다. 그보다 이나는 그의 이야기와 눈물이 참 아프게 다가왔다. 듣고 있는 자신에게도 엄청난 충격을 주고 있는 그 상처와 아픔을 그가 어떻게 몸에 담고 살아왔을지 생각하면 아득했다. 그의 눈물은 그가 아직도 그 충격의 까마득한 심연에서 헤매고 있다는 것을 보여주었다. 그에게는 그것이 돈과 얽혀 있어 더 비참하고 더 무겁고 더 악세고 더 답답할 것 같았다.

내가 험프리를 만족시켜 줘야 하는 시간이 점점 늘어났소. 험프리의 다른 요구를 내가 거부할 수 있었던 것은 순전히 그의 것이 너무 크고 길어서 내 작은 입에 들어가지 않아서였소. 내 작은 혓바닥으로는 험프리의 그 큰 물건을 감당할 수 없었소. 제 성에 차지 않는다고 험프리는 내 수고비를 깎았소. 1센트짜리 동전을 받고 돌아서면서 나는 그를 죽이고 싶기도 하고 나를 죽이고 싶기도 했소.

그는 이제 다 포기하고 체념한 사람 같았다. 그가 자신 안에 어둠처럼 똬리를 틀고 있었던 진실을 드러내기 위해 자존심이라는 보호막을 내던진 것일까? 아니면 내부 투쟁에서 진실이 승리한 것일까? 아니면 그가 지금 병적인 상태여서 할 말 안 할 말 가리지 않고 쏟아내고 있는 것일까? 이나는 머릿속이 복잡해졌다. 그의 몸속에 똬리를 틀고 있는 어둠의 깊이가 도무지 헤아려지지 않았다.

학교에 들어가면서 그곳을 떠났지만 미군부대 앞을 지날 때마다 입에 침이 고이고 손에 미끌한 젤리 덩어리가 만져졌소. 그 저주 같은 부끄러움 때문에 얼굴이 홧홧하게 달아올랐고, 몸이 땀으로 젖곤 했소.

좀전의 병적인 검은빛이 사라진 그의 얼굴은 벌겋게 달아올라 있었다. 이나는 그의 한 생이 그의 얼굴에 파노라마처럼 펼쳐지는 것 같다는 생각을 했다.

그곳을 떠날 때 나는 험프리의 카드를 훔쳤소. 나는 그것을 험프리가 지불하지 않은 게임비라고 생각했소. 그리고 미군부대 앞에서부터 그 카드를 한 장씩 길바닥에 뿌렸소. 나뭇가지에서 떨어지는 낙엽처럼 비행해서 길바닥에 제멋대로 들러붙는, 그자의 손때 묻은 그 붉은 꽃잎들…. 나뭇잎 같기도 하고 거꾸로 든 빗자루 같기도 하고 어린 여자아이의 단발머리 같기도 한 스페이드, 정형화된 다이아몬드와 클로버잎들, 편리하게 심장을 간결한 무늬로 치환해 버린 하트…. 나는 던질 때마다 험프리의 손길에 닳아 붉은 꽃잎 무늬가 흐릿해진 뒷면에 마음을 걸기도 하고, 무늬와 숫자가 노출된 앞면에 앞날의 재수를 걸기도 했소. 확률은 반반이었소. 그렇지만 내가 던진 카드들은 내가 건 것과는 상관없이 떨어졌소. 그것이 운명이라는 듯이. 또는 별반 차이가 없다는 듯이. 나는 멋대로 룰을 바꿔 무늬에 걸기도 하고 숫자에 걸기도 했소. 재수 없는 내 운명을 예고라도 하는 듯이 맞는 일이 드물었소. 그러나 그렇게라도 해서 내 기억과 부끄러움을 날려 버릴 수만 있다면 의미 있는 일이라고 생각했소. 나는 마지막 남은 붉은 무늬 하트 에이스를 집 앞 시궁창에 버렸소. 다시는 그것들과 만나고 싶지 않았소. 세상일이 뜻대로만 되는 것이 아니어서 나는 이따금 내가 버린 그 카드들을 길거리에서 만났소. 그때마다 나는 심장에서 흐르는 땀을 닦느라 얼굴이 벌개지곤 했소.

부끄러움은 길거리에 버린 그 카드를 마주쳤기 때문에 생기는 것만은 아니었소. 나는 험프리에게서 받은 돈, 내 부끄러움을 팔아 모은 돈을 버릴 수가 없었소. 2달러 50센트. 나는 늘 그래 왔듯 어머니에게 그 돈을 줬소. 이게 마지막이라고. 이젠 다시 달러를 벌지 않는다고. 그 돈마저 버렸어야 했을까?

그는 고개를 돌려 이나에게 묻고 이내 고개를 흔들었다.

누가 앞날을 알고 살겠소? 누가 자신이 한 일이 뒷날 다른 일의 씨앗이 된다는 것을 알고 살겠소?

그는 이제 빗물이 흘러내리는 유리창에 시선을 고정시켜 놓고 있었다. 그렇게 멍하게 앉아 있는 그를 뒤에서 보니 텅 비어 거죽만 남은 빈 푸대 자루가 간신히 형태를 유지하며 휠체어에 걸려 있는 것 같았다.

여기 와서 미군들을 다시 만났소. 그들이 주는 달러로 급료와 참전수당을 받고…. 미군과 합동작전을 벌일 때면 나도 모르게 미친 듯이 총질을 했소. 어떻게 해야 할지 몰라 침 흘리며 허둥대던 내 혓바닥, 젖어 뭉클한 그 어린 손가락과 작은 조개껍질 같았던 그 손바닥, 그것들을 놀렸던 내 손목을 향해 쐈소. 아직도 그 손가락과 손바닥에, 혀끝과 혓바닥에 고스란히 남아 있는 그 미끌거리는, 그 침 묻은 감촉을 향해 쐈소. 다시는 그것들과 마주치고 싶지 않아 마구 쐈소. 그냥 모두 가루로 만들어 흩어 버리고 싶었소.

이나는 더럭 겁이 났다. 그가 그동안 가슴을 짓눌러 오던 돌덩이를 스스로 치우고 있는 것처럼 보였지만 그걸 받아 적어야 하는 이나에게는 생각지도 못한 짐이었다. 그 돌덩이들은 이나 자신이 감당하기에는 너무 무거웠다. 그가 횡설수설할 때는 사실 뭐가 뭔지 몰라 걱정스럽기만 했는데 이제 그가 풀어내는 말들이 너무 가지런하고 무거워서 두려웠다. 자신이 끝까지 그 무게를 감당할 근력이나 체력이 될까 싶기도 하고, 저것들을 다 풀어낸 뒤 허깨비만 남을지도 모를 그의 상태는 또 어떤 모습일지 두려웠다. 그러면서도 이나는 그가 입으로 풀어낸 말들이, 그 파편화된 그의 생의 조각들이 조금씩 형태를 이뤄 가는 것을 볼 수 있었다. 부끄러움과 두려움 속에서 형태를 갖춰 가는 퍼즐이었다.

13

　베트남에 온 지 24일째였다. 이제 나흘 뒤면 비행기표에 찍힌 귀국 날짜였다. 롱빈을 아는 사람은 나타나지 않았다. 귀국 날짜가 다가오는 것과 상관없이 구자성은 차분한 상태를 계속 유지했다. 이곳까지 오게 된 그 삶의 여정과 후에에서의 일을 생각하면 뜻밖이라는 생각을 하면서도 이나는 그가 어떻게 또 돌변할지 몰라 걱정스럽기도 했다. 우선 그의 몸이 너무 무너져 있었다. 요 한 달 가까운 기간에 그는 어깨며 팔이며 남아 있던 상체 근육이 다 소실된 것처럼 뼈만 앙상하게 불거졌다. 그가 저 몸으로 비행기를 타고, 무사히 귀국할 수 있을까 싶을 정도였다.

　이야기를 꺼내놓았으니 마무리합시다.

　호텔 식당에서 같이 아침 식사를 하고 난 뒤 차를 마시며 구자성이 말했다. 그는 베트남식 진한 커피를 좋아했다. 이나는 항상 지니고 다니는 노트를 꺼내놓고 가만히 기다렸다.

　해병대에 들어가 만난 동기들이 몇 있소. 그 가운데 조동호
는 전투력이 아주 뛰어났소. 키가 작고 몸이 가느다랬는데 담력
이 세고 매사 두려움이 없었소. 굴귀라고 할 정도로 동굴 수색
의 귀신이었소. 몸 사리지 않고 맹렬하게 전투를 수행한 덕에 하
사를 달고 우리 분대 분대장이 됐소. 병으로 입대해 전투 현장
에서 간부가 된 것이오. 내 동기가 내 상관이 된 것이기도 하고.

　최수영은 조동호와 많이 다른 사람이었소. 늘 눈치나 보고
어정쩡한 나와도 많이 달랐고. 훈련소에서 처음 만났을 때 웬
영화배우가 군대에 왔나 싶었소. 넓고 반들거리는 이마, 오똑
솟은 매부리코, 새하얀 살결…. 그렇게 잘생기고 쭉 빠진 몸을
가진 사람이 늘 조용하고 침착했소. 내무반 생활도 능동적으
로 하고. 훈련이 고돼도 해병대 특유의 깡다구를 부리거나 악
을 쓰는 법이 없었소. 한 발 더 움직이고, 한 번 더 움직여 동료
들을 편하게 해주는 것이 몸에 밴 사람이었소. 그 배려심의 크
기만큼 체력도 좋았고. 기상나팔 불기 전에 조용히 일어나 명
상을 하고, 혼자 있을 때는 가만히 자기 내부를 들여다보는 사
람처럼 고요했소. 아무리 봐도 해병대에 올 사람 같지가 않아
눈길이 가던 사람이었소.

　훈련 중 여럿이 밤에 철조망을 넘어 부대 뒤 주막에 갔을 때
최수영도 함께했소. 주막 색시가 몸을 던져 그를 끌어안곤 했

지만 그는 그 색시가 무안하지 않도록 자연스럽게 몸을 빼내고 다른 색시들, 동료들의 노래에 젓가락 장단을 멋들어지게 쳐줬소. 그때 아마 '동백 아가씨'가 많이 불렸던 것 같소. 나는 그런 최수영에게 꽂히지 않을 수 없었소.

당신 누구야?

내가 묻자 조동호가 곧바로 또 물었소.

당신 어디서 왔어? 뭐 하다 왔냐고?

절!

최수영은 그 한 마디만 하고 조용히 웃었소. 나는 그가 무슨 말을 하는지 얼른 알아듣지 못했소.

절에서 절하다 왔어. 내가 누군지 알고 싶어 절에 들어간 거고.

내 표정을 본 그가 다음 질문의 답까지 다 말해 버렸소. 그러고 보니 훈련소에 처음 들어왔을 때 그의 머리가 반들반들했다는 기억이 났소. 그날 막걸리를 마시면서 보니 그는 그동안 내가 겪고 아는 것보다 훨씬 감정이 풍부하고 섬세한 사람일 것 같다는 생각이 들었소.

까까가 왜 골병대가 된 거야? 왜 여기까지 와서 뺑이치고 있냐고?

벌써 혀가 꼬인 조동호가 천천히 음미하듯 막걸리를 혀에 적시고 있는 그를 보고 성마르게 물었소.

깡다구가 없으면 부처도 못 돼! 지구력을 기르고 깡다구 좀 길러 보려고 왔지. 머리 깎았다고 군역을 피할 수는 없잖아?

그가 입꼬리를 올리며 엷게 웃었소. 그는 그렇게 늘 웃었소. 훈련의 강도가 세지고 교관들의 얼차려와 구타가 반복돼도 그는 그 엷은 웃음을 여간해서 잃지 않았소. 그런데 훈련이 끝나갈 무렵, 우리 부대가 특교대로 편성돼 또 다른 훈련을 받게 되고, 그 훈련이 바로 월남으로 가는 파병 훈련이라는 것이 확실해지자 그의 얼굴이 어두워졌소. 낙담한 그의 얼굴에 가끔씩 지피는 헛웃음이 금방이라도 바스라질 것처럼 건조하게 떠 있곤 했소. 눈도 퀭하게 들어가 깊은 동굴을 얼굴에 매달고 다니는 것 같았고.

더할 수 없이 차분해진 구자성은 거의 속삭이는 것처럼 여태까지와는 다른 이야기를 풀어놓고 있었다. 이나는 비로소 그의 베트남 이야기가 체계성을 갖게 될 것 같다는 생각이 들었다.

월남 가고 싶지 않다고, 전장에 나가기 싫다고 해서 빠져나갈 수는 없었소. 부산항에서 미군 수송선을 타고 가는 동안 내내 그는 밥을 입에 넣지 못했소. 아니 음식을 입에 넣지 않았다는 말이 더 올바를 것 같소. 마치 곡기를 끊으며 마지막을 준비하는 수도승처럼 거의 움직임이 없었소.

나는 사람 죽이는 거 싫어! 나도 죽기 싫고.

다낭항에 도착해 수송선에서 내릴 때 그는 중얼중얼 혼잣말처럼 내 귀에 대고 속삭였소. 처음에 최수영과 가까운 병사들 사이에서는 '비싸용돌', 비겁하게 싸우다 용감하게 돌아가자는 은어가 암호처럼, 종교적 밀어처럼, 그들이 모여 피우는 담배 연기처럼 떠돌기도 했소.

전투가 벌어지고 나서는 그런 말 하는 병사들이 없어졌소. 그런 어설프고 치기 어린 농담이 통하는 곳이 아니었으니까.

헬기에서 내려 미군 폭격으로 불에 타 널브러진 사체들을 보고, 흩어진 살점들과 흘러 굳은 피묵들을 보고, 성별이 뒤섞인 온갖 연령대의 시신 전시장이 돼버린 마을을 보고 최수영은 눈물이 그렁한 눈을 어디 둘지 몰라 허둥대면서 인간임을 포기한 짓이라고 치를 떨었소. 그는 잠을 자지 않았소. 연병장에서도 내무반에서도 작전에 나가서도 한 뼘쯤 허공에 떠 있는 것처럼 힘없이, 허깨비같이 걸어 다녔소. 그 동작으로 적의 총알에 맞지 않는 것이 신기할 정도였소.

구자성은 물컵을 입에 가져가 입술을 적셨다. 호텔 식당에는 뒤늦은 아침을 먹는 두어 사람 빼고는 테이블이 다 비어 있었다. 이나는 초조하진 않았다. 여기서 다 듣지 못하면 구자성의 방에서 들으면 될 터였다.

우리에게 처리가 배당된 포로는 조그맣고 깡마른 이십대 중반쯤 되는 젊은 남자였소. 선임인 도영권이 두 손이 묶인 남자를 앞에서 끌고 신임인 나와 최수영이 그 뒤를 따라갔소. 뒤에는 또 다른 선임인 나상렬이 총을 겨눈 채 따라오고 있고. 절뚝이는 다리를 질질 끌며 최대한 늦게 가려는 남자의 다리 사이로 오줌이 질질 흘러내리고 있었소.

같은 신임인 조동호는 그 훈련에서 빠졌소. 월남에 도착한 순간부터 겁대가리 상실한 사람처럼 매사 튀듯이 호기를 부리고 깡다구로 버틴 덕분이었소.

니 월남 왜 왔나?

신고식 때 선임들이 신임들을 내무반에 세워놓고 물었소. 둘러선 선임들의 눈빛이 기름칠한 것처럼 번들거리고 있었소.

네, 일병 조동호, 조국이 불러서 왔습니다!

조동호가 있는 힘껏 소리쳤소.

새끼 봐라! 조국이 할 일 없어가 니 불렀나? 조국 핑계 대지 말고 니 여 와 왔노 말이다. 딸라 좀 벌러 왔나? 아이마, 십자성 저 별빛 아래 꽁까이 따 묵으러 왔나?

아닙니다! 6·25 때 빨갱이들한테 처참하게 죽은 저희 아버지 복수하러 왔습니다!

조동호가 악을 쓰며 소리를 질렀소. 참말인지 지어낸 말인지 모르지만, 선임들의 눈빛이 마른 장작 한 개비를 더 던져넣은 아궁이 속 불처럼 불꽃이 튀며 열기가 확 올라갔소. 그 덕에 조동호는 그 담력 훈련에서 제외된 거요.

구자성이 갑자기 한숨을 폭 내쉬었다. 이나는 그가 조동호처럼 하지 못해 문제가 생겼다는 것인지, 지금 이런 이야기를 하고 있다는 것이 스스로 얼척없어서 그런 것인지 판단이 서지 않았다. 구자성이 다시 한번 한숨을 길게 내쉬고 이야기를 이어갔다.

도착한 곳은 부대에서 좀 떨어진, 소대 벙커에서 빼끔하게 내다보이는 야트막한 언덕 위 숲속이었소. 도영권이 남자의 손을 풀어 주며 야전삽으로 구덩이를 파게 했소. 흙구덩이가 두 자쯤 파이자 나상렬이 내게 남자를 나무에 묶어 매라고 시켰소. 나무 옆엔 그런 구덩이 흔적이 여기저기 보였소.

삽으로 할래, 대검으로 할래?

나상렬이 나와 최수영을 번갈아 쏘아보며 물었소.

예? 무슨 말씀을…?

나는 정말 무슨 말인지 몰라 물었소.

저 새끼, 어떻게 처리할 거냐고 새꺄?

나상렬이 화를 버럭 냈소.

어떻게 산 사람을…?

나는 말을 이을 수가 없었소. 최수영은 아무 말 없이 하늘을 올려다보고 있었고.

이 새끼들 봐라! 전쟁터에서 산 놈 죽이지, 죽은 놈 죽이나?

나와 최수영이 어떻게 해야 할지 몰라 허둥대자 도영권과 나상렬이 총을 들어 한꺼번에 허공에 대고 연발로 쏴댔소.

적을 죽이지 못하는 놈은 전우를 죽이게 된다. 전우의 목숨을 지켜 주지 못하는 나약한 놈은 해병이 아니다. 벌벌 떨다 저 혼자 살겠다고 도망칠 테니까. 선택해라. 전우야, 베트콩이야?

총, 총으로 하면 안 돼요? 둘이 한꺼번에 쏘면 되잖아요?

어처구니없게도 내 입에선 그런 말이 다급하게 쏟아져 나왔소. 빠져나갈 구멍이 없다고 생각해 그렇게 씨부린 모양이오.

구자성은 또다시 자포자기한 사람처럼 맥을 놓고 말했다. 이 나는 그가 지금 그 현장에 있는 것처럼 느껴졌다. 가슴이 아팠다. 그의 말을 받아쓰는 손조차 떨렸다.

전우야, 콩이야?

그들이 다시 다그쳤소.

… 전웁니다….

나는 어정쩡하게 대답할 수밖에 없었소. 그때도 최수영의 목소리는 들리지 않았소.

도영권이 지목하고 정해 준 대로 최수영이 먼저 대검을 들었소. 남자 앞에 다가선 최수영이 심호흡을 하며 다시 하늘을 올려다봤소. 무슨 기도라도 하는 것처럼 보였소. 그가 하늘을 올려다보는 시간이 길어지자 총을 든 도영권과 나상렬이 재촉하듯 최수영의 주변을 돌았소. 그래도 최수영은 고개를 내리지 않았소. 그 시간이 자꾸 길어져 지켜보는 나조차 초조해질 정도였소. 오래도록 하늘을 올려다보던 최수영이 결심을 한 듯 대검을 내던지고 몸을 획 돌려 부대 쪽으로 도망쳤소. 도영권과 나상렬의 M1 개런드에서 총알이 피용피용 날아갔소. 총알을 맞았는지 언덕 아래로 도망쳤는지 최수영은 보이지 않았소. 약이 오른 도영권과 나상렬이 숲을 향해 연발로 총을 쏴댔소.

나는 혼자 똥통에 빠진 기분이었소. 최수영처럼 총 맞을 각오로 도망칠 용기도, 포로 처리 규정대로 하라고 덤벼들 용기도, 못 하겠다고 무릎 꿇고 빌 용기도 없었소. 그러는 사이 남자가 감았던 눈을 뜨며 나를 쳐다봤소.

저, 저 눈, 가리고 하면 안 됩니까?

어이없게도 그게 내 입에서 나온 말이었소.

이 새끼 봐라!

나상렬이 총을 내리고 한심하다는 듯이 나를 째려봤소.

나는 골목에서 동네 형들에게 담력 시험을 받는 느낌이었소. 이 시험에서 밀려나면 이 집단에서 따돌림당할 게 뻔했소.

남자는 묶인 나무에서 몸을 빼내기 위해 온몸의 힘을 짜내 쏟으면서 내게서 눈을 떼지 않았소. 마치 내게 결정권이 있는 것처럼.

나는 눈을 감고 최대한 아래를 찔렀소. 눈을 떠보니 대검이 남자의 두 다리 사이 나무에 박혀 있었소.

탕, 하고 허공에서 총소리가 울렸소. 내가 그 총알을 맞은 것처럼 무릎이 꺾였소.

니 장난하나? 니 그거밖에 안 되나?

나상렬이 소리쳤소. 나는 다시 눈을 질끈 감고 대검이 든 팔을 앞으로 뻗었소. 무언가 뭉클하게 대검 끝에 걸리는 것과 동시에 비명이 내 머리통을 꿰뚫었소. 눈을 떠보니 대검이 남자의 허벅지를 꿰뚫고 있었소. 내 무릎이 저절로 꺾였소.

총소리가 다시 울렸소. 총소리는 무슨 북소리처럼 내 귀에서 메아리치며 끝없이 울렸소. 나는 일어나 남자의 복부를, 가슴을 대검으로 쑤셨소. 비명보다 먼저 남자의 몸에서 오징어 먹물처럼 뿜어져 나온 피가 내 얼굴을 덮쳤소.

이나는 그때의 피가 자신의 얼굴에 덮치는 것을 느꼈다. 정말 못할 짓이었다. 어쩌면 베트남행을 반대한, 아니 이 일을 하지 말라고 말렸던 우준의 판단이 옳았는지 모른다는 생각이 처음으로 들었다. 그런데 구자성은 저런 일을 겪고 어떻게 살아냈을까 싶었다.

넋이 나가 벙커 앞에 멍하게 앉아 있는데 지나가던 소대장이 묻습디다.

너 왜 그래? 소 잡았어?

나는 뭐라고 대답할 수가 없었소. 소대장이 그럽디다.

야 이 새끼야, 피나 좀 닦아라. 꼭 닭서리하고 입 안 닦은 놈처럼!

얼굴과 손, 옷… 대검에 찔린 것이 나인 것처럼 온몸이 피투성이였소.

그때서야 내가 대체 무슨 짓을 했는가 싶었소. 나는 옷을 빨고 피부가 벌겋게 일어나도록 씻고 또 씻었소. 바닥에는 내게서 흘러나온 핏물이 끝없이 흘러가고 있었소. 아무리 씻어도 피비린내가 가시지 않았소.

맥이 풀린 듯 구자성은 온몸을 늘어뜨리고 한동안 아무 말도 하지 못했다. 창가에 서서 밖을 내다보던 김집사는 평소와 달리 그에게 다가가 살피지 않고 마치 먼 산을 보듯 구자성을 내려다보며 가만히 서 있었다. 이나는 맥이 풀려 아직 쓸 게 한참 남았는데도 마무리를 할 수가 없었다. 자신의 마음속에서 여러 번 부딪친 문제지만 그가 왜 이렇게 힘든 이야기를 구술하고 기록으로 남기려 하는지 도무지 납득이 되지 않았다. 자신의 가슴속에 담아두기 너무 힘들어서? 죽기 전에 다 토해놓고 싶어서? 이나는 알 수 없었다. 아직 알 수 있는 때가 이르지 않았는지도 몰랐다. 이나는 맥을 놓고 자신의 머릿속으로 흘러가는 생각들을 그냥 흘려보냈다. 지금은 아무것도 하고 싶지 않았다.

14

식당에서 돌아온 구자성은 축 늘어져 곧바로 침대에 모로
누웠다. 입에서는 된병 앓는 사람처럼 몸과 넋이 분리되는 것
같은 앓는 소리가 새어 나왔다. 이나는 큰일을 당할지 모르겠
다는 불안감에 휩싸였다. 더는 일을 진행할 수 없을 것 같았다.

약을 좀 드릴까요?

식당에서 낯선 눈길로 구자성을 바라보던 김집사도 구자성
의 맥을 짚으며 물었다. 그도 일이 어떻게 흘러갈지 몰라 두려
움에 떨고 있었다.

일없소.

구자성이 앓는 소리 사이로 거부 의사를 분명히 했다.

너무 무리하신 것 같아요. 얼른 돌아가셔서 건강을 먼저 챙
기셔야 할 것 같습니다.

이나는 아무리 생각해도 이대로 계속 여기 있으면 안 될 것 같았다. 어쩌면 그의 몸은 지금도 그가 버틸 수 있는 임계점을 넘어 위험 상태에 다다라 있는지도 모르는 일이었다.

조금 기다려 봅시다.

언세 나시 여기 올 수 있겠소?

구자성은 시차를 두고 들릴 듯 말 듯한 소리를 신음처럼 뱉고 잠들어 버렸다. 이나는 그렇게라도 그가 쉴 수 있으면 다행이라고 생각했다. 그가 마음을 쉬어야 그의 몸이 조금이라도 돌아오지 않을까 싶었다.

이나는 자신의 방으로 돌아와 구자성이 식당에서 한 이야기를 마저 정리하기 위해 온몸의 기를 끌어모았다. 그런 일을 하고, 그걸 평생 몸에 담고 살아야 했던 사람은 그 생이 어떨까 싶어 마음이 아렸다. 처음으로 그가 불쌍하다는 생각이 들었다.

지치는 것은 이나도 마찬가지였다. 멍하게 벽을 쳐다보고 있다가 이나는 자신도 모르게 잠이 들었다.

김집사가 부르러 왔을 때에야 이나는 깨어났다. 구자성이 이나에게 할 말이 있다는 것이었다. 이나는 서둘러 노트를 챙겨 구자성의 방으로 갔다.

구자성은 벽에 등을 기대고 침대 위에 앉아 있었다. 그의 입에서 앓는 소리가 새어 나오지는 않았다. 이나는 그가 아까보다는 좀 나아졌다는 것을 알 수 있었다. 그렇다고 그가 구술을 계속해도 되는지 판단이 서지 않았다. 그가 구술을 고집한다고 해도 담이 약한 자신이 이 일을 끝까지 해낼 수 있을까 싶었다.

그날 저녁때였소.

구자성은 아침에 식당에서 하던 이야기를 이어서 다시 시작했다. 이나는 차라리 그가 붙들려 있는 이야기를 마저 쏟아놓는 게 나을지도 모르겠다는 생각이 들었다.

부대 정문을 지키고 있던 초병이 나를 불렀소. 어떤 여자가 나를 찾는다는 거였소. 참 이상한 날이었소. 그날 낮에 내 손에 죽은 남자의 귀신이 아니라면 그 낯선 땅에서 누가 나를 찾아올 수 있겠소? 부대 앞에는 하얀 긴 팔 셔츠와 검은 무명바지를 입은, 자그맣고 예쁘장한 젊은 여자가 아이를 하나 업고 옆에 서 있는 서너 살쯤 된 남자아이를 가리키며 날 보고 뭐라고 뭐라고 하고 있었소. 여자는 채소 몇 가지를 대나무 바구니에 담아 부대 앞으로 팔러 오는 사람 가운데 한 사람이었소. 고추가 먹고 싶어 한두 번 그 여자에게 사먹은 기억이 났소. 다른 사람들은 돈을 받고 물건을 줬는데, 여자는 물건을 먼저 주고 돈을 받아 더 기억이 났소. 여자는 찾는 물건이 자신에게 없으면 옆에 있는 사람 것을 팔아 주기도 했소. 그 여자가 아이들을 데리고 나타난 거요.

귀를 기울여도 여자의 말을 알아들을 수가 없었소. 소대 통역관은 휴가차 집에 갔고, 중대 통역관이라도 부르고 싶었지만 여자가 계속 다급하게 외쳐대 그럴 겨를이 없었소.

여자의 손짓발짓과 알아들을 수 없는 말을 종합하면 아이 아빠를 찾는다는 말 같았소.

왜 나한테 그러는 겁니까?

내가 얼결에 한국말로, 다시 영어로, 다시 현지 적응 교육 때 배워 겨우 아는 월남말 몇 개를 뒤섞어 물었소. 여자는 내가 아이들 아빠를 데리고 나갔다고 손짓발짓으로 말하고 있었소. 우리가 남자를 끌고 나갔다가 남자 없이 내가 피투성이가 되어 돌아오는 것을 본 초병이 여자에게 시달리다 내게 떠넘긴 거였소. 그때서야 나는 내가 대검으로 찔러 죽인 남자가 여자의 남편이고 아이들의 아버지라는 것을 알 수 있었소.

나는 본능에 기대 고개를 흔들었소. 여자가 곧바로 땅바닥에 주저앉았소. 내 표정에서, 어쩌면 내 몸에 배어 있는 피비린내를 맡고, 또는 과도하게 배어 있는 비누 냄새를 맡고 진실을 읽었는지도 모르겠소. 내가 그랬다는 것을, 남자가 이미 죽었다는 것을.

비가 세차게 쏟아지고 있었소. 내가 돌아서면 여자는 울부짖고, 달래고 돌아서면 다시 울부짖었소. 아이들도 덩달아 울부짖었소. 여자와 아이들은 비를 흠뻑 맞아 덜덜 떨면서 뭐라고 뭐라고 소리치며 울부짖었소. 아마도 남편을, 아빠를 내놓으라고 하는 소리 같았소. 나는 고개를 저으며 모른다는 소리만 반복할 수밖에 없었소. 그렇다고 그들을 팽개치고 돌아서는 것도 힘들었소. 빨리 그들에게서 도망치고 싶은 마음만 저혼자 바쁜데, 시간은 자꾸 여자의 몸에 걸려 정체되고 있었소. 비를 맞아 옷이 맨살에 달라붙은 여자는 너무 예뻤소. 나는 다 잊어버리고 여자를 안고 빗속을 뒹굴고 싶었소. 여자 안으로 깊숙이 들어가고 싶었소. 그러면 내 내부에서 차오르고 있는 울음이 그칠 것만 같았소. 나는 그때 알았소. 악마는 언제나 내 내부에 도사리고 있다는 것을. 대검으로 쑤셔야 하는 짐승은 나 자신이라는 것을.

구자성은 거기서 이야기를 멈췄다. 그는 고개를 떨구고 자신의 앙상한 다리 밑에 깔린 하얀 시트에서 눈길을 거두지 않았다.

그가 이야기를 다시 시작한 것은 한밤중이었다. 잠자리에 누운 이나를 김집사가 다시 불렀고, 이나는 노트를 들고 그의 방으로 가지 않을 수 없었다.

아무래도 이 밤이 가기 전에 최수영 이야기를 마저 해야 할 것 같소.

구자성은 이 밤이 아니면 이 이야기는 할 수 없다는 듯이 이야기를 꺼냈다. 이나는 모든 이야기는 다 때가 있을 것이라고 생각했다. 해야 할 때와 들어야 할 때가.

나는 최수영의 눈을 바로 보지 못했소. 포로 처치를 거부하고 선임들에게 주먹으로, 발길질로, 야전삽으로, 소총 개머리판으로 죽도록 두들겨 맞은 최수영도 얼굴이 부풀어 오르고 눈을 뜨지 못해 나를 제대로 보지 못했소.

배를 타기 전에…, 미군 수송선을 타기 전에 끝냈어야 하는 일이었어.

최수영이 퉁퉁 부은 입술로 어눌하게 말했소.

야이 씨팔 까까새끼, 자다가 봉창 뚜드리는 소리 그만해!

나는 버럭 소리를 질렀소. 나는 그가 이미 와 있는 전쟁터에서 투정이나 하고 있는 것처럼 보였소. 그것은 이미 망가져 버린 나 자신에 대한 화풀이이자 자책이었는지도 모르오. 조동호가 무슨 일이 일어났는지 모르겠다는 듯 고개를 빳빳이 들고 다녀 더 그랬는지도 모르고. 지옥에 한 발 내디딘, 원하지 않았지만 사람으로서 넘지 말아야 할 경계선을 이미 넘어 버린 자의 어떻게 할 수 없는 한탄이었는지도 모르고.

구자성이 다시 한숨을 폭 내쉬었다. 누구도 자신의 입에서 나온 한숨을 자신의 가슴에 다시 담을 수 없듯이, 그가 살아온 생을 다시 되돌릴 수는 없을 터였다. 이나는 산다는 것이 참으로 처연한 것이라는 것을 그를 통해 안 느낌이었다. 신이든 무엇이든, 그런 일에 누군가의 의지가 작동했다면 그자는 정말 제멋대로인 자였다. 자신의 의지와 상관없이 거센 물결에 휩쓸려 살아온 그를 생각하면, 그리고 그의 이야기 속에 나오는 최수영을 생각하면 더더욱 그랬다.

또다시 전투가 벌어졌고 수색 작전에 투입된 우리는 미군 헬기에 올라탔소. 나는 헬기가 곤두박질쳐서 지옥에라도 떨어졌으면 싶었소. 지옥에 가서 마음껏 총질하고 가슴에 고인 고름 같은 것을 다 쏟아내고 싶었소. 헬기는 우리를 포연이 자욱한 마을 입구 공터에 내려줬소. 몇 발짝 들어가지도 않았는데 내가 바라던 바를 시현이라도 하는 것처럼 지옥이 펼쳐지기 시작했소. 마을 곳곳에 시커멓게 숯이 된 나무들과 시신들과 무너지고 불탄 집의 잔해들이 널려 있었소. 웅덩이마다 고인 핏물이 선지처럼 굳어 있고, 사람의 것인지 소의 것인지 돼지의 것인지 모를 살점들이 땅바닥에 풀밭에 나뭇가지에 흩어져 있었소. 사람인지 짐승인지 모르겠는 검게 탄 형체들은 건드리지 않아도 바스라져 바람에 날렸소. 미 해군의 함포 포격과 전투기가 투하한 네이팜탄의 집중공격에 마을 전체가 당한 것 같았소. 가슴이 서늘해져서 코를 싸쥐고 고개를 돌렸소. 수색이고 자시고 할 것도 없겠다고 마음을 내려놓는 순간, 따쿵 하고 총알이 날아왔소. 분대장이 쓰러지고 곁에 있던 또 누군가가 쓰러졌소. 소대는 마을을 이 잡듯이 뒤져 아직 숨이 붙어 있는 것은 모두 쐈소. 형체가 있는 것에는 모두 불을 질렀소. 나는 총구가 벌겋게 달아오르도록 최단시간에 갖고 있던 총알을 다 쐈소. 총알이 너무 적어 허전했소. 좀체 가슴이 비워지지 않았소. 그때까지 최수영은 단 한 발도 쏘지 않고 있었소. 나는 부들부들 떨고 있는 최수영의 탄창을 빼앗아 다 비워 버렸소. 이미 이유도 대상도 불분명한 증오와 절망과 자포자기라는 역병에 감염된 자가 감염되지 않으려고 기를 쓰며 버티고 있는 자를 바라봐야 하는 것은 고통이었소.

이나는 자신의 귀에 총소리가 끝없이 울리는 것을 들었다. 자신을 죽이고 또 죽이는 구자성의 총소리였다. 그는 자신 안에 가득 찬 어둠을 비우기 위해 기를 쓰고 있는 것 같았다.

최수영은 전투 부적응자로 보고돼 작전에서 배제됐소. 그가 곧 귀국선을 타게 된다는 말이 부대 안에 돌았소.

귀국한다며?

총질을 하고 돌아와 부대에 혼자 남아 있던 최수영에게 물었소.

내가? 그럴 리가?

허공에 떠 있는 것 같은 눈을 서둘러 닫으며 이내 곤혹스러워하는 최수영을 보고 나는 그가 멀쩡하다고 생각했소.

그가 갑자기 내무반에 앉아 소총을 분해하기 시작했소. 그리고는 정성을 다해 기름칠하고 다시 조립하기를 반복했소. 그 속도가 점점 빨라졌소.

그는 다시 작전에 투입됐고, 마을에 들어가다 부비트랩에 걸려 온몸이 찢어져 흩어졌소.

내가 성내지 않았으면 그는 죽지 않았을까?

내가 그의 귀국을 묻지 않았으면 그는 조용히, 그리고 무사히 귀국했을까?

걸레처럼 찢어진 그의 몸을 보고 나는 끝없이 되물었소. 끝없이 되물으며 수류탄을 던지고 총을 쐈소. 그때마다 허공에 떠 있는 최수영의 슬픈 눈이 나를 더 비참하게 했소.

나는 내가 얼마나 잔혹한 존재인지 알지 못했소. 처음엔 나를 지키지 못한 분노가, 이어서 누구에게인지 모를 복수심이 몸을 움직이게 했소. 나중에는 몸이 기계적으로 작동했소. 그저 맹목적으로 까부수고 쳐부수는 일에만 집중했소. 그리고는 내가 먼저 죽기 전에, 내 곁에 있는 누군가가 죽기 전에 적을 먼저 죽일 수밖에 없다고 스스로를 달랬소. 미군 수송선에서 내릴 때는 개죽음을 피하고 싶었을 뿐이었는데, 돌아보니 내가 멍청한 사냥개가 되어 있었소. 인간으로서의 감각이 없어지고 훈련받은 대로 움직이는 냉혹한 기계가 되어 있었소. 전쟁 기계, 또는 살인 기계.

그래도 문득문득 생각했소.

돌아가면 다시 사람이 될 수 있을까? 사람 노릇 할 수 있을까?

그가 고개를 들어 한참 동안 호텔 방 천장을 바라봤다. 김집사가 미리 조도를 낮춘 매립등 몇 개가 멀리 있는 불빛처럼 떠 있었다.

이런 이야기는 모두 변명이고 나 자신에 대한 타박이오. 빠져나가고 싶은, 그때 나를 잡아챈 그물로부터 빠져나가고 싶은.

근데, 월남은 왜 가셨어요?

오래전부터 묻고 싶은 말이었다. 이나는 지금은 물어야 한다고 생각했다. 이나는 그가 쓰는 그때의 그 용어로 물었다.

내가 선택할 수 있는 일이 아니었소. 훈련받다가 특교대에 편입됐고, 그게 파병 훈련이라는 것은 나중에 알았으니까. 알았어도 빠져나갈 구멍이 없었으니까. 그땐 될 대로 되라지 싶은 심정이었고. 애초에 군대에 간 것이 잘못이지.

군대는 어떻게 가셨는데요?

이나는 이것까지는 물어도 되겠다 싶었다. 그는 좀 망설이다가 입을 뗐다.

대학 1학년 때 만난 여자친구가 다른 복학생 선배를 만나고 있었소. 지금 생각하면 그럴 수도 있고, 그 친구로서는 자신의 마음을 알아가는 과정이고 선택의 한 과정이었을 텐데, 그땐 배신감과 열패감에 짓눌려 내가 딛고 있는 곳이 땅이 아닌 것 같았소. 견딜 수가 없었소. 살아 있는 것이 죽은 것만 못했소. 믿지 않겠지만 발걸음을 뗄 때마다 내가 딛는 땅이 푹푹 꺼져 들어갔소. 가슴이 답답해서 숨을 쉬기도 어려웠고. 군대는 살기 위해 도망친 거였소. 내가 살기 위해….

사는 것이 왜 어려운지 아니? 어느 구름에 비가 들어 있는지 모르기 때문이야. 이나는 집을 떠날 때 엄마가 안아 주며 귓속에 넣어 준 말이 떠올랐다. 사람 일 모르는 것이라는 뜻이겠지만 엄마는 누구도 쉽게 믿지 말고 늘 조심하라는 뜻으로 한 말이었다. 그런데 삶에서 조심한다고 되는 일이 몇 가지나 되겠는가? 이나는 저절로 쏟아져 나오는 한숨을 막을 수가 없었다.

그 밤, 이나는 끝없이 펼쳐진 진흙 늪에 빠져 있었다. 도무지 수렁에서 벗어날 길이 없었다. 영영 끝이 없을 것 같은 꿈에서 깨어났을 때 이나는 구자성에게 미안했다. 비록 꿈이었지만 그 수렁에 빠져 헤매고 있는 것이 구자성이 아닌 자신이었다는 것이 부끄러웠다. 적어도 그는 진정성을 갖고 자신의 과거를 소환해 널어놓고 있었다. 자신의 흑역사를 다른 사람 앞에 펼쳐 놓는다는 것이 얼마나 힘든 일인지 이나는 짐작도 되지 않았다. 아무래도 자신이 너무나 큰일, 이나 자신이 품고 있는 그릇으로는 담아내기 너무 버거운 일을 맡고 있는 게 아닌가 싶었다.

돌아갈 날짜가 다가오는데 우준에게서는 아무 소식이 없었다. 이나는 그가 이미 의사표시를 했다는 생각이 들었다. 연결을 끊은 것은 그 어떤 것보다 강력한 의사표시였다. 처음엔 무슨 일이 있는 걸까 걱정도 했지만 기우였다. 그의 이름으로 쓴 사회부 기사는 그가 다니는 신문사 지면을 계속 채우고 있었다. 이나 자신도 그에게 더 내보일 게 없었다. 이나는 이렇게 끝난다고 해도 이상할 것이 없겠다는 생각이 들었다. 몸이 멀어지면 마음이 멀어지고 마음이 멀어지면 소식이 멀어질 뿐이었다.

다시 점검해도 둘의 관계는 외로움과 성가심의 경계에 있을 뿐이었다. 한동안 외로움이 서로를 붙들었지만 그 외로움의 농도가 묽어졌거나 성가심의 강도가 더 커진 정도일 것이었다. 이제는 그것이 훤히 보였다. 그렇다면 그에게도 이나 자신에게도 이 여행이 의미가 있는 셈이었다.

15

구자성은 이틀 동안 침대 밖으로 나오지 못했다. 누워 있는 내내 앓는 소리가 이빨 사이로 새어 나왔다. 그 소리가 멈출 때는 김집사의 도움으로 화장실에 드나들 때뿐이었다. 김집사는 잠시도 그의 곁을 떠나지 않았다.

앓아누운 지 사흘째 되는 날 겨우 몸을 일으킨 구자성이 밖으로 나가고 싶어 했다. 창밖은 아직 비가 흩뿌리고 있었다.

안 돼요! 못 나가요!

김집사가 단호하게 막아섰다.

비 맞고 감기 걸리면 이제 못 일어난다구요! 잘못하면 한국 땅을 다시 밟아 보지도 못한다구요!

고개를 젓는 구자성을 보고 김집사는 거의 울먹이고 있었다.

그러다 죽으면, 누구 좋은 일 시키려고 이러는 거예요?

김집사가 자기 가슴을 치며 훌쩍거렸다. 이나는 그 말뜻을 알아들을 수 없었다. 이나는 그들의 이야기, 그들만이 통하는 이야기일지도 모른다고 관심을 내려놓으려 애를 썼다.

내레 이남 땅에서 믿고 살 사람은 사장님밖에 더 있시오?

김집사의 입에서 거친 함경도 사투리가 툭 튀어나왔다. 자신의 감정에 몰두해 있던 김집사가 갑자기 이나의 눈치를 보며 다급하게 쏟아낸 말이었다. 이나는 잘 듣지 못한 것처럼 창밖을 봤다. 일이 어떻게 흘러갈지 몰라도 이미 끝은 다가오고 있었다. 더는 여기 머물 수도 없었다. 이제는 그가 무사히 돌아갈 수 있느냐가 더 큰 문제였다.

하늘이 흐린 가운데 잠시 비가 그쳤다. 김집사는 구자성의 몸에 담요를 두른 뒤 그가 원하는 대로 롱다리까지 휠체어를 밀고 갔다. 이나는 이만큼 떨어져 그 뒤를 따랐다.

벌겋게 흙탕이 된 한강 물은 거센 속도로 굽이치며 바다로 가고 있었다. 그 거친 물살을 바라보던 구자성이 금세 눈을 감았다. 그가 더 버티기는 힘들 것 같았다. 어차피 귀국 날짜는 내일이었다.

아무래도 그만 돌아가야 할 것 같아요.

김집사가 구자성의 곁에 서서 차분한 목소리로 말했다. 그는 구자성이 귀국 날짜를 뒤로 미룰까 봐 겁이 난 것 같았다. 한참 동안 말이 없던 구자성이 힘없이 고개를 끄덕였다.

그럽시다.

구자성이 이나를 돌아보며 들릴 듯 말 듯한 목소리로 말했다. 이나는 알겠다고 대답했다. 이나는 구자성의 몸 상태도 문제지만 이제 꼭 롱빈을 가지 않더라도 그의 이야기는 들을 만큼 들었다는 생각이 들었다.

산책에서 돌아와 호텔 로비를 지날 때 프런트 직원이 이나 일행을 불렀다.

룸에 전화를 했는데 받지 않으셔서…. 롱빈을 안다는 사람이 나타났어요. 어떻게 할까요?

이나는 구자성의 몸이 멈칫하는 것을 봤다. 그것은 두려움이었다. 갑작스런 두려움이 그의 몸을 그물처럼 휘감는 것 같았다. 이나는 그가 영어를 알아듣기 때문에 순간적으로 나타난 반응이라고 생각했다. 이나는 프런트 직원의 말을 한국어로 다시 전달했다. 구자성의 분명한 의사를 들어야 했고, 김집사도 알고 있어야 할 것 같아서였다.

어떻게 할까요?

이나는 다시 구자성에게 물었다. 대답 대신 구자성의 이빨 사이에서 신음 소리가 새어 나왔다.

알겠습니다. 애초에 예약한 대로 진행하겠습니다.

이나는 그를 더 불편하게 하고 싶지 않았다. 그는 충분히 고통 받고 있었다. 평생을 고통 받고 지금도.

여기까지 와서 어떻게 그냥 돌아갈 수 있겠소? 롱빈을 안다는 사람이 나타났는데, 어떻게….

구자성이 탄식을 하듯 힘없이 말했다. 누구인지 모르지만 이나는 이 마당에 롱빈을 안다는 사람 자체를 피하기는 어렵겠다는 생각이 들었다.

알겠습니다. 그럼 일단 만나 보시고 판단하시지요. 누구인지, 정말인지 만나 보시고요.

구자성이 고개를 끄덕였다. 앓고 난 뒤로 그의 말수가 줄어들었다. 이나는 잘하고 있는 것인지 모르겠다는 생각이 들었다. 그가 아닌 자신이 오락가락하는 것 같았다. 김집사는 넋이 나가 있을 때 자주 볼 수 있었던 구자성의 시선을 옮겨 받은 것처럼 멍한 눈으로 구자성과 이나를 쳐다봤다.

그 사람, 만나게 해줄 수 있어요?

이나는 프런트 직원에게 물었다.

네, 이리로 오라고 하겠습니다. 그 사람이 도착하면 룸으로 연락드릴게요.

프런트 직원이 몸을 돌려 제자리로 갔다. 김집사는 아직도 멍한 눈빛을 얼굴에 달고 있고, 구자성의 얼굴은 하얗게 질려 있었다. 이나는 이게 정말 여기 온 목적에 따라 제 길을 가고 있는 것인지 확신할 수가 없었다.

프런트 직원의 전화를 받고 호텔 로비로 내려갔을 때, 로비

소파에는 한 청년이 앉아 있었다. 프런트 직원이 그 청년이라고 눈짓을 했다. 이나는 서둘러 그 청년에게 다가갔다.

롱빈을 아시는 분인가요?

불안한 눈빛으로 이나를 쳐다보던 청년이 천천히 몸을 일으키며 고개를 끄덕였다. 20대 후반이나 30대 초반 정도 됐을까, 키가 이나의 눈썹 밑에 올 정도로 작고 마른 청년이었다.

나는 한국에서 온 이나예요. 이름이 어떻게 되시죠?

푹입니다. 응우옌 반 푹.

다물린 입매를 일그러뜨리며 그가 엷게 웃었다. 이나는 그 웃음이 약간 어색하게 느껴졌다. 낯선 사람을 대할 때 습관적으로 그런 표정을 짓는 것인지, 자신이 한국에서 왔다고 해서 그런 것인지 알 수 없었다.

이분은 한국에서 같이 온 구 선생님이세요. 곁에 함께있는 분은 보호자이시구요.

이나는 뒤를 따라온 구자성과 김집사를 소개했다. 푹이 아까의 그 어색한 웃음을 입가에 빼어 물고 고개를 까딱했다. 이나는 그 어색한 웃음 속에서 이름 붙이기 어려운 슬픔 같은 것이 잠깐 떠 있다가 스치듯 사라지는 것을 봤다. 웃음으로 눈물을 닦는 사람들이 일쑤 굳은 얼굴을 깨뜨려 짓는 웃음 속에 떠 있는 그런 종류의 슬픔이었다. 가까이서 보니 그는 처음 생각했던 것보다 나이가 들어 보였다.

앙상한 손가락을 가늘게 떨고 있는 구자성은 약간 긴장하고 있는 것처럼 보였다. 김집사도 좀전의 멍한 눈빛이 걷히고 몸에 힘이 들어가 있었다.

어떻게 롱빈을 아세요?

이나는 구자성이 점검하고 싶어 하는 질문을 푹에게 했다. 방에서 내려오면서 구자성에게 미리 확인한 질문이었다.

제 고향이거든요.

그가 고향이라고 한다고 한국어로 통역해 들려주자 구자성의 눈빛이 크게 흔들렸다. 푹도 그것을 보았는지 얼굴이 굳어지는 것 같았다.

우린 아는 사람이 없어 오래 찾았는데….

이나는 그가 롱빈을 확실히 아는 사람인지 더 점검해 봐야 할 것 같았다.

당연히 아는 사람이 없을 겁니다. 제가 태어나기도 전에 이름이 바뀌었거든요. 지금은 호아빈이에요.

아…, 그래서 사람들이 몰랐군요!

근데 왜 롱빈을 찾으세요? 그 이름조차 사라진 마을을?

푹이 되물었다. 이나는 순간적으로 대답할 말을 찾을 수가 없었다. 시간을 끌며 그의 질문을 구자성에게 전했다. 구자성도 당황해하기는 마찬가지였다. 그는 턱을 떨면서 금방 답을 내놓지 못했다. 그의 입에서 이빨 부딪치는 소리가 새어 나왔다. 그래도 대답을 안 할 수는 없었다.

… 젊은 시절에 내가 잠깐 그곳을 지난 적이 있었소. 지금 어떻게 변했는지 알고 싶소. 가보고 싶기도 하고.

이나의 통역을 전해 들은 푹의 낯빛이 어두워졌다 금방 제 빛깔로 돌아왔다.

혹시 참전군인입니까?

푹은 예의 그 어색한 웃음을 입에 물고 물었다. 이나는 푹이 보기보다 다면적인 인물이거나 키엠처럼 대하기가 그리 수월한 인물은 아닐 것 같다는 생각이 들었다.

그, 그렇소.

구자성이 눈에 띄게 당혹스러워했다.

참전군인이 아닌 바에는 롱빈을 아는 사람이 없을 테니까요. 더구나 외국인이, 한국 사람이 알 리는 없을 테니까요.

푹이 당연하다는 듯이 고개를 끄덕이며 말했다. 흔히 말하는 회심의 미소라고 할까, 그의 얼굴에는 뭔지 모를 자신감 같은 것이 떠 있었다.

거길 가볼 수 있소?

구자성이 내친김이라는 듯이 물었다.

거기…를…요? 왜…요?

푹이 단어를 중간에 끊어 가며 느릿느릿 되물었다.

실례지만 하시는 일이 어떤 일이에요?

이나는 그의 신분을 먼저 확인해야 한다고 생각했다.

관광택시를 합니다. 보름 전에 외국인들을 상대하는 동료한테 누가 롱빈을 찾고 있다는 말을 들었는데, 여태까지 여기 있을 줄은 몰랐네요.

아, 그래요? 그럼, 더 잘된 일 아닌가요? 우리가 그 차를 이용하면 되고. 자연스럽게 가이드를 해주시면 좋을 것 같은데요.

이미 구자성에게 롱빈을 가보고 싶어 하는 의지가 확인된 이상, 이나는 일이 되도록 만들어야 한다고 생각했다. 이번에는 푹이 곤혹스러운 표정을 지었다.

거길 떠나온 지가 하도 오래돼서….

이나는 그가 밀당을 하는 것이 아닌가 싶었다. 관심이 없었으면 일부러 이곳까지 찾아오지는 않았을 것이었다.

비용 때문에 그러나요?

이나는 확실하게 짚을 필요가 있다고 생각했다. 그러나 푹은 머뭇거리며 바로 대답하지 않았다.

롱빈이 호이안에서 얼마나 떨어져 있나요?

한, … 30킬로 정도….

이번에도 푹은 머뭇머뭇 대답했다. 이나는 그동안 택시를 이용한 경험을 토대로 거리와 요금을 계산했다.

넉넉하게 드릴게요. 왕복 200달러 정도 드리면 될까요?

나는 롱빈을 찾는다는 사람이 있다길래 궁금해서 와봤을

뿐이에요. 그 사라진 마을 롱빈을 누가 왜 찾는지.

이나는 그의 진심이 무엇인지 알 수 없었다. 그러나 최대한 그를 붙잡고 싶었다.

300달러 드리면 가겠어요?

비용이 문제가 아니었다. 이나는 롱빈을 가야 구자성의 억압이 풀릴 거라고 생각했다. 여태까지 헤매고 들인 돈에 비하면 그 정도는 큰 부담이 아니었다. 구자성이 붙들린 귀신들의 억압을 풀려면 더 큰돈이 들 수도 있는 일이었다. 롱빈을 아는 사람이 드디어 나타났는데, 흥정을 하지 않을 이유가 없었다. 구자성에게는 나중에 설명하면 될 터였다.

한번 생각해 보지요. 가게 되면 언제 가나요?

내일 아침 아홉 시에 출발하면 좋겠어요.

난 그곳에 가고 싶지 않아요, 정말로.

푹이 고개를 흔들었다. 이나는 그가 밀당을 하려고 그러는 것이 아니라는 생각이 들었다. 그에게 다른 문제가 있는 것처럼 보였다.

왜 그러는 거지요?

내일 아침 그 시간에 내가 오면 가는 거고, 내가 오지 않으면 안 가는 겁니다.

푹은 대답 대신 자신의 의사를 전하고 돌아섰다. 이나는 그를 다시 불러 연락 전화번호를 건네고 연락처를 물었다. 그러나

픅은 이나의 번호가 적힌 쪽지를 받지도 자신의 연락처를 주지도 않았다. 다 잡은 무언가가 손아귀에서 빠져나가는 기분이었지만 이나가 뭘 어떻게 할 수는 없었다.

이나는 구자성과 김집사에게 진행된 내용을 설명했다. 구자성은 작게 한숨을 내쉬었나. 이나는 그의 한숨이 실망의 표현인지 절박함의 표현인지, 또는 무의식중에 흘러나온 안도의 표현인지 알 수가 없었다.

그 사람이 내일 오지 않는다고 해도 프런트 직원에게 확인하면 될 거예요. 직원이 번호를 갖고 있거나 호텔 통화 내역에 그의 연락처가 찍혀 있을 테니까요. 기다려 보면 알겠지요.

이나는 어차피 치러야 할 일이라면 더 적극적으로 능동적으로 부딪쳐야 한다고 생각했다. 표현하고 있지 않을 뿐이지 그것은 구자성도 마찬가지일 거라고 믿고 싶었다. 그에게 해야 할 남은 일이 있다면 하는 데까지 다 해보고, 가슴에 남아 있는 게 있다면 다 쏟아 내놓고 가는 것이 옳은 일일 것이었다. 그것이 이 프로젝트를 시작한 그의 처음 의도에 맞는 일일 것이겠고. 이나는 일단 귀국 항공편을 이틀 뒤의 것으로 바꾸고, 그에 맞춰 호텔 숙박 날짜도 조정했다.

그러나 그것이 잘못된 판단은 아니었을지라도 얼마나 소박한 판단이었는지 이나는 나중에야 깨달았다. 겪지 않으면 알지 못하는 게 인간의 일이었다.

16

　호텔 앞에는 흰색 아반떼가 서 있었다. 차 몸체 맨 위 중앙에 다낭 관광택시 표시등이 붙어 있었다. 푹이 가져온 차였다. 이나는 힘든 대로 일이 풀려 가고 있다는 느낌이 들었다. 혹시 그가 오지 않으면 일정을 어떻게 풀어 가야 할지 생각조차 쉽지 않았다. 구자성의 상태를 생각하면 더 머물기도, 그렇다고 롱빈을 아는 사람이 나타났는데 그냥 돌아가기도 어려운 처지였다. 만약 그냥 돌아갈 수밖에 없다면 평생을 고심하고 벼르고 별러 이곳에 왔을 구자성은 더더욱 고통스러울 것 같았다.

　와 줘서 고마워요.

　이나는 마음을 다해 인사를 건넸다. 정말 고마웠다.

　아, 네….

　푹의 대답은 시큰둥했다. 표정도 어제의 구자성만큼이나 잔뜩 굳어 있었다. 이나는 그 표정이 가긴 가는데 내켜서 가는 것은 아니라는 표지로 읽혔다. 그래도 푹은 여느 운전기사들과 똑같이 구자성을 안아 뒷자리에 태우고 휠체어를 접어 뒤 트렁크에 실었다.

다낭을 빠져나온 푹의 차는 해안길을 따라 호이안 쪽으로 달렸다. 차 안엔 의도하지 않은 서먹함이 끈적한 침묵처럼 고여 있었다. 서로 어색해서 말을 아낀 탓이었다.

왜 마을 이름이 바뀌었을까요?

이나는 궁금하기도 하고, 우선은 차 안에 흥건하게 괴어 있는 서먹한 공기를 날려 버려야 할 것 같아 푹에게 말을 건네듯 부드럽게 물었다.

글쎄요, 아마도 전화를 입은 롱빈이라는 사나운 이름보다는 평화로운 땅이 되기를, 평화로운 세상에서 살 수 있기를 바랐던 것 아닐까요? 호아빈이 한자로 화평和平이니까요. 근데 나는 이름도 믿을 수 있는 것은 아니라고 봐요. 평화라는 뜻을 가진 빈호아가 가장 처참하게 당한 마을 중 하나였으니까요. 그냥 애처로운 염원을 담은 거겠지요. 사실 이름이 무슨 상관이겠어요? 이 땅 전체가, 이 땅에 살았던 사람들 몸과 마음이 모두 전쟁터였는데.

뜻밖에도 푹은 말이 많은 사람이었다. 그에게는 그들의 역사가 아직 생생해서 그런지 모르겠지만 비유가 절실하고, 무엇보다 말에 조리가 있었다.

본래 그렇게 말을 잘하세요?

이나는 분위기를 확 풀어놓고 싶었다. 그것이 무엇이 기다리고 있는지 모를 이 하루를 탈 없이 보내게 할 수 있는 밑작업이라고 생각했다. 이 여행에서 자신이 해야 하는 일 중의 하나였다.

김집사는 왼손으로 구자성의 오른손에 깍지를 끼고 차가 지나는 주변 풍경에 눈을 주고 있었고, 구자성은 가만 눈을 감고 있었다. 이나는 꼭 필요한 게 아니라면 푹과 주고받는 대화를 굳이 통역할 필요는 없다고 생각했다.

아뇨, 전혀 그렇지 않습니다. 사람들은 다 나를 과묵한 사람으로 알고 있어요. 재미없는 사람으로 알고 있구요. 어려서부터 마음에 있는 말은커녕 무슨 말을 하고 살 수 있는 환경이 아니었거든요. 오늘 이상하게 말이 술술 나오네요. 내 안에 묶여 있던 말주머니가 터진 것처럼.

고향에는 자주 가나요?

고향…요? 떠난 뒤로는 한 번도 가지 않았어요, 한 번도….

푹이 윗이빨로 아랫입술을 깨물었다.

떠난 지 얼마나 됐어요?

15년, 벌써 15년이 지났네요.

푹이 도리질을 했다. 이나는 그의 고갯짓이 무슨 회한의 표현이거나 그럴 수밖에 없는 자신에 대한 변명, 또는 무엇인가에 대해 못마땅함을 표현하는 듯한 동작으로 읽혔다.

거기 누가 살고 있어요? 가족이나 친척?

… 아버지가 살고 있어요. 아직 살고 있을 거예요. 죽었다는 소식 못 들었으니까.

이나는 이게 무슨 말인가 싶었다. 자신이 배운 바로는 베트남 사람들은 가족관계가 끈끈하고 베트남이라는 나라 자체가 가족 사이의 유대가 생활의 중요한 바탕이자 삶의 질을 결정하는 사회라고 했는데, 또 다른 이야기가 있는 것 같았다.

무슨 일 있으시군요?

이나는 그게 무거운 이야기라면 굳이 듣고 싶지 않았다. 그런 이야기라면 지금까지 구자성과 김집사에게 들은 것만으로도 자신이 수용할 수 있는 용량이 다 찼다고 생각했다.

아버지…, 내게는 참 어려운 이름이지요. 내 입으로 꺼내기도 거북하고. 입으로 뇌는 것은 물론 생각으로도 떠올리기 싫은. 그렇다고 해도 문득문득 떠올라 상처를 헤집는.

이나는 말머리를 돌리고 싶었다. 듣지 않아도 아플 것 같은 그의 이야기까지 더 듣고 싶지 않았다.

생각해 보면 불쌍한 사람이지요, 아버지는. 아직 젊고, 살아갈 힘이 남아 있는 나보다는 훨씬 더.

푹은 벌써 무슨 이야기를 다 끝낸 사람처럼 쓸쓸하게 말했다. 이나는 이내 그런 그의 이야기가 궁금해지고 솔깃해지는 자신을 보며 혀를 찼다. 참으로 못 말리는 이야기 탐이었다. 이나는 이야기를 더 해보라는 뜻으로 고개를 돌려 그의 얼굴을 봤다. 삶에 지친 사람 같았던 어제와는 달리 그가 좀 이지적으로 보였다. 몸피가 작으면서도 이야기가 속에 꽉 찬 사람 같은. 아마도 그가 감정에 사무친 이야기를 하면서도 지적인 단어와 논리 구조가 확실한 어법을 사용해서 더 그런 것 같았다.

아버지는…, 상처투성이였어요. 누구도 말릴 수 없는 막무가내였고. 죽지 못해 사는 사람이었고. 자신의 상처로 벼린 칼로 자신과 식구들을 마구 찔러 대는 사람이었고…. 자식인 나도, 이 세상 누구도 견딜 수 없는 사람이었고.

확실히 푹은 어제와는 다른 사람이었다. 이나는 잠자코 있었다. 보채거나 가로막지 않고 그가 말하고 싶은 대로 놔두고 싶었다.

아버지는 다섯 살 때 전쟁을 겪었다는데 사실 나는 그게 무엇인지 잘 몰라요. 내가 아주 어렸을 때부터 아버지가 이상한 사람이었다는 것밖에는. 끝없이 자신의 빰을 때리고, 머리를 벽에 박아 피를 내고…. 해마다 7월이 되면 더 심해져서 머리를 산발한 채 산이고 들이고 강이고 온 동네를 헤집고 다니고…. 아버지 입에서는 무슨 말인가가 끝없이 흘러나왔는데 나는 알아들을 수가 없었어요. 듣고 싶지도, 알고 싶지도 않았고. 초등학교 다닐 때부터 나는 그러다가 길가에, 산에, 들에 죽은 듯이 축 늘어져 있는 아버지를 업고 집으로 와야 했어요. 엄마가 하던 일을 내가 해야 했으니까요. 몸에 힘이 다 빠져 흐느적거리는 아버지를 등에 업고 돌아올 때마다 그 가랑잎 같은 아버지가 천근만근 무거워 땅에 질질 끌다 다시 추슬러 업으며 아버지를 그만 길바닥에 패대기치고 싶은 마음을 억누르느라 이빨이 부러지도록 턱에 힘을 주고 견뎌야 했어요. 내 안에서 솟구치는 분노를 어떻게 할 수 없어 내 인생을 패대기치고 싶었으니까요.

차는 호이안 외곽을 돌아 투본강을 건너고 있었다. 푹과 이나의 대화에는 별 관심이 없는 듯 구자성은 여전히 눈을 감고 있었다. 자세가 무너지지 않은 것으로 보아 잠이 든 것 같지는 않은데 그렇다고 감각의 촉수를 세워 무언가에 신경을 쓰고 있는 것 같지는 않았다. 그저 마음을 고르고 있는 법당의 부처처럼 가만 앉아 있을 뿐이었다.

견디지 못한 엄마가 집을 나갔어요. 열한 살, 내가 초등학교 졸업하는 날이었어요. 아버지는 더 심해졌고, 그 고통은 오로지 내 몫이었어요. 그렇다고 아버지가 살림을 하지 않는 것은 아니었어요. 자신 몫의 농사를 짓고 시간이 남으면 남의 논에서 일을 하고, 측은한 눈길로 내 아침밥을 챙겨 주거나 내가 학교에서 돌아오면 밥을 해놓고 기다리곤 했으니까요. 그럴 때는 멀쩡한 것 같았어요. 이제 다시 무슨 일이 일어나지 않을 것 같고. 그렇게 마음을 놓고 있다 보면 항상 뒤통수를 맞았어요. 아버지가 자신의 몸을 찌르기 시작해서 칼과 낫 같은 쇠붙이나 농기구를 모두 감춰야 했으니까요. 그런데 그게 감춘다고 감춰지는 것들이 아니잖아요. 아버지는 늘 피를 흘리고 있었어요. 피가 멈추면 삶이 아니라는 듯이. 그것도 모자라 아버지는 불을 지르기 시작했어요. 자신이 농사지은 논에서 수확철이 다 된 벼에 불을 지르더니 우리가 살고 있던 집에 불을 질렀어요. 학교에서 돌아오는 길에 마을 입구에서 보니 우리 집이 불타고 있더라구요. 집을 향해 마구 달렸지요. 달려가면서 보니 벌써 불꽃이 사그라들기 시작한 지붕 위에서 연기 몇 줄기가 하늘로 꼬불꼬불 올라가고 있는 게 보였어요. 내가 집 앞에 도착했을 때는 집이 다 타서 폭삭 주저앉아 버리더라구요. 아버지는 그 곁 흙바닥에 앉아 그 꼴을 구경하고 있고. 더 이상 그곳에서의 삶, 아버지와의 삶에 미련을 두고 싶지 않았어요. 뒤도 돌아보지 않고 그 길로 집을 떠났어요. 고등학교 졸업을 며칠 앞둔 날이었어요. 졸업식 예행연습 하고 일찍 온 날이었으니까.

푹은 한숨을 폭 내쉬었다. 이나의 가슴속에서도 한숨이 폭 새어나왔다.

대체 푹은 왜 잘 모르는 내게 이런 말을 하는 걸까?

내가 낯선 사람이기 때문에?

다시 보지 않아도 되는 사람이기 때문에?

이나는 궁금했다. 그러나 달리 또 생각하면 그가 이렇게 아픈 이야기를 어떻게 가슴에 담고 살아왔을까 싶기도 했다. 이나는 원하지 않았지만 자신이 어쩔 수 없이 이야기 수집가가 되고, 또 다른 기록자가 돼버린 것 같았다. 이제는 빠져나갈 수도 없는. 그리하여 수습하거나 마무리도 지을 수 없는 일이 끝없이 늘어나는 깃 같았다.

다시 또 무슨 이야기가 남아 있을까?

이미 푹의 이야기에 휩쓸린 자신을 보며 이나는 그가 그만 멈췄으면 싶었다. 그러나 격류는 휩쓸린 사람이 멈출 수 있는 것이 아니었다.

자신의 이야기를 쉬지 않고 풀어내던 푹이 차의 속도를 조금씩 늦췄다. 호이안을 벗어난 차는 시골길로 접어든 지 한참이었다. 길 옆 모래땅에는 땅콩과 감자가 지천이었다.

벌써 15년이 됐네요. 아버지 본 지가. 죽었다는 소식을 듣지 못했으니 아직 살아 있겠죠?

그의 음성은 모래처럼 메말라 있었다. 그는 이나에게 묻듯이 그 말을 두 번이나 했다. 그만큼 자신의 아버지 생사가 그의 마음에 무겁게 걸려 있다는 뜻으로 보였다. 이나는 그와의 동행이 그에게, 또 그의 아버지에게 어떤 의미가 될지 자못 궁금하기도 하고 두렵기도 했다. 격류가 너무 거세 모든 것이 참 알 수 없는 지점으로 흘러가고 있는 것 같았다.

이나는 그의 이야기를 구자성과 김집사에게 전하지 않은 것은 잘한 일이라고 생각했다. 푹의 이야기가 구자성과 연결된다는 근거도 없는 상황에서 그들이 불편해할 수 있기 때문이었다. 연결되는 이야기라고 해도 미리 구자성을 피곤하게 하고 싶지 않았다. 어쩌면 자신의 내부에서 검열이 작동하고 있는지도 몰랐다. 그를 보호하고 싶고 불편하게 하고 싶지 않은.

17

여기저기 패고 갈라진 좁은 시멘트길 양옆으로 논들이 끝없이 펼쳐졌다. 그 단조롭고 끝없는 논들의 사방연속무늬는 이나에게 차가 김제나 호남평야 어디쯤 달리고 있는 것 같은 느낌이 들게 했다. 쇠잔한 할아버지, 중년 여인, 젊은 여자, 그리고 동남아 젊은 남자, 이게 나들이라면 이런 이질적인 조합의 들길 여행도 재밌을 것 같다는 생각도 들었다. 이나는 그런 느낌과 생각들이 떠오르는 것은 여러 일을 치르고 한곳으로 달리느라 지친 마음을 눈이 풍경을 끌어들여 씻어 주는 과정이라고 생각했다.

며칠 동안 너무 긴장한 탓일까, 깜빡 졸다가 깼는데도 사방은 온통 논이었다. 논들의 시위! 어떤 작가가 저런 평야 지대를 가다 보면 거기 심겨진 작물들이 시위를 한다는 느낌을 받는다고 했는데 정말 그런 느낌이 들었다. 이나는 논 안의 벼들이, 그리고 그 벼를 담은 논들이 수직으로 일어서고 수평으로 펼쳐지며 저토록 퍼렇게 의사표시를 하는지도 모른다고 생각했다.

지평선보다 더 멀리, 더 오래 펼쳐질 것 같았던 '논들의 시위 지대'가 끝나고 높이 100미터가 될까 말까 한 키 낮은 산들로 둘러싸인 아늑하고 평화로워 보이는 마을이 나타났다. 차가 달리는 길을 따라 새로 놓은 듯한 콘크리트 수로가 이어지고, 들판에는 검은 물소들이 한가롭게 풀을 뜯고 있었다. 50호 정도 되는 마을의 집들은 서로 붙어 있거나 띄엄띄엄 흩어져 있었다. 뒤쪽으로 길게 직사각형 블록처럼 자리를 잡은 집들은 콘크리트로 새로 지었는지 깔끔했다. 대부분 회색 기와나 붉은 기와를 이고 있었다. 곳곳에 늘씬한 야자나무들이 적당한 거리를 두고 서 있고, 그 야자나무 높이만큼 층고가 높은 이층집도 몇 채 있었다. 마을은 형세나 차림새 모두 느긋하고 넉넉해 보였다. 푹의 차는 그 마을 앞을 지나 마을과는 좀 떨어진 산밑에 바싹 다가가 섰다.

여기가 호아빈, 옛 롱빈입니다.

푹이 창문을 다 열어놓고 차 시동을 끄며 말했다. 그의 눈은 마을이 아닌 산밑 어딘가를 가만 응시하고 있었다.

이나는 구자성의 상태를 먼저 살폈다. 눈을 뜨고 있는 구자성은 해쓱해진 눈으로 마을의 형세를 살피느라 바빴다. 이나는 자꾸만 껌뻑거리고 있는 그의 눈, 파르르 떨고 있는 그의 눈꺼

풀의 흔들림 속에서 바늘 끝처럼 일어서 있는 그의 긴장을 봤다. 어쩌면 그것은 두려움일지도 모른다는 생각이 들었다.

여기서 잠깐 기다려 주세요.

푹은 마을 쪽이 아닌, 마을 끝에 붙은 얕은 산비탈 아래로 갔다. 거기 나뭇가지와 짚으로 얼기설기 엮어 놓은 움막 하나가 있었다.

푹이 그 움막에 다다르기 전에 움막 안에서 사람이 나왔다. 베트남식 검정 무명바지저고리를 입은, 푹보다 몸이 더 작고 작대기처럼 가느다란, 어깨까지 오는 긴 머리가 지푸라기처럼 푸석하게 들떠서 얽혀 있는 나이든 남자였다.

한동안 서로 바라보기만 하던 둘이 마주 껴안았다. 이나는 푹의 어깨가 들썩이는 것을 보고 푹이 껴안은 남자가 누군지 알 것 같았다.

나는 너 죽은 줄 알았다. 아무런 소식이 없길래.

얼굴이 바싹 말라 쭈글쭈글한 남자가 푹의 등을 토닥이며 말했다. 빠진 이빨 사이로 발음이 약간 새나가는 듯한 그의 말은 그가 발화한 뒤 시간이 좀 지나야 이나가 겨우 유추해 알아들을 수 있었다.

오고 싶지 않았어요. 절대로.

미안하다. 그때는 미쳐서 그랬단다, 내가 미쳐서. 지금도 다 나은 것은 아니지만. 그저 이러고 있는 거야. 죽지 않으니까.

왜 이렇게 오래 살아 있는지 모르겠다. 빨리 가야 하는데. 빨리 기다리고 있는 식구들한테 가야 하는데.

이나는 푹의 얼굴이 갑작스레 검어지는 것을 봤다. 당혹감과 두려움과 낙담이 그렇게 표현되는 게 아닌가 싶었다.

이나는 문득 자신을 찾아왔던 아빠가 떠올랐다. 카페에서 담당 시간을 채운 뒤 다음 알바한테 인계하고 막 문을 나선 참이었다. 등을 돌리고 있던 아빠가 이나의 앞을 막아섰다. 이나가 같이 살 때보다 어깨 근육이 빠져 조금은 잔약해 보였다.

고생하지 말고 그만 집으로 들어와라.

정보기관원이었으니 이나가 일하는 곳을 찾는 것은 일도 아니었을 것이다. 아빠는 허공을 쳐다보고 말하고 있었다. 이나와 말할 때 아빠는 언제나 눈을 보고 말하지 않았다. 마치 자신의 내면을 들키지 않겠다는 사람처럼.

아뇨. 나는 내 삶을 살고 있는 거예요.

이나는 아빠를 피해서 지하철역으로 달음질쳤다. 한 번도 뒤돌아보지 않았다. 돌아보면 울음이 터질 것 같았다.

이나는 가족이란 존재와 관계 자체가 어쩔 수 없는 속박의 밧줄이고, 무엇보다 상처이며, 울컥 감정선을 자극하기도 하는 민감한 촉매임을 그때 알았다.

그래도 잘 왔다. 너까지 잃어버린 줄 알았는데.

나이든 남자가 푹에게 말했다. 자글자글한 그의 얼굴 주름이 슬픔처럼 갈라져 있었다.

저 사람들 아니면 오지 않았을 거예요. 올 생각도 못 했으니까요.

저 사람들? 저 사람들이 누군데?

이나는 서둘러 차 밖으로 나갔다. 김십사가 뒤따라 나와 뒤 트렁크를 열고 휠체어를 꺼내 구자성을 거기 실었다.

잘 몰라요. 롱빈이 어딘지 물어서 같이 온 거예요.

롱빈…? 롱빈을 누가 찾아?

나이든 남자가 잘 보이지 않는지 눈을 끔뻑이며 겁을 잔뜩 먹은 사람처럼 이나에게 다가왔다.

저 산속에 동굴이 있는지 물어 봐요.

구자성이 나지막한 소리로 속삭이듯 이나에게 말했다.

안녕하세요? 여기가 롱빈이라는 마을 맞나요?

이나는 푹의 아버지로 보이는 나이든 남자에게 마주 다가가며 물었다. 남자가 긴장하는 표정이 역력했다.

그렇… 소. 여기가 옛적 롱빈이오.

혹시 저 산에 동굴이 있나요?

… 있소. 저 산속에.

남자가 뜨악한 표정으로 검지를 세워 뒷산을 가리켰다. 빽빽한 가시나무 덩굴로 덮여 있는 산은 몸이 성한 사람도 뚫고 들어가는 게 불가능할 것 같은 정글이었다.

어디서 왔소?

남자가 물었다. 이나는 올 것이 왔다는 느낌이 자신을 휩싸는 것을 느꼈다. 자신이 이럴진대 구자성은 어떨까 싶었다. 구자성은 눈길을 돌려 정글을 바라보고 있었다.

푹이 다가와 이나에게 남자를 소개했다.

제 아버지예요. 이름은 롱, 응우옌 떤 롱이시고요.

롱이 이나와 푹을 번갈아 살폈다.

이나예요. 한, 한국에서 왔어요.

이나는 자신도 모르게 말을 더듬고 있었다. 자신이 어떻게 할 수 없는 두려움이 공기 중에 **빽빽**하게 들어차 있는 것 같았다.

한국? 그럼 남주띤! 정말로 남주띤?

놀라 갑작스럽게 커진 롱의 눈이 파르르 떨고 있었다. 이나는 그 떨림 속에 많은 것이 담겨 있다는 생각이 들었다.

저 사람도?

여전히 파르르 떨고 있는 눈을 돌려 롱이 구자성을 가리켰다. 이나는 그가 이미 뭔가를 감지한 것 같다는 생각이 들었다.

오래전에 이 마을을 지나갔던 사람이에요. 그래서 와본 거구요.

그럼, 한국군? 저 사람이 그 남주띤 군인?

대답을 듣기도 전에 롱이 그 자리에 풀썩 주저앉았다. 그는 제 가슴을 치며 말을 잇지 못했다.

푹이 달려가 흙바닥에 꿇어앉으며 롱을 안았다. 롱이 푹의 팔을 뿌리치며 소리쳤다.

네가 어떻게 이 사람들을 데리고 와? 15년 만에 나타난 네가 이 사람들을 왜? 도대체 왜?

손님으로 모시고 온 것뿐이에요. 여길 가자고 해서.

숨을 토해내지 못한 롱이 자꾸 제 가슴을 쳤다. 그의 입에서 짐승의 목울대를 거쳐 터져 나오는 듯한 울음소리가 새어 나오고 있었다. 눈물도 나오지 않는 울음이었다. 이나는 몸서리가 쳐졌다. 오는 길에 푹이 말해 줘서 짐작되는 바가 있었지만 그 울음은 그 짐작이 전혀 그려내지 못하는 처절한 비명이었다. 그 울음을 통해 이나는 그가 어떤 삶을 살아왔을지 조금은 알 것 같았다.

땅바닥에 주저앉아 한참 동안 자신의 가슴을 치고 있던 롱이 무슨 말인가를 쏟아냈다. 반복해서 쏟아내는 그 말을 이나는 금방 알아들을 수가 없었다.

… 죽였어. … 그들이 죽였어. … 내 어머니, 형과 누나와 누이동생 모두. 짐승처럼 죽였어. … 짐승만도 못한 것들이….

한참 만에야 이나는 그의 빠진 이빨 사이로 흘러나온 말들이 그런 정도 말이라는 것을 유추하듯 해석할 수 있었다.

자신의 가슴을 치며 울부짖고 있던 롱이 벌떡 일어나 움막

쪽으로 뛰어가더니 헛간에서 빼낸 낫을 쳐들고 달려왔다.

이 짐승만도 못한 것들….

푹이 구자성에게로 달려드는 롱을 등 뒤에서 껴안아 주저앉혔다.

지금은 안 돼요. 나중에 하세요, 나중에. 다 확인한 뒤에….

땅바닥에 낫을 내려놓고 롱은 다시 제 가슴을 쳤다.

내가 대체 어떻게 살아왔는지 네놈들은 모를 거야. 네놈들은….

이나는 이 상황을 어떻게 수습해야 할지 판단이 서지 않았다. 난처한 것은 구자성과 김집사도 마찬가지여서 눈길을 어디 둘지 몰라 허둥대고 있었다.

잠결에 하늘과 땅이 무너지는 소리가 들렸어. 잠이 덜 깬 채로 어머니를 따라 방공호로 들어갔어. 형과 누나는 눈이 말똥말똥했고, 눈을 다 뜨지 못한 세 살 누이동생은 어머니 품으로 파고들었어.

머리를 흔들고 주먹으로 자신의 가슴을 치던 롱이, 가끔씩 그 주먹으로 땅바닥을 치며 울부짖던 롱이 무슨 말을 따발총 쏘듯이 쏟아내기 시작했다. 거침없이 쏟아지는 그 말들을 이나는 한꺼번에 귀에 담을 수가 없었다. 이나는 푹을 쳐다봤다. 푹이 동시통역을 하는 것처럼 롱의 말을 보다 분명한 말로 빠르게 다시 전해 줬다.

총소리가 가까이 다가오고 있었어. 총소리는 낯선 말소리와 날카로운 비명과 한꺼번에 터지는 울음소리와 가느다란 신음을 제 그림자처럼 끌고 가까이 다가오고 있었어. 식구들 모두 숨을 죽이고 방공호 뒷벽에 붙었어. 방공호를 파다 무엇에 쫓기듯 급하게 산으로 들어간 아버지 덕분에 어머니와 형과 누나가 나머지를 판 방공호는 작고 얕고 좁았어.

군홧발 소리, 알아들을 수 없는 낯선 말소리가 방공호 앞에서 멈췄어. 그리고는 곧바로 총구가 방공호 안으로 쑥 들어왔어.

라더이! 라더이!*

알아듣기 힘든 낯설고 서툰 베트남 말이 방공호 안으로 날카롭게 뛰어 들어왔어. 어머니는 팔을 벌려 형제들을 안았어.

수류탄을 쥔 손이 방공호 안으로 쑥 들어왔어. 두려움에 덜덜 떨고 있던 어머니가 누나의 등을 밀었어. 열 살 누나가 공포에 전 눈으로 잠깐 어머니를 돌아본 뒤 방공호를 나갔어. 누나를 지켜야 한다는 듯 일곱 살 형이 따라 나갔어. 좀 있다 총소리가 들렸어. 나는 누이동생을 밀치고 어머니 품으로 파고들었어.

라더이! 라더이!

반복해서 그 일그러진 베트남 말이 방공호 안으로 쳐들어왔어. 너무 무서워 어머니도 나도 누이동생도 나갈 수가 없었어.

---

* "나와! 나와"

총구멍이 방공호 안으로 쑥 들어와 불을 뿜었어. 총알이 내 머리카락을 스치며 뒷벽에 박혔어. 그래도 어머니는 바닥에 바싹 엎드려 나와 누이동생을 감싸안고 있던 팔을 풀지 않았어. 그런데 수류탄을 든 손이 다시 방공호 안으로 쑥 들어왔어. 그때서야 어머니가 다급하게 소리쳤어.

라웅아이! 라웅아이!*

수류탄을 쥔 손이 바깥쪽으로 까불거렸어. 나와 누이동생을 방공호 밖으로 올려보내고 어머니가 따라 나왔어. 해가 막 떠오르기 시작한 이른 아침이었어.

또 없어?

얼룩무늬 군복을 입은 낯선 사람이 소리쳤어. 나는 지금도 찌그러진 양재기처럼 서툰 발음의 '라더이! 라더이!'와 뜻을 알 수 없는, 허기진 포식자의 주둥이에서 날카롭게 쏟아져 나오는 것 같았던 '또 없어?'를 또렷이 기억해. 쳐들린 낫처럼 허공을 날아다니던 그 말들을 어떻게 잊을 수가 있겠어?

어머니가 그 말을 알아들은 것처럼 고개를 흔들었어. 그들은 둘이었어. 군인들이 방공호 안으로 수류탄을 하나씩 굴렸어. 수류탄이 터지면서 방공호 한쪽이 무너져 내렸어. 우리가 거기 계속 있었다면 그곳이 우리 무덤이 되었겠지. 차라리 그랬으면

---

* "나가요! 나가요!"

좋았을 것을…. 군인 한 명이 총부리로 어머니 등을 밀었어. 어머니가 나와 누이동생을 감싸안으며 걸었어.

사립문 밖에는 형과 누나가 쓰러져 있었어. 마을 쪽을 향해 모로 쓰러져 있는 형은 달아나다 총을 맞았는지 엉덩이가 떨어져 나가고 없었고 배에서 쿨럭쿨럭 피가 쏟아지고 있었어. 그 피가 땅바닥을 적시고 막 떠오른 햇빛이 그 피에 부딪쳐 튕겨져 나오고 있었어. 집 쪽을 향해 쓰러져 있는 누나는 턱이 떨어져 나가 낯선 짐승처럼 알아들을 수 없는 소리를 지르며 가느다랗게 울부짖고 있었어. 어머니가 누나에게 달려가다 쓰러졌어. 정신을 차린 어머니는 기어서 누나한테 갔어. 누나는 반쯤 남은 입을 벌린 채 숨을 멈췄어.

으엉으엉!

어머니의 입에서 누나의 입에서 흘러나오던 소리와 똑같은 짐승의 비명이 연이어 터져 나왔어. 나는 겁에 질려 아무 소리도 낼 수 없었어. 울음도 나오지 않았어.

롱은 가슴이 막혀 잘 나오지 않는 말을 억지로라도 뽑아내겠다는 듯 제 가슴을 치면서 꺼이꺼이 울었다. 푹이 전해 주는 롱의 말을 구자성과 김집사에게 전해 주던 이나도 가슴이 막혀 주먹으로 자신의 가슴을 쾅쾅 두드리지 않을 수 없었다.

탕! 탕!

총소리가 또 울렸지만 어머니와 나와 누이동생을 꿰뚫지는 않았어. 어머니는 나와 누이동생을 끌어안고 총부리가 시키는 대로 고샅을 벗어났어. 앞으로 가면서도 어머니의 눈은 자꾸만 뒤로 걷고 있었어. 우리 뒤에 있던 군인이 우리 집에 불을 붙이는 게 보였어. 나무와 짚으로 지은 우리 집은 순식간에 불길에 휩싸였어. 그 군인은 누나와 형을 그 불구덩이 속으로 던져 버렸어.

그때 우린 다 타버린 거야! 형과 누나와 함께. 나라는 사람은 그때 이미 다 타버렸다고! 근데 이게 뭐냐고?

롱이 다시 자신의 가슴을 쳤다. 롱은 한 대목도 빠뜨리면 안 된다는 듯 장면마다 세부 묘사를 빼놓지 않았다. 이나는 그 장면 장면과 세부 묘사까지 통역하지 않을 수 없었다. 구자성이 왜 여기 오는 것을 갈망에 가깝게 집착했는지 모르지만, 여기까지 온 이상 롱의 이야기를 온전히 전달하지 않을 수 없었다. 이나는 그것이 그의 판단을 돕는 일이라고 생각했다. 김집사는 주먹으로 눈물을 훔치고 있었다. 그러나 구자성은 별다른 움직임 없이 휠체어에 앉아 눈을 감고 가만 듣고만 있었다.

총부리에 밀려 도착한 곳은 논바닥 한가운데 미군이 떨어뜨린 커다란 폭탄 구덩이 앞이었어. 구덩이는 그들이 미리 파놓은 함정처럼 푹 패어 있었어. 깊이가 어머니 키 두세 길도 넘어 보였어. 구덩이 밑바닥에는 백 명도 넘는 마을 사람들이 바구니에서 한꺼번에 흙바닥에 쏟아진 검정콩알들처럼 빽빽이 박혀 있었어. 공간이 부족해 서 있는 사람 빼고는 대부분이 구덩이 바닥에 무릎을 꿇고 있었어. 그 구덩이 둘레를 한국군이 총을 겨누고 빙 둘러서 있었고. 한국군이 총부리로 어머니와 나와 누이동생을 구덩이 안으로 밀었어. 어머니의 시선을 따라 나는 뒤를 돌아봤어. 그사이 불에 다 타버린 우리 집은 하늘에서 누가 그렇게 김 나는 똥을 눈 것처럼 연기 몇 줄기만 하늘로 피워 올리며 폭삭 주저앉아 버렸어. 형과 누나는….

그는 말을 이어가지 못하고 다시 자신의 가슴을 탕탕 쳤다. 그의 입귀로 거품이 허옇게 일어나 흘러내렸다.

그렇게 마을 곳곳이 불타고 있었어.

그는 눈을 부릅뜬 채 한숨을 크게 토해내고 다시 말을 이어갔다.

다시 한번 총부리가 거세게 등을 밀었어. 우리는 마을 사람들 머리 위로 흙덩이처럼 떨어져 내렸어.

얼룩무늬 군복을 입은 한 군인이 하늘로 치켜들었던 팔을 아래로 내렸어. 그러자 그자의 어깨에서 무슨 별 같은 것이 햇빛에 반짝거렸어. 동시에 낯선 외침이 들렸어. 갑자기 총알이 구덩이 안으로 쏟아져 들어오기 시작했어. 어머니가 나와 누이동생을 끌어안는 것과 동시에 어머니 몸이 크게 흔들리면서 나와 누이동생을 덮치고 쓰러졌어. 나는 수류탄 터지는 소리를 들으며 정신을 잃었어.

도망갔던 마을 사람 몇이 가족을 찾기 위해 시체 더미를 들추다가 내 어머니 시신을 들췄을 때 나는 기절에서 깨어났어. 나를 이불처럼 덮고 있었던 것은 어머니의 등과 거대한 파리떼였어. 파리떼들이 버섯구름을 피워 올리며 시체 더미 위에서 그물춤을 추고 있었어. 나는 어머니의 품 아래쪽에 감싸여 있었고, 그 품에서 조금 벗어나 있던 누이동생은 살아남지 못했어. 수류탄이 누이동생의 몸 반쪽을 날려 버렸고, 등에 총을 맞은 어머니의 다리를 날려 버렸어. 어머니의 배는 임산부처럼 부풀어 있었어. 수류탄으로 사라진 몸이 그 안에 들어가 있는 것처럼. 내 다리와 팔, 갈비뼈에는 수류탄 파편이 여기저기 박혀 있었고. 그래도 그 구덩이에서, 그 구덩이에 쫓겨 들어간 마을 사람 중에 살아남은, 어처구니없게 살아남은 단 한 사람이었어, 내가. 미친 조물주가 나를 죽은 것만도 못한 삶을 살도록 만든 거지.

이나는 롱의 눈에서 불길이 쏟아져 나오는 것을 봤다. 그러나 그 불길은 그의 몸을 다 태우고 난 뒤끝인지 스르륵 금방 잦아들어 버렸다.

당신들이 한 짓을 다 봤어. 나는 다 봤다고!

롱은 주먹으로 땅바닥을 치며 울었다. 여전히 얼굴만 일그러진 채 눈물이 나오지 않는 울음이었다.

대체 당신들이 무슨 짓을 했는지 당신들은 알아?

소리치던 롱이 엉덩이를 털고 일어났다. 그의 검정 무명 바지 무릎이 툭 튀어나와 그의 다리가 그만큼 앞으로 굽은 것처럼 보였다.

마치 롱의 말에 수긍하는 것처럼 고개를 끄덕이던 구자성이 이나를 불러 이곳이 정말 롱빈이 맞는지, 저 뒷산에 정말 바위 동굴이 있는지 한 번 더 물어 달라고 했다. 자신의 기억 속에 있는 마을과 너무 다르다고. 이나는 이것이 타당한 질문인가 싶으면서도 묻지 않을 수 없었다. 구자성이 수긍할 수 없다면 난감한 일이었다.

마을 뒷산에 동굴이 정말 있습니까? 가볼 수 있어요? 여기가 정말 롱빈 맞습니까?

나는 잠을 잘 수가 없다고! 지금도 몸에 박인 수류탄 파편들이 벌레처럼 생살을 뜯어먹고 있어 잠을 잘 수 없다고!

대답 대신 롱은 온몸의 힘을 짜내 소리를 질렀다. 그의 눈에서 다시 불꽃이 일었다.

그렇게 듣고도 모르겠어요? 여기가 롱빈이 아니면 내가 당신들을 여기 데려왔겠어요? 여기가 롱빈이 아니면 아버지가 저 모양 저 꼴로 평생을 살았겠어요? 한국군이 들어와 마을 사람들을 몰살하고 불태운 마을이 아니면 이 마을이 이렇게 새로 지어졌겠어요?

푹이 이나와 구자성과 김집사를 노려보며 고개를 저었다.

푹과 이나와 구자성을 번갈아 쳐다보던 롱이 다시 옆에 놓인 낫에 눈길을 주고 있었다. 이나는 얼른 마을을 떠나야 할 것 같은 위기감이 심장을 급박하게 뛰게 하고 몸을 팽창시키는 것을 느꼈다. 아무래도 무슨 일이 일어날 것만 같았다.

대체 당신들 왜 온 거야? 여기가 어디라고 온 거야? 또 총질하러 온 거야?

롱이 자신의 창자를 꺼내 흩뿌리듯 소리쳤다. 총이 있으면 드드득 갈겨 버리고 싶어 하는 마음이 얼굴에 그대로 드러나 있었다. 이나는 하미에서 깡통발 할머니를 만났을 때처럼 두려움과 함께 가슴이 너무 아파 자신의 손과 발이 무엇엔가 묶인 것처럼 꼼짝도 할 수 없었다.

이나는 구자성을 바라봤다. 그가 무슨 말이든, 무슨 행동이든 해야 할 것 같았다.

막 감았던 눈을 뜬 구자성이 고개를 저었다. 이나는 그것이 롱의 말이 사실이 아니라는 것인지, 여기는 자신이 알고 있는 롱빈이 아니라는 것인지, 자신은 롱이 말한 것과 상관이 없다는 뜻인지, 다 맞지만 자신이 이곳에 온 것이 잘못이란 뜻인지 알 수가 없었다.

거짓말이라고? 내 말이 거짓말이라고?

롱이 소리치며 구자성에게 다가갔다. 구자성은 다시 눈을 감고 고개만 저었다. 이나는 그가 왜 굳이 여기까지 와 이런 상황

을 자초하고 이런 고행을 스스로 하고 있는지 좀체 헤아려지
지 않았다.

18

내 말이 거짓이라고?

화가 난 롱이 이나와 구자성에게 따라오라고 말하고 앞장서 갔다. 꼿꼿이 선 막대기가 툭툭툭툭 마른 땅을 헤치며 걸어가는 것 같았다. 그가 일어난 자리에는 그가 두고 간 낫날이 혼자 쏟아지는 햇빛을 되쏘고 있었다.

여기까지 오셨으니 따라가 보시지요.

머뭇거리고 있는 이나와 구자성을 보고 푹이 말했다. 푹은 이미 차분하게 가라앉아 있었다. 오면서도 느낀 거지만 다시 봐도 그는 퍽 절제력 있고 이지적인 사람으로 보였다. 이나는 구자성을 바라봤다.

가봅시다.

구자성은 다 체념한 사람처럼 힘없이 말했다. 이나가 앞에 서고 그 뒤를 김집사가 구자성의 휠체어를 밀며 따라왔다.

마을 한복판, 잔디 같은 잔풀이 띄엄띄엄 돋아 있는 풀밭 사이, 두 단으로 된 사각의 낮은 단 위에 덮개돌이 없는 커다란 맨머리 비석이 서 있었다. 비석 뒤에는 주변의 흙땅과는 달리 150제곱미터 정도 돼 보이는 모래땅이 커다란 그릇에 담긴 물처럼 긴 타원형으로 펼쳐져 있었다. 풀이 나지 않도록 모래를 두껍게 덮어놓은 것 같았다. 모래땅은 붉은 벽돌을 두 겹으로 쌓아 둥그렇게 낮은 담을 두르고 있었다. 그 뒤에는 거의 같은 넓이의 네모난 공간이 조성돼 있고, 그 공간 역시 붉은 벽돌로 낮은 담이 둘려 있었다. 비석이 서 있는 단과 맨 뒤의 네모난 공간은 높이가 같고, 그 사이 한 단 낮은 모래땅이 기다란 둥근 접시처럼 자리하고 있어 세 공간은 나뉘어 있으면서도 서로 연결되어 있는 것처럼 보였다. 세 공간을 하나로 보면 출발을 앞둔 배 한 척이 풀밭에 정박해 있는 것처럼 보이기도 했다. 비석은 그 배의 조타실 같았다.

가까이 다가가서 보니 하늘로 향한 맨머리 비석 윗부분은 날카로운 칼날이었다. 시멘트로 빚어 올린 날카로운 칼날! 두꺼운 책을 펼쳐놓은 것 같은 그 칼날 밑 공간에는 긴 글이 적혀 있고, 그 아래 세로로 적힌 명단이 가닥가닥 바닥에 닿고 있었다.

룽이 언제 준비했는지 모를 향 다발에 불을 붙여 머리 위로 높이 들고 묵념을 한 뒤 바닥에 있는 향로에 꽂았다. 해가 중천을 향해 가고 있는데도 싱싱하게 물기를 머금고 있는 노란 꽃

다발이 담긴 청록색 화병 두 개가 향로 양옆에 나란히 서 있었다. 곧바로 향로에 꽂힌 향 다발에서 향 연기가 솟구쳐 올라왔다. 솟아오른 향 연기는 오래 묶여 있던 주머니에서 풀려 나오는 넋들처럼 하얗게 하얗게 하늘로 올라갔다.

이나는 비석 가까이 다가가 비문을 읽었다.

기억하리라, 우리 핏줄이 이어지고 이 땅에 단 한 사람이 남을 때까지.

이나는 잠시 망설이다가 구자성과 김집사에게 비문 내용을 그대로 들려줬다. 롱이 왜 이곳으로 이끌었는지 알고는 있어야 할 것 같았다.

1968년 7월 13일 아침, 미제국주의 군대가 하늘과 땅에서 폭탄과 포탄을 쏟아부은 뒤 미제의 용병 남주띤 병사들이 총과 수류탄을 들고 여기 평화로운 마을 롱빈에 쳐들어와 어린 딸들과 어미들을 강간하고 갓난 아기와 아이 밴 여자와 늙은이들까지 모두 미군이 쏜 폭탄 구덩이에 몰아넣어 학살하고 마을을 불태웠다.

139구의 주검 더미 속에서 어미의 시신이 방패처럼 가려 준 다섯 살 아이 혼자 살아남아 곳곳에 수류탄 파편이 박힌 몸으로 그들의 만행을 증거하고, 총알에 뚫리지 않은 입으로 그 죄악을 증언한다.

구자성은 부들부들 떨고 있었다. 이나는 더 진행해야 하는가 싶으면서도 멈출 수가 없었다. 멈추고 말고는 자신이 결정할 수 있는 것이 아니었다.

실아남은 사람들은 살아남은 것을 원망하며 폐허가 된 마을을 떠나 낯선 타향에서 유리걸식할 수밖에 없었다.

전쟁이 끝나고 나서야 하나둘 마을로 돌아와, 날강도 같은 적들을 피해 항아리에 뒤란에 방공호에 숨어 조상과 집과 가족과 자신의 몸을 지키다 총탄에 맞고 강간당하고 불에 타 허망하게 죽임을 당한 뼈들을 수습하고, 폭탄 구덩이에 뒤엉켜 쌓여 있던 뼈들을 우리 손으로 정갈히 씻어 구덩이 뒤 새 무덤에 한데 모셨다.

이제 비로소 눈물을 닦고 구천에 떠돌던 153위 영령들께 향을 사르고 음식과 저승길 노자를 바치며 이 비를 세운다.

영령들이여, 지켜보시라!
피의 빚은 피로 갚을지니, 천벌을 받을지어다, 그들의 핏줄이 하나라도 남아 있을 때까지!

이나는 날카로운 칼날로 가슴을 찔린 것처럼 아팠다. 자신이 할 수 있는 일이 무엇이 있는지 헤아려지지 않았다.

구자성은 휠체어에서 몸을 앞으로 꺾어 엎어지듯 내려와 비석까지 기어가서 그 앞에 엎드렸다. 이나는 그의 어깨가 들썩이는 것을 보고 다시 가슴이 찔린 듯 아팠다. 구자성 혼자 휠체어에서 내려올 때 가만히 지켜보고만 있던 김집사는 빈 휠체어를 붙잡고 흐느꼈다. 롱과 푹은 한순간도 구자성에게서 눈을 떼지 않았다.

구자성은 비석에 대고 무슨 말인가를 끝없이 중얼거렸다.

여기까지 오는 데 50년이 걸렸네요. 미안해요. 정말 미안해요.

이나가 알아들은 말은 그 정도였다. 그의 삶을 조금은 들어 알고 있는 이나는 눈 줄 데가 없었다. 다 아픈 사람들이었다.

구자성은 오래도록 비석 앞에서 일어나지 못했다. 그 시간이 길어지자 김집사가 안절부절못했다. 그렇지만 그가 완강하게 거부해 그를 일으켜 세울 수는 없었다.

그가 엎드린 시간이 길어지자 푹이 좀 당황한 표정으로 이나를 돌아봤다. 그러나 이나가 할 수 있는 일이 달리 없었다.

엎드린 채 윗몸을 잠깐 일으킨 구자성이 품안에서 무언가를 꺼내 덜덜 떠는 손으로 조심스럽게 비석 앞에 바쳤다. 늘 구자성의 손에 붙어 있던 낡고 오래된 카드였다.

마음 같아서는 기어서라도 저 동굴에 들어가 바치고 싶소만…, 그러지 못해 미안하오….

구자성이 비석에 대고 다시 중얼거렸다. 이상하게 이나는 그 말이 자신에게 하는 말처럼 들렸다.

카드에 얽힌 다른 사연이 있으시군요?

이나는 구자성 옆에 무릎을 구부리고 앉았다. 그리고 묻지 않을 수 없었다. 이나는 구자성이 갖고 놀던 카드가 험프리의 것이라고 생각했다. 미군부대를 떠날 때 험프리에게서 훔쳐 갖고 나온 카드가 바로 그것일 거라는 생각을 떨칠 수가 없었다. 너무도 낡고 오래돼 그렇기도 했지만 일곱 살 어린아이가 자신이 애써 훔쳐 온 카드를 길바닥에 던지며 재수점을 봤다는 게 믿기지 않았다. 자신의 부끄러움과 죄의식을 상쇄하기 위해 나중에 만들어낸 스토리일 것이라는 생각이 떠나지 않았지만 내색할 수 없었다. 불신을 비쳐 그의 입을 막고 싶지 않았기 때문이었다. 구자성이 구술한 대로 기록은 했지만 그런 회의에서 벗어날 수는 없었다. 그런데 구자성에게 자신이 모르는, 자신이 들어 보지 못한 다른 이야기가 있는 것 같았다.

그 지랄 같은 작전을 마치고 막 이동을 시작할 때였소.

이나를 힐끗 돌아본 뒤 구자성은 혼잣소리처럼 말하기 시작했다. 입이 비석 가까이 있어 비석에 대고 말하는 것 같았다.

소대 우측을 맡았던 우리 분대가 산밑을 지나는데 산 쪽에서 총알이 날아왔소. 분대원 하나가 고꾸라졌소. 즉각 엎드렸지만 총알 한 방이 다시 날아와 엎드려 있는 다른 분대원의 머리통을 날렸소. 정확히 조준해서 단 한 발에 맞히는 기관총 저격이었소. 개활지라 엄폐할 곳이 없었소. 그곳을 빠져나가기 위해 일어나 달릴 수도 그대로 엎드려 있을 수도 없는 난감한 상황이었소. 총알은 산허리 어디에서 계속 날아왔소. 벌써 분대원 다섯이 쓰러졌소. 내 부사수였던 박노수도 거기서 당했소. 앞선 전투에서 분대장이 죽어 현장에서 하사를 달고 새 분대장이 된 조동호가 내게 따라오라고 손짓하고 지그재그 포복으로 산 쪽으로 붙었소. 얼마나 빠른지 도마뱀이 달려가는 것 같았소. 당시로선 키가 컸던 나는 겨우 총알을 피해 따라붙을 수 있었소.

총알은 직각으로 깎인 바위벼랑 중턱, 바위 구멍에서 나오고 있었소. 조동호는 내게 벼랑 밑에서 기다리라 하고 정글도를 휘두르며 초인적인 힘으로 정글을 뚫고 들어가 바위벼랑 꼭대기에 섰소. 그는 이미 눈이 뒤집힌 상태였소. 분대장이 되자마자 부하 다섯을 한꺼번에 잃고 미쳐 버린 거요. 70미터도 넘는 바위 직벽 위에 선 그는 자그마한 표범처럼 보였소. 그가 자일을 나무 밑둥에 묶고 공처럼 굴러 내려가 총구가 걸린 바위 구멍에 수류탄을 까 던지고 벼랑 위로 올라갔다가 다시 내려와 바위 구멍 앞에 서서 내게 자일을 내려줬소. 타고 올라오라는 뜻이었소. 나는 올라가지 않을 수 없었소.

기관총이 걸린 바위 구멍은 밖으로 뚫린 동굴의 한 귀퉁이였소. 적의 기관총 사수와 부사수가 조동호가 던져넣은 수류탄 파편을 맞고 죽어 있었소. 이미 기관총을 잡은 조동호가 그 동굴을 제대로 수색해 보자고 나를 부른 거요. 분대원 다섯을 잃은 그는 뭔가 반전이 필요했는지도 모르겠소. 내키지 않았지만 따라 들어가지 않을 수 없었소. 이미 마을에서 벌어진 일들 때문에 니는 될 대로 되라지 싶은 심정이었소.

조동호가 어두컴컴한 동굴 속을 향해 포복해 들어가고 나는 뒤에서 엄호하며 따라 들어갔소. 동굴 안쪽에서 탄연과 퀴퀴한 동굴 냄새, 월남사람들 특유의 젓갈 냄새가 흘러나오고 있었소. 그리고 먼 곳에 있는 것처럼 희미한 빛이 새어 나오고 있었소. 자연광이 아닌 등불 빛이었소. 다 귀찮다고, 다 포기했다고 생각했는데 죽기는 싫었는지 머리칼이 주뼛 서고 심장이 거칠게 뛰기 시작했소. 동정을 살피기 위해 한참 더 기다렸소. 동굴 벽을 타고 흐르는 물소리가 크게 들렸소. 그리고 부스럭거리는 소리가 들렸소. 안에 적이 있는 것이 분명했소. 살아 있는 자가 있어 먼저 공격한다면 어떻게 될까 싶었소. 그런데 바위 구멍에 있던 기관총 사수 부사수가 조동호의 수류탄을 맞고 당했는데 그들은 왜 거기 그대로 있을까 의문이 들었소. 내 번민과는 상관없이 조동호는 낮은 포복으로 불빛이 새어 나오는 곳까지 기어들어가 동굴 안쪽으로 수류탄을 던져넣고 엎드렸소. 수류탄이 벽에 부딪쳐 되굴러 온다면 우리도 어떻게 될지 모르는 짓을 한 거요. 실제 동굴 안쪽에서 수류탄이 터지고 탄연과 파편 부스러기가 내가 있는 곳까지 쏟아져 나왔소. 한참을 죽은 듯이 엎드려 있던 조동호가 내게 신호를 보내고 안으로 들어가 M16을 난사한 뒤 플래시를 켰소. 나는 그와 대각을 이루며 따라 들어갔소. 갑작스럽게 공간이 넓어지고 탄연과 피비린내가 박쥐 떼처럼 달려들었소. 굴 안에는 미군 레이션 박스 여러 개가 동굴 벽을 따라 부서진 채 놓여 있었소. 그리고 그 앞에 검정 무명옷 차림의 젊은 여자가 AK 소총을 바닥에 떨어뜨린 채 고개를 꺾고 있고, 같은 복장의 남자가 방망이수류탄을 옆에 흘린 채 모로 쓰러져 있었소. 그들의 대각선 방향에 군복을 입은 조그맣고 앳된 병사가 자그마한 나무 책상에 엎드려 있었소. 부상병들이었는지 그들은 하나같이 다리나 배, 그리고 가슴에 붕대를 친친 감고 있었소. 조동호가 군복을 입은 병사에게 다가갔소. 책상 위에는 뭔가를 쓰다 만 종이 몇 장이 흩어져 있었소. 그 책상 위에 유리가 깨진 석유 램프가 희미하게 잦아들고 있는 불이 아직 켜진 채 놓여 있었소. 그 옆에는 검게 그은 미군 코펠에 뭔가를 끓이다 끈 듯한, 방금 전까지 살림을 살았던 흔적이 보였소. 조동호가 군복을 입은 병사의 몸을 뒤집었소. 수류탄 파편에 맞은 듯 병사는 얼굴이 으깨지고 군복 아래 붕대를 감은 가슴이 벌겋게 물들어 있었소. 손에는 아직도 볼펜 한 자루를 그대로 들고 있고. 조동호가 피에 젖은 병사의 군복 윗주머니에서 뭔가를 꺼내 플래시 불빛에 비춰 보았소. 그것은 뒷면이 붉은 카드 한 벌이었소. 나는 뒤돌아섰소. 온몸에서 맥이 쑥 빠져나갑디다. 거기서까지 뒷면이 붉은 꽃무늬 카드를 보게 될 줄은 몰랐소.

분명 다른 출입구가 있을 거야. 아니면 다른 굴과 연결돼 있든지.

그는 더 들어갈 기세였소. 나는 기관총이 걸려 있던 바위 구멍 쪽으로 나와 버렸소. 혼자서는 무리라고 판단했는지 그들의 무기를 챙겨 나온 조동호가 전리품을 챙겨 주는 것처럼 그 카드를 내 바지 주머니에 찔러 넣었소. 마치 내 과거를 다 알고 있다는 듯이. 나는 동굴 안쪽으로 다시 들어가 그 전투에서 새로 지급받은 M16을 연발로 놓고 갈겼소. 다 박살내 버리고 싶었소. 그렇게 쓸데없는 짓들을 한 거요. 누가 그렇게 어리석고 쓸데없는 짓의 총합이 전쟁이라고 합디다만.

저격을 받았던 곳까지 내려와 보니 벌써 죽은 분대원들 주검에는 파리떼와 개미떼가 달려들고 있었소. 후송 헬기를 기다리는 동안 나는 그 파리 한 마리 한 마리, 개미 한 마리 한 마리에게 총알을 한 방씩 먹이고 싶었소. 다 죽여 버리고 싶었소.

글마도 자신이 죽인 미군한테 입수했을 끼다.

내가 피를 닦아낸 그 카드를 갖고 놀 때마다 조동호가 옆에서 한마디씩 보탰소. 사투리를 전혀 쓰지 않던 그가 그 말을 할 때는 그렇게 사투리를 썼소. 그래서 내가 지금까지 그 말을 기억하고 있는지도 모르겠소. 나는 아마도 소년병사였을 그 앳된 병사도 그 카드로 시간을 죽이고 있었을 것 같다는 생각을 했소. 기다림을 죽이고, 그리움을 죽이고, 당장의 공포와 오지 않을 미래를 그 카드로 눌러 죽였을 것 같았소. 그러면서 나는 이상한 동류 의식을 느꼈소. 나는 카드를 버리는 것보다는 내가 갖고 노는 것이 그를 위무하는 게 아닐까 생각했소. 만용이었는지도 모르고, 못된 짓이었는지도 모르지만 여기 와 이렇게 바칠 수 있어 다행이라고 생각하오. 그의 영혼과 그의 마음이 아직 떠나지 못해 여기 어디 떠돌고 있다면 조금이라도 위로가 되었으면 좋겠소.

이나는 끔찍했다. 저 카드를 지니고 평생을 살았을 구자성의 삶이 무엇이었는지 가늠조차 되지 않았다.

김집사는 도무지 끔찍해서 견딜 수 없다는 듯 머리를 흔들고 비석 저편 마을을 바라보고 있었다.

그러고 있는 사이 마을 사람들이 하나둘씩 이나 일행이 있는 주변으로 몰려들기 시작했다. 걸음도 제대로 걷지 못하는 할머니 할아버지들이 대부분이었다.

남주띤에서 왔다고? 당신들 누구야?

여기가 어디라고 왔어?

왜 왔어? 뭐 하러 왔어?

아직 총질이 안 끝난 거야? 불질이 덜 끝난 거야?

그래서 또 총 들고 온 거야? 그 총 어딨어? 아주 그 총 맞고 죽어 버리게.

이나는 그들의 외침과 악다구니, 그리고 뒤이어 쏟아지는 울음소리를 다 알아들을 수밖에 없었다. 위험을 느낀 김집사가 구자성의 몸을 번쩍 들어 휠체어에 옮겨 앉혔다. 그러나 구자성은 다시 휠체어에서 기어 내려가 비석 앞에 엎드렸다. 구자성에게는 남은 일이 더 있는 것 같았다. 이나는 일이 어떻게 흘러가고 있는지, 어떻게 흘러갈지 갈피가 잡히지 않았다.

엎드려 땅을 치며 울음을 쏟아내던 한 할머니가 벌떡 일어나 이나와 구자성이 있는 곳을 향해 삿대질을 하며 뭐라고 뭐라고 퍼부었다. 할머니가 말끝에 자신의 가슴을 치자 잠시 멈췄던 울음이 한꺼번에 쏟아졌다. 둘러선 사람들은 50여 명 가까이 불어나 있었다.

카이! 카이!

한 할머니가 금방이라도 부서져 주저앉을 것 같은 낡은 휠체어에서 두 손을 높이 들고 외쳤다. 허연 백발을 뒤로 묶은 자그맣고 얼굴이 쭈글쭈글한 할머니였다.

할 말이 있다는 뜻이었다. 자신의 이야기를 들어 달라는 뜻이었다. 누가 시키지 않았는데도 할머니는 자신의 이야기를 쏟아놓기 시작했다. 이나는 자신의 귀에 들리는 대로 구자성과 김집사에게 그대로 전달했다.

한국군이 마을 사람들을 폭탄 구덩이에 몰아넣고 총을 쏘는 것을 보고 언니와 함께 도망쳤어. 엄마가 집에 있는 줄 알고 엄마에게 가기 위해 도망쳤어. 언니와 함께 집 앞에서 다른 한국군에게 붙잡혔는데, 언니가 내게 소리쳤어. 도망가! 얼른 도망가! 나는 바보같이 언니 말만 듣고 도망쳤어. 나무 덤불 속에 숨어 언니가 그 군인에게 몹쓸 짓 당하는 것을, 그리고 총 맞아 죽는 것을 숨죽이고 다 봤어. 언니는 열두 살, 나는 여덟 살이었어. 그날 할머니, 할아버지, 엄마, 언니, 오빠, 동생들, 작은집 식구들까지 우리 집 식구 열두 명이 죽었어. 한국군이 집까지 불태워 갈 곳이 없었어. 비렁뱅이가 되어 호이안 일대를 떠돌다 아이보기와 식모살이를 하며 겨우 버텼어. 살아 있는 게 너무 힘들어 죽고 싶을 때마다 이 세상에 나 혼자 두고 간 엄마와 언니를, 가족들을 원망했어. 죽고 싶어도 죽을 수가 없었어. 나마저 없어지면 죽은 엄마와 언니, 오빠와 동생들, 할머니 할아버지, 작은집 식구들을 기억할 사람이 없어서. 그 원통함을 그냥 땅에 묻을 수가 없어서 죽을힘을 다해 살아냈어.

카이! 카이!

할머니의 말이 채 끝나기도 전에 다른 할머니 할아버지들이 여기저기서 두 손을 들고 외쳤다. 앞머리가 벗겨지고 키가 작은 할아버지가 이나를 쳐다보며 일어섰다.

집에 쳐들어온 한국군들이 막무가내로 총질을 했어. 문 앞에 있던 여섯 살 누나와 두 살 여동생이 먼저 죽었어. 엄마가 등을 돌려 몸으로 막았지만 난 지 3개월 된 막냇동생도 총에 맞아 죽었어. 엄마 밑에 깔린 나만 살아남았어. 머리에 총을 맞은 엄마는 숨이 끊어질 때까지 내게 말했어. 본, 죽지 않았지? 본, 너는 죽지 마. 살아서 아빠한테 가!

할아버지는 그대로 주저앉아 통곡을 했다. 울음의 파도가 굽이치고 사람들은 다시 손을 들어 '카이, 카이'를 외쳤다.

끝없이 이어지는 그들의 통곡을 통역하면서 이나는 그때 무슨 일이 일어났는지, 지금 무슨 일이 벌어지고 있는지 머릿속으로 기록하지 않을 수 없었다. 지금은 이것이 자신이 이곳에 온 목적이자 의미인 것 같았다.

이나는 그들 속으로 들어가 그들의 손을 잡고 그들과 같이 울며 끝없이 이어지는 그들의 통곡과 그들의 고통을 온몸으로 통역했다. 어느 순간, 이나는 자신이 꼭 공수를 하는 무당이 된 것 같았다.

이나는 거기 모인 할머니 할아버지들의 이야기를 끝까지 다 듣고 그때마다 구자성과 김집사에게 그대로 전했다.

마지막 남은 한 할머니가 쭈볏거리며 입을 떼지 못했다. 옛 한국의 할머니처럼 긴 머리를 뒤로 묶어 쪽을 찐 할머니였다.

할머니의 쪽머리에는 오래된 은비녀가 꽂혀 있었다. 이나는 그 할머니에게 다가갔다.

하실 말씀 있으세요?

… 우리 집에서는, … 한 사람밖에 죽지 않았어요.

이나는 왈칵 울음이 쏟아졌다. 세상에! 죽음의 숫자가 말할 자격이 되는지 염려하는 사람도 있었다.

말씀해 주세요.

이나는 눈물 그렁한 눈으로 할머니를 보며 말했다.

다섯 살, 외동딸, 내 아이가 죽었어요. 내가 새벽에 이웃 마을로 일하러 간 사이…, 집에서 붙잡혀 폭탄 구덩이에서…, 혼자 살고 있던 내 전부였는데….

할머니는 그대로 무너져 내렸다. 이나는 무슨 정신으로 그들의 이야기를 듣고 통역을 시작했는지 아득했다. 자신이 이들의 고통과 이 이야기들의 무게를 감당할 수 없는 존재라는 것을 이나는 다시 깨닫지 않을 수 없었다.

19

이나는 기운이 다 빠져 비석 옆 풀밭에 그대로 주저앉았다. 머리가 깨질 듯이 아팠다. 자신의 영혼이 다 빠져나가 버리고 다른 것이 거기 들어선 것 같았다. 푹이 차 안에서 플라스틱 물병을 가져와 이나에게 건넸다. 이나는 물 한 모금을 입에 물었다. 입안이 갈라져 물을 삼키기가 힘들었다. 억지로 물 한 모금을 넘기자 갑자기 열이 오르고 욕지기가 올라왔다. 몸이 떨리고 오슬오슬 추웠다. 그러나 내색할 수가 없었다.

이나가 그들의 이야기를 듣고 통역을 하는 내내 구자성은 비석 앞에서 고개를 들지 못했다. 그런 구자성에게서 눈을 떼지 않고 있던 롱이 구자성에게 다가갔다.

이제 그만 일어나시죠. 몸도 성치 않은 것 같은데.

롱은 구자성을 부축하며 그의 몸을 일으키려고 했다. 구자성은 비석 앞에 엎드린 채 고개를 저었다.

내가 들어간 집에 하얀 아오자이를 입은 소녀가 있었어요. 항아리에 들어가 숨어 있었어요. 죽이고 싶지 않았지만 살릴 수는 없었어요.

구자성은 비석을 붙들고 흐느꼈다. 이나는 아무래도 그 말을 롱에게 전해 줘야 할 것 같았다. 이나는 입이 너무 메말라 침을 고이게 한 뒤 그 침이 입안을 돌게 했다. 침이 혀가 갈라진 곳에 닿자 찌르는 듯한 통증이 머리끝까지 뻗어 나갔다. 이나는 통증을 참고 침을 조심스럽게 굴리면서 구자성이 한 말을 롱에게 전했다. 이나는 구자성의 말투가 하오체에서 해요체로 바뀐 것을 알 수 있었다.

집이 어디쯤 있었나요?

롱이 가라앉은 목소리로 물었다. 변화가 즉각적이고 단순해 보였던 그의 표정이 복잡하게 일그러져 있는 것을 이나는 보지 않을 수 없었다.

마을 끝에 있는 집이었어요.

롱이 고개를 끄덕였다.

리엔 누나였소. 그 이름 연꽃처럼 아주 예뻤던. 전쟁이 끝나고 마을을 정비할 때 그 집 헛간 자리에서 총알이 박힌 채 시커멓게 그은 뼈 몇 점 수습해서 저기 저 뒷공간에 묻어 드렸소. 여기 이게 리엔 누나의 이름이오.

롱이 비석 중간 줄 끝자락을 가리켰다. 응우엔 티 리엔 15살.

구자성이 롱이 가리킨 이름을 쓰다듬으며 으헝으헝 울음을 터뜨렸다.

미안해요. 정말 미안해요.

이나는 구자성이 하는 말을 롱과 푹에게 그대로 전했다. 롱은 멍한 눈으로 비석 너머를 바라보고 있고, 푹은 젖은 눈을 들어 허공을 바라봤다.

비석을 쓰다듬으며 울먹이고 있던 구자성이 가슴과 배를 바닥에 대고 두 팔을 저어 낮은 포복으로 모래땅 옆을 지나 뒷공간 쪽으로 이동하기 시작했다. 이나는 당혹스러웠지만 말리지는 않았다. 여기 와서 해야 할 그의 일이 있을 거라고 생각했다. 해가 한참 기울었어도 쨍한 햇빛이 거북이처럼 느리게 움직이는 그의 등에서 오래도록 미끄러져 내렸다. 베트남에 와서 백발이 된 그의 머리칼은 땀에 젖어 뒤엉켰고, 땀에 젖었다 마르며 또 젖는 동안 둥그렇게 소금 띠를 두른 그의 감색 남방셔츠는 그의 마른 몸통에 찰싹 붙어 있었다. 그는 온힘을 다해 두 팔을 저어 뒷다리가 없는 도마뱀처럼 풀밭을 기어갔다. 그러나 뒷공간으로 이어지는 턱이 높아 그 몸으로 그곳에 오를 수는 없었다. 이나와 김집사는 그의 몸을 들어 리엔의 뼈가 묻힌 뒷공간 낮은 벽돌담 앞에 가만히 내려놓았다. 구자성은 담 안의 풀포기를 부여잡고 울었다. 소리 없이 눈물만 흘러내리는 울음이었다.

구자성이 뭐라고 뭐라고 하는 소리를 이나는 듣지 않았다.

듣고 싶지 않았다. 그럴 기운도 없었다. 그러나 문득 그가 하는 말을 기록하지 않을 수 없겠다는 생각이 들었다.

찬찬히 말씀해 주세요. 알아들을 수 있도록.

이나는 억지로 기운을 짜내 구자성에게 다가갔다.

여기까지 왔으니 다 말씀드려야겠소.

그의 말투는 다시 하오체로 바뀌어 있었다. 이나는 그 변화가 무엇을 의미하는지 알 수 없었다. 그러나 그가 죽이고 싶지 않았으나 살리지 못했다는 리엔의 뼈가 묻힌 곳에서 자신의 어둠을 풀어놓는 마당에 그때의 진실을 비켜 갈 것 같지는 않았다.

어둠이 막 가시기 시작할 때부터 미군의 폭격과 포격이 잇달아 이어졌소. 언제 작전에 투입될지 몰라 우리는 매복지를 정리하고 흙바닥에 앉아 졸면서 자면서 폭격과 포격이 끝나기를 기다렸소. 밤새 잘 버텼는데 푸른 여명을 타고 끝없이 밀려오는 잠을 밀어내기가 힘들었소. 수색 명령이 떨어졌을 때 거머리처럼 붙어 있는 잠의 부스러기를 겨우 떨어내고 몸을 일으켰소. 물속에서 막 몸을 일으킨 것처럼 온몸이 나른하고 무거웠소.

필기도구를 사용할 수 없어 이나는 그가 쏟아내는 말들을 몸으로 기록할 수밖에 없었다. 비석 앞에서 듣는 이런 이야기는 시간이 지나도 몸이 생생하게 기억하게 될 것이었다.

구 병장님, 담배 한 대만!

신학대학을 다니다 왔다는 박노수가 다급하게 내 팔을 치며 구걸하듯 말했소. 그는 새로 보충된 상병이었소. 자기 몫의 담배가 나오면 내게 주거나 내무반에 풀던 자였소.

여자 한번 못 안아 보고 가네요!

뻐끔담배 연기를 내뿜으며 캑캑거리다가 박노수가 웃었소. 그 웃음 속에 곧 일을 당하게 될 것 같은 사람의 자신이 어떻게 할 수 없는 삶에 대한 아쉬움과 죽음에 대한 두려움이 엉켜 있었소.

해가 미처 돋기도 전에 몸은 금방 땀으로 범벅이 됐소. 마을로 들어가는 길에서 선두에 섰던 다른 분대의 분대원 둘이 어디에서 날아왔는지 모를 총알을 맞고 쓰러졌소. 그때서야 정신이 번쩍 들었소. 우리는 포복으로 기어 마을 입구에 붙었소. 열 개의 지침이 있었소. 외우는 게 부담이 됐던 병사들은 C레이션 박스를 오려 거기 적은 뒤 끈으로 꿰어 목에 걸고 외우기도 했소. 지금도 기억나는 하나는 스나이핑은 반드시 응징하라였소. 적에게 성취감을 주거나 약한 모습을 보이면 더 센 공격을 받을 수밖에 없다는 뜻이었소. 작은 공격에도 어마어마한 공격이 기다리고 있다는 것을 보여줘야 함부로 공격하지 못한다는 뜻이었소. 그것은 한국군 전체가 갖고 있던 낯선 땅에서 당하게 될 공격에 대한 두려움의 다른 표현이었는지도 모르겠소. 그 반격 작전이 막 시작되고 있었던 거요. 나는 조동호가 부비트랩을 제거해 준 안전통로를 따라 소대의 선두에서 물소똥을 바른 죽창

숲과 가시대나무와 가시선인장 울타리를 넘어 마을로 들어갔소. 마을은 잘 정비된 요새였소. 소대는 집집마다 돌며 마을 사람들을 불러모아 폭탄 구덩이에서 처리했소. 기분이 더러웠소. 이제는 내 내부에서 인간과 인간 아닌 것의 경계가 아예 다 사라져버린 것 같았소. 앞에서도 말한 바 있듯 그저 잘 정비된 기계였을 뿐이었소. 피도 눈물도 없는 전투기계. 시체제조기. 어쩌다 최수영의 얼굴이 떠오르면 기분이 더 더러웠소. 우리가 처리한 시신들을 볼 때마다 시간의 문제이지 우리도 곧 저 꼴이 될 것이라는 것을 늘 의식하고 살았소. 최수영처럼 용기가 없었던 나는 그저 아무데나 갈겨 탄창을 비우는 게 일이었소. 총알은 미군이 얼마든지 대주고 있었으니까. 그때는 살아남기 위해 살았다기보다 더 많이 죽이기 위해 살았던 것 같소.

확실하게 해!

중대장도 소대장도 쉽게 끝낼 태세가 아니었소. 숨어 있거나 살아남은 자가 있으면 뒤가 시끄러워진다고 깨끗하게 정리하라는 뜻이었소.

두 명이 한 조가 되어 다시 마을 정밀수색에 나섰소. 마지막에 들어간 곳이 마을의 맨 끝 집이었소.

집은 텅 빈 것처럼 고요했소. 그 고요가 우리를 오싹하게 했소. 처음 수색 작전에 투입된 박노수는 나를 엄호하기는커녕 겁에 질려 내 뒤를 바싹 따라붙어 내 긴장과 짜증을 배가시켰소.

집 옆 언덕 밑에 파놓은 방공호에서는 아무 기척이 없었소. 위험을 제거하고 긴장과 두려움을 떨쳐내기 위해 수류탄을 까서 방공호 안으로 굴렸소. 방공호 한쪽이 약간 무너져 내렸을 뿐 집안에서는 별다른 기척이 없었소. 확인하기 위해 집 뒤로 돌아 들어갔소. 뒤꼍에 항아리 세 개가 놓여 있었소. 어린아이나 몸피 작은 사람이 들어가 있기에 충분할 것 같았소. 폭발물이 설치돼 있을지도 몰라 좀 떨어져서 총을 겨누고 소리쳤소.

라더이! 라더이!

아무런 기척이 없었소. 첫 번째 항아리를 쐈소. 항아리가 깨지면서 검은 잿빛이 뒤섞인 짙은 갈색 액체가 쏟아져 나왔소. 생선이 오래되어 삭거나 썩은 것 같은 냄새가 같이 쏟아져 나와 정신을 혼미하게 했소. 빨리 그곳을 벗어나고 싶어 두 번째 항아리를 쐈소. 아무것도 나오지 않았소. 세 번째 항아리를 막 쏘려는 순간, 항아리를 덮은 나무 덮개가 번쩍 위로 들렸소. 너무 놀라 주춤 물러서며 총을 갈겼는데 총알이 허공으로 날아갔소.

그사이, 긴 머리카락이 찰랑거리는 검은 머리가 불쑥 항아리 위로 올라왔소. 얼굴이 하얀 소녀였소.

헬프미! 헬프미!

소녀는 항아리 주둥이에 어깨가 끼어 한번에 일어서지 못하고 얼굴만 내놓은 채 헬프미 헬프미만 반복했소.

나는 어떤 위험이 도사리고 있는지 가늠할 수 없었소. 총을 겨누고 조금 기다렸소. 항아리가 옆으로 몇 번 흔들리고 소녀가 어깨를 빼냈소. 소녀가 몸을 다 세워 섰을 때는 그 몸이 어떻게 그 항아리에 들어가 있었는지 의문일 정도로 성숙해 보였소. 오들오들 떨고 있는 소녀는 하얀 아오자이를 입고 있었소.

아임 낫 비시! 아이 디드 낫싱 울롱.

소녀는 두 손을 비비며 나와 눈을 맞추려 내 눈에서 제 눈을 떼지 않았소. 나는 그 눈빛이 낯익고 부담스러웠소. 월남에 처음 왔을 때 내가 대검으로 찔렀던 남자의 눈빛, 그 눈빛이었소. 다른 위험이 있는지 살펴보라고 박노수에게 손짓을 했지만 그는 뒤로 주춤 물러나며 고개를 저었소. 나는 조심스럽게 소녀에게 다가가 소녀와 주변 상황을 살폈소. 다른 위험은 감지되지 않았소. 소녀에게 항아리에서 나오라고 손짓을 했지만 항아리에서 다리를 빼내지 못해 빠져나오지 못하고 있었소. 나는 어쩔 수 없이 소녀를 안아 들고 항아리에서 빼냈소. 소녀에게서 나는 몸 냄새가 나를 아득하게 했소. 내가 무슨 홀씨가 되어 바람을 타고 낯선 곳에 실려 온 것처럼 몸이 붕 떠서 현실감이 사라졌소. 내가 소녀를 안고 있는 게 아니라 소녀가 나를 안고 있는 것 같았소. 나는 정신을 차리기 위해 소녀를 내려놓고 고개를 흔들었소. 소녀는 바들바들 떨면서도 내 시선을 놓치지 않기 위해 안간힘을 쓰고 있었소. 나는 소녀의 가슴에 총구멍을 대고 헛간 쪽으로 밀었소. 소녀는 헛간에 들어갈 때까지 뒷걸음을 치면서도 내 시선에서 제 눈을 떼지 않았소. 나는 재빨리 소녀를 쓰러뜨린 뒤 엎드려 손바닥으로 소녀의 눈꺼풀을 쓸어내렸소. 벌렁거리는 내 가슴을 나는 제어할 수가 없었소. 나는 멍한 눈으로 소녀를 내려다보고 있다가 헛간을 나와 박노수에게 고갯짓을 했소. 작전을 시작할 때 담배를 빌리며 내뱉던 그의 낙담을 떠올렸던 것이었소.

박노수는 아오자이 소녀의 발치에서 무릎을 꿇고 앉아 땀을 줄줄 흘리고만 있었소. 총은 아직 그대로 손에 들고 있고.

마음 급한 시간이 내 맥박수를 헤아리고 있었소. 나는 총을 허공에 대고 연발로 쐈소. 하늘이 참 맑았소. 박노수는 총을 내려놓고 기도하듯 두 손을 모으고 오들오들 떨고만 있었소. 나는 헛간에 들어가 박노수를 밀쳐냈소. 그때 눈을 뜬 소녀의 눈과 마주쳤소. 두려움과 어떤 간절함이 뒤범벅된 어둠이 그 눈에 잔뜩 고여 있었소. 그때는 몰랐지만 나와 함께 평생을 살게 되는 그 눈빛이었소. 나는 얼른 무릎을 굽히고 엎드려 그 눈을 다시 쓸어내렸소.

한동안 전쟁이 멈췄소. 내 내면에서 끝없이 새끼를 꼬고 있던 갈등과 번뇌도 멈춘 것 같았소. 나는 그 상태가 지속되기를 바랐소. 그럴 수 있을 것 같았소. 그러나 내가 몸을 부르르 떠는 순간 내 몸에 고여 숨을 멈추고 있던 전쟁이 어디론가 사라졌다가 내가 몸을 일으키는 순간 다시 돌아와 있었소.

옆집에 들어갔던 조동호가 우리가 있던 집으로 들어와 바지를 추스르고 있는 나를 빤히 쳐다봤소. 총소리가 났는데 우리가 나오지 않자 들어와 본 거요. 박노수는 어디 눈 둘 데가 없다는 듯 허둥대고 있었소. 나는 얼른 헛간을 나왔소.

저래 놓고 그냥 갈 거야?

조동호의 손에는 나를 겨눈 듯한 자세로 M16이 들려 있었소. 나는 머뭇거릴 수밖에 없었소.

마무리는 확실하게 해야지.

조동호가 총을 그대로 든 채 사무적으로 말했소.

솔직히 말하면 그게 정말 조동호가 한 말인지, 내 내부에서 내린 명령이었는지 복기할 때마다 헷갈렸소.

내가 망설이다 돌아서자 조동호가 누워 있는 소녀에게 총을 겨눴소. 나는 서둘러 다시 헛간으로 들어가 소녀를 쐈소. 그의 손에 소녀를 맡기고 싶지 않았소. 소녀의 아오자이가 붉게 물들었소.

구자성이 도리질을 했다.

내가 쓰레기 중의 쓰레기가 된 것 같았소.

조동호가 나를 물끄러미 바라보다 총을 내렸소. 나는 그 눈길에서 모멸감을 느꼈소. 근데 내가 뭘 어찌할 수 있었겠소. 그 눈길이 틀린 것이 아닌데.

그 집부터 시작해 마을을 돌아 나오며 집집마다 불을 붙였소. 이미 불타고 있는 집에도 아직 불길이 번지지 않은 다른 쪽에 불을 붙였소. 다 태워 버리고 싶었소. 할 수만 있다면 악마에게 점령당한, 아니 스스로 악마가 돼버린 내 몸까지 거기 널어놓고 다 태워 버리고 싶었소.

미, 미안하오. 그때 나는 인간이 아니었소.

구자성이 앙상한 손을 뻗어 무덤 안의 풀을 쥐어뜯었다.

얼마나 어처구니없었소? 얼마나 아프고 얼마나 뜨거웠소?

이나는 그가 리엔에게 잘못을 빌고 자기 안의 어둠과 울음을 다 토해 놓도록 가만두었다.

그 뒤로 어떻게 살아도 나는 인간이 아니었소. 그 짓거리들을 하고… 어떻게 온전하게 살아갈 수 있었겠소. 내가 나를 믿을 수 없는데, 누굴 믿고 살아갈 수 있었겠소.

구자성은 좀체 일어나지 못했다. 푹과 롱과 마을 사람들이 거기까지 와 구자성과 이나와 김집사를 에워싸기 시작했다.

이나는 차마 구자성의 이야기를 푹이나 롱, 마을 사람들에게 전할 수 없었다.

울음이 좀 잦아든 구자성이 몸을 돌려 마을 사람들에게 엎드렸다. 울음소리가 다시 한꺼번에 쏟아져 나왔다.

보름 전에 50주년 위령제를 지냈소. 고향을 떠난 마을 사람들도 함께했소. 그러나 리엔 누나네는 가족이나 친인척이 아무도 없어 좀 쓸쓸했을 거요. 마을 사람들이 한다고 했지만….

롱이 눈물을 훔쳤다. 구자성은 다시 울먹이며 무덤 쪽으로 몸을 돌려 그 위에 난 풀들을 쥐어뜯었다. 롱이 풀포기를 쥔 구자성의 손을 부여잡았다. 마르고 조막만 한 손이었다. 푹은 그때서야 바닥에 주저앉아 울음을 터뜨렸다. 그 울음소리가 무덤 주변의 메마르고 투명한 공기를 젖게 했다.

구자성과 롱을 둘러싼 마을의 할머니 할아버지 몇이 눈가를 훔쳤다. 이나는 자신의 가슴이 축축하게 젖어드는 것을 어떻게 할 수 없었다.

이제 돌아가야 할 시간이에요.

울음을 그친 푹이 자신의 차를 몰고 와 비석 앞 길가에 댔다. 여기까지 이나 일행을 태우고 왔던 기사로 돌아간 푹은 이미 기가 다 빠져 허깨비 같은 구자성을 안아 뒷자리에 태우고 휠체어를 트렁크에 실었다. 그도 구자성의 상태가 심상치 않다는 것을 감지한 것 같았다. 리엔이 묻힌 곳에서 고개를 돌리지 못하고 있는 구자성의 눈빛이 크게 흔들렸다.

이나는 이렇게 마을 사람들을 놔두고 떠나도 되는 것인지 마음이 돌아서지지 않았다. 그러나 구자성의 상태를 봐서라도 빨리 이곳을 떠나야 한다는 것은 더 고민할 수 없는 문제였다. 이나는 둘러선 마을 사람들에게 두 손을 모으고 깊이 고개를 숙였다. 할머니들이 이나에게 다가와 이나의 손을 쓰다듬었다.

아가, 잘 가. 우리 얘기 들어줘서 고마워. 정말 고마워.

이나는 왈칵 쏟아지는 울음을 겨우 견뎠다. 그들을 또 울게 하고 싶지 않았다.

아까부터 롱의 주변에서 멈칫거리던 푹이 롱에게 다가가 롱을 가만히 안고 말했다.

명절에 올게요. 아프지 마요.

푹이 눈을 끔벅거리다가 자신의 눈시울을 훔쳤다. 롱의 눈이 눈물로 그렁그렁했다.

이나는 그 옆에 서 있다가 롱을 꼬옥 안아 줬다. 작은 막대기 하나가 이나의 품안에 들어왔다. 꼿꼿하고 따뜻한 막대기였다.

마을 사람들 몇이 멍한 눈길로 손을 흔들어 줬다. 이나는 그들의 마음이 지금 어떨지 헤아려지지 않았다.

차가 이만큼 마을을 빠져나왔을 때 돌아보니 마을 뒷산의 모습이 용이 꿈틀거리며 어디론가 날아가는 형상이었다. 마을을 아늑하게 감싸고 있다고 생각했던 능선이 굽이치며 움직이는 듯한 용의 몸통이었고, 롱이 동굴이 있다고 가리켰던 뒷산 바위 절벽 일대가 용의 얼굴에 해당하는 곳이었다. 이나는 롱빈이 그저 롱빈이 아니라는 것을 알 수 있었다. 이름 그대로 용의 땅이었다. 마을 사람들이 그 이름을 버리고 간절한 염원을 담아 호아빈으로 바꾼. 이나는 마음속으로 두 손을 모았다.

20

날이 저물고 있었다. 롱빈을 떠난 푹의 차는 호이안을 지나고 있었다. 차 안은 조용했다. 이나는 말할 힘이 없었다. 그래도 갈 때와 같은 서먹함이 없어 마음이 크게 불편하지는 않았다.

사실 온 가족이 몰살당했다는 말만 들었지, 오늘처럼 구체적인 이야기는 처음 들었어요. 듣고 싶지 않았거든요. 알고 싶지도 않았고. 그러니 더 힘들고 외로웠을 거예요, 아버지는….

푹은 자신의 잘못이 크다는 듯이 혼잣말처럼 중얼거렸다. 그의 목소리는 아직도 젖어 있었다. 이나는 고개를 끄덕이며 팔을 뻗어 핸들을 잡은 그의 손등을 잠깐 잡았다가 놓았다. 그야말로 외롭고 힘들었을 그의 어린 시절이 손에 잡히는 것 같았다.

전쟁이라는 거이 그렇지 않습네까? 고저 어드렇게든 전쟁은 막아야지. 이런 꼴 안 당하고 안 보려면.

탈진한 듯 멍하게 앉아있는 구자성을 들여다보며 김집사가 위로하듯 말했다. 이나가 푹의 이야기를 통역하지 않았는데도 그는 마치 푹의 말을 다 알아들었다는 듯한 표현이었다. 그는 끝까지 구자성을 챙기고 있었다. 구자성은 어떤 말도 하지 않았다. 막대기처럼 가느다래진 그는 속에 갇힌 무언가가 빠져나가 후련해 보이기도 하고 허탈해 보이기도 했다.

이제 다 끝난 건가요?

이나는 기운을 짜내 구자성이 있는 뒷자리로 고개를 돌려 마무리를 짓듯 물었다. 베트남에 도착한 날로부터 28일이 지나고 있었다. 이나 자신이야말로 허탈하고 기가 다 소진된 것처럼 몸이 흐물거렸다. 가슴과 머리는 더 무거워진 것 같고. 그러나 무언가 한 매듭이 지어진 것 같기도 했다.

갑자기 구자성의 얼굴이 일그러졌다. 패닉 상태일 때 보였던 공포가 그의 얼굴에 고스란히 떠 있었다. 그는 아무 말도 하지 않았다. 너무 오래돼 손쓸 수 없을 것 같은 불편한 침묵이 다시 차 안을 그득 채웠다. 이나는 자신이 꼭 무슨 잘못을 저지른 것 같았다. 동시에 그에게 자신이 모르는 다른 문제가 또 있는가 싶어 당혹스러웠다. 이 마당에 그가 내놓지 않은 다른 문제나 얽힌 일이 있다면 그야말로 난감한 일이었다. 베트남에서의 일이 마무리되지 않고 여태까지 고생한 일이 헛일이 되는 것 아닌가 싶었다. 그러나 구자성은 다른 내색은 하지 않았다. 이나는 자신이 너무 넘겨짚었나 싶어 좀 미안했다. 그는 이미 평생에 걸쳐 고통을 받은 사람이었다.

　아침 일찍 다낭공항까지 태워다 준 푹은 먼저 출국장으로 들어가고 있는 구자성과 김집사에게 손을 흔들어 줬다.
　다낭에 오면 연락할게요. 그때는 푹이 보여주고 싶은 곳에 데려가 줘요. 이곳을 더 잘 알 수 있도록.
　이나는 푹에게 손을 내밀었다. 푹이 고개를 끄덕이며 이나의 손을 잡았다.
　아버지를 만나게 해줘서 고마워요. 그대로 살았으면 용기를 내지 못했을 거예요.
　이나는 그의 몸을 안아 주고 등을 두드려 줬다. 작고 말랐지만 단단한 등이었다.

　구자성의 몸 상태 때문에 김집사와 이나는 비행기 안에서 내내 가슴 졸이며 인천공항에 도착했다. 헤어지기 전에 이나는 그동안 구자성의 구술을 기록한 메모 노트와 그것을 정리해 파일로 저장해 놓은 노트북을 김집사에게 건넸다. 베트남에서 한 달 동안 작업한 기록이, 구자성의 가슴 아픈 평생과 이나의 번민과 땀이, 김집사의 애처로운 헌신이 거기 담겨 있었다.
　그동안 내가 들은 이야기는 모두 기록했어요.
　구자성은 깜짝 놀라 이나를 올려다봤다. 그런 게 있었냐는 듯한 표정이었다.

　건강하시구요.

　이나는 구자성의 앙상한 손가락을 잡고 가만 쓰다듬어 줬다. 그러나 구자성은 넋이 나간 듯, 온몸의 기운이 다 사그라든 것 같은 모습이었다. 그가 금방 어떻게 된다고 해도 받아들일 수밖에 없을 것 같았다.

　구자성이 고개를 끄덕였다.

　애썼소.

　얼른 병원에 모시고 가봐야 할 것 같아요.

　김집사가 서둘러 구자성의 휠체어를 밀고 택시 승강장으로 달렸다. 김집사의 서두름만큼이나 이나도 가슴이 조마조마했다. 그가 큰 탈 없이 건강을 되찾고 마음이 평안해졌으면 싶었다.

　택시를 타고 황급히 떠나는 그들의 뒷모습을 보며 이나는 잘한 것인지 잘못한 것인지 모르지만 자신의 역할이 이제 비로소 끝났다는 것을 알 수 있었다.

　참으로 긴 여행이었다. 다시는 겪고 싶지 않고, 겪어 보지 못할.

21

이나는 김집사가 문자로 보낸 부고를 받았다. 구자성이 세상을 떴다는 부음이었다. 묵은해를 정신없이 보내고 새해가 된지 며칠 안 된 날이었다. 이나는 뭘 어찌해야 하는지 한동안 막막했다.

그래도 마음에 담아 두었던 고양이 이야기를 막 끝낸 참이라 집중력이 흐트러질 걱정은 하지 않아도 되었다. 사람과 함께 살다 그 집에서 나가 버린 고양이 이야기였다. 일부는 이나 자신의 실제 경험이 녹아든 이야기였다. 누리가 집을 나갔을 때 이나는 그 상실감을 이겨내기 힘들었다. 이나는 누리가 왜 집을 나갔는지, 살았는지 죽었는지, 살아 있다면 어떻게 살고 있을지 끝없이 생각했다. 누리가 집을 나간 뒤부터 이나 자신도 그 집에서의 탈출을 꿈꿨다. 소설은 오래도록 이나 안에서 숙성된 그 고양이 누리에 대한 죄책감 가득한 고백록이고, 누리의 탈출기였다. 또 누리의 길 생활에 대한 상상의 르포였다. 그리고 그 과정 곳곳에 자신의 감정을 이입한 고양이와 인간에 대한 성찰을 담은 명상록이었다. 구자성의 구술 기록 작업을 하면서 받은 돈이 있어 몇 달 동안 엉덩이를 붙이고 쓸 수 있었다. 이나는 그가 자신이 작업을 마칠 때까지 기다려 준 것 같은 느낌을 받았다.

부고 도착 시간은 또 우준의 청첩장이 그의 페이스북에 떠 있는 것을 막 보고 난 다음이었다. 그는 항상 이나의 생각보다 저만큼 앞서가는 사람이었다. 그 점에서 그는 이나를 전혀 실망시키지 않았다. 세상일은 잠잠하다가 그렇게 한꺼번에 일어나기도 한다는 걸 이나는 다시 깨달았다. 우준의 짝은 똑 부러지게 생긴 우준의 동료 기자였다. 이나는 비로소 우준이 자신에게서 뭘 보고 싶어 했는지, 아니 우준이 자신에게서 보지 못한 것이 무엇인지 보이는 것 같았다. 그렇더라도 그것은 선호의 문제이고 감응의 문제이고 이제 자신과 아무 상관이 없는 세상 저편의 일이었다.

어떻게 지내요?

이나는 집을 나서며 엄마에게 전화했다. 작업을 한다고 한동안 연락도 못 한 처지였다.

사람이 그리 쉽게 변하겠니? 그래도 요즘 울 줄도 알더라. 안 보던 텔레비전 드라마 보다가 앉은 채로 눈물 주르륵 흘리고. 상상이 가니? 다른 사람 아닌 네 아빠가….

엄마의 안부를 물었는데 엄마는 아빠 이야기를 하고 있었다. 미안하다는 말도 하더라. 나한테, 그리고 너한테 미안하다고. 늙고 힘 빠지니까… 사람이 안 하던 짓 하면 신수가 바뀐다던데….

이나는 엄마가 상태를 말하고 있는 것인지 소망을 말하고 있는 것인지 알 수 없었다. 그것과 상관없이 엄마가, 그리고 자신이 바꿀 수 있는 것이 무엇이 있나 싶었다. 그렇다고 그냥 주저앉아 있을 수는 없는 노릇이었다.

장례식장에는 문상객이 아무도 없었다. 김집사 혼자 오지 않는 문상객을 기다리며 구자성의 사진을 들여다보고 있었다. 사업이 잘되던 시절이었을까? 중년의 잘생긴 남자가 하얀 국화 송이 속에서 환하게 웃고 있었다.

돌아가시기 전까지 많이 고통스러워하셨어요. 붙들고 있던 숨을 놓으신 뒤에야 얼굴이 평안해지시더라구요. 잘 가셨구나 싶었어요. 그 고통을 내려놓을 수 있어 다행이다 싶기도 했구요.

김집사가 편안한 얼굴로 말했다. 이나는 참 다행이다 싶었다. 이나는 그가 숨을 놓았는데도 그 고통에서 벗어나지 못한다면 얼마나 끔찍할까 걱정스러웠었다. 그의 얼굴이 평안했다면 더 걱정하고 싶지 않았다. 무엇보다 김집사가 그의 손을 잡아 주어 가는 길이 힘들었을지도 모를 그에게는 큰 위안이 됐을 것 같았다.

문상을 한 뒤에도 이나는 장례식장을 떠날 수 없었다. 김집사 혼자 두고 그곳을 나올 수가 없었다. 하루가 다 지나도록 다른 문상객은 없었다.

부고는 다 하셨어요?

김집사가 고개를 저었다.

연락할 곳이 없어요. 저 양반도 번거롭게 하지 말라고 하셨구요. 본래 누구와도 왕래가 없으셨고, 연락처를 아예 남기지 않으셨어요. 이나씨한테는 내가 그냥 했어요. 아무래도 저 양반을 젤 많이 아는 사람이니까 꼭 알려야 할 것 같아서.

잘하셨어요. 그런데 왜 3일장을 하는 거예요?

혹시 누구라도 올지 몰라서….

이나는 이 모순된 상황을 어떻게 받아들여야 할지 난감했다. 어쩌면 이나가 유일한 문상객이 될 판이었다.

그냥 저 양반한테 작별할 시간을 드리는 거예요. 저 양반한테는 난폭하고 처참한 세상이었을지라도 혹시 모를 미련을 거두고 떠나는 시간이 필요할지도 모르겠다는 생각이 들어서요.

이나는 가만히 고개를 끄덕여 줬다. 이렇게 웅숭깊은 사람을 처음 보는 느낌이었다.

발인을 하고, 화장을 하고, 그가 원했다는 바다, 눈 내리는 바닷가에 구자성의 뼛가루가 뿌려지는 동안 이나는 김집사와 함께했다.

고마워요. 끝까지 함께해 줘서. 생각지도 못했는데…. 부고는 부고고, 장례 끝나고 연락하려고 했거든요.

김집사는 모든 일을 상주처럼 처리하고, 실제 상주처럼 처신했다. 이나는 끝까지 구자성과 함께하는 그의 헌신성이 참 놀라웠다.

아무도 오지 않는 장례식장을 김집사와 같이 지키며 마음을 모아 애도를 했고, 이제 가도 되겠구나 싶어 돌아서는 순간, 김집사가 이나를 붙잡았다.

다른 일 없으면 같이 집에 가요. 의논할 게 있어요. 전해 드릴 것도 있구요.

그동안 김집사의 서울말은 많이 다듬어져 있었다. 이나는 또 무슨 일이 기다리고 있을지 궁금하기도 하고 좀 두렵기도 했다.

구자성의 집 정원은 눈이 하얗게 덮여 있었다. 계절이 달라져서인지 다른 집에 온 것 같았다.

거실에는 고양이 한 마리가 김집사를 보고 달려오다가 이나를 보고 구석으로 숨었다. 누고였다.

괜찮아, 누고. 언니야. 언니, 알지?

김집사가 누고를 달랬다. 그래도 누고는 구석에서 나오지 않았다.

한동안 누고를 어르던 김집사가 이나에게 구자성의 유언장을 건넸다.

남은 현금과 예금, 그리고 집을 김집사에게 남긴다는 내용이었다. 김집사는 주저주저하다가 가족관계증명서 한 통을 이나에게 건넸다. 거기에는 김집사가 구자성의 아내로 등재돼 있었다.

생각지도 못했는데 돌아가시기 직전에 그렇게 하시더라구요.

이나는 놀랍지 않았다. 서로에게 의미가 있고 좋은 일이라는 생각이 들었다.

김집사는 또 다른 문서를 이나에게 보여줬다. 구자성이 김집사에게 쓴 편지였다.

고맙다는 말, 고생시켜 미안하다는 말과 함께 집을 팔게 되면 이나에게 성과급으로 이야기했던 수고비 천만 원을 주고, 집값의 절반은 롱빈에 보내 달라는 내용이었다.

이나는 머리가 멍해졌다. 그 마음이 헤아려지지 않는 것은 아니지만 자신에게 뭔가를 남긴 것은 뜻밖이었다.

유언을 지키기 위해서도 그렇고, 상속세를 낼 돈도 없어 이 집을 팔 수밖에 없겠어요.

김집사, 아니 이제 이름을 온전히 찾은 김미진씨가 아쉽다는 듯 말했다.

　일해야 먹고 살 수 있으니 식당 서빙이나 청소일, 가사도우미…, 무슨 일이든 하며 누고랑 살 수 있는 작은 마당이 딸린 집이면 좋겠는데, 너무 사치스런 욕심이겠지요?

　김미진씨가 겸연쩍게 웃었다.

　나도 알아요. 욕심부리면 안 된다는 거. 무엇보다 그 양반 뜻을 받들어야지요. 그 양반이 편안하셔야 하니까요. 우리는 조그마한 빌라라도 괜찮아요. 누고가 편안하기만 하면.

　김집사는 여전히 미안스러운 표정으로 웃었다. 그 사이, 누고가 구석에서 나와 김집사의 무릎에 올라갔다. 그토록 경계심이 많았던 고양이가 그 경계심을 푸는 것이 쉽지 않았을 텐데…, 그동안 김집사가 누고에게 바친 정성이 어떤 것이었을지 보지 않았어도 알 것 같았다.

　언제 누고가 집사님한테 넘어왔어요?

　이나의 질문을 받자마자 김미진씨의 입꼬리가 올라가고 얼굴이 환하게 피어났다.

　베트남에 다녀오고 나서요. 오래 기다렸다는 듯이 날 보자마자 어디 갔다 왔냐고 투정을 부리듯이 한참을 냥냥거리더라구요. 밥을 줄 때도 한 발짝 더 다가오구요. 날이 추워지기 시작할 때였는데, 환기시키기 위해 잠깐 현관문을 열어놓은 사이 슬쩍 들어와서는 안 나가더라구요. 그렇게 고양이 싫어하던 그 양반도 바깥 날씨가 갑자기 추워지니까 마지못해 받아들이셨구요. 나중에는 우다다 거실을 뛰어다니는 누고의 재롱을 볼 때마다 가만히 웃기도 하셨어요. 절간 같은 집에 생기가 돌았거든요.

이나가 눈인사를 하자 누고는 이나의 눈길을 피하지 않고 빤히 쳐다봤다. 이제부터 사귀어 보자는 듯한 반짝거리는 눈빛이었다. 이나는 그 눈빛에서 또다시 누리를 봤다. 이전처럼 가슴에서 통증이 일지는 않았다. 그것보다 이나는 무언가가 사라지고 무언가가 온 느낌을 받았다. 빛깔이 다르더라도 누군가의 부재는 곧 누군가가 채우고 마는 게 이 누리의 이치이자 구조임이 금방 확인되는 것 같았다. 누가 여기에 살다 가든 이후의 세상도 그렇게 굴러갈 것이었다.

이나의 눈에 막대기 같았던 롱의 모습, 그리고 그의 오두막이 떠올랐다.

내 몫으로 남겨주신 것도 롱빈에 같이 전해 주세요. 특별히 롱 아저씨께 보내주시면 좋겠어요.

그렇게까지…? 그래도 괜찮겠어요?

그럼요. 내가 갖고 있는 게 있으면 그러고 싶었는데, 구 선생님이 주셨으니 제제 잘 된 거지요.

김미진씨가 괜히 미안스러운 표정을 지었다. 이나는 구자성이 남긴 물질적 유산은 그렇게 정리되면 잘된 셈이라고 생각했다.

기록물은요?

이나에게 가장 궁금한 것은 자신의 갈등과 회의와 동참과 통증과 감응과 진정이 담긴 그 기록물이었다. 구자성의 과거와 그의 가슴을 파헤쳐 쓴. 유언장에도 그에 관한 내용은 없었다. 책으로 출판하라거나 없애 버리라거나.

김미진씨는 그것은 생각도 못 했다는 듯 고개를 흔들었다.

프린트물은 태우시는 걸 봤는데 파일은 모르겠어요.

이나는 김집사와 함께 구자성의 데스크탑과 노트북을 차례로 열었다. 그러나 이나가 만들어 놓은 파일은 존재하지 않았다. 저장 공간 자체가 텅 비어 있었다.

이나가 넘겨준 메모지와 노트도 찾을 수 없었다.

처음부터 끝까지 다시 읽어 보시고 불에 태우시더라구요. 내게 맡기지도 않고 마당에 나가 손수.

특별한 말씀은 없으셨구요?

쓰레기…, 무엇을 두고 한 말씀인지 모르지만 쓰레기라고 하셨던 것 같아요. 그리고… 이 세상에 끝은 존재하지 않는다고, 어쩌면 저세상에 가서도 끝은 없을 것 같다고 중얼거리시더니 한숨을 푹 내쉬더라구요. 한동안 몸 상태가 그리 나쁘지 않았는데 그 뒤부터 급격히 나빠지셨어요.

이나는 롱빈에서 돌아오는 길에 이제 다 끝난 거냐고 물었을 때 당황해하던 그의 모습이 떠올랐다. 그동안 몸과 마음에 진 짐을 내려놓고 얼추 마무리를 지었다고 생각했는데 이나가 그 질문을 하는 순간, 이 세상에 끝이란 없다는 것을, 그가 겪고 저지른 일에 끝이 존재하지 않는다는 것을 머리에서 섬광이 치듯 깨닫고 그 때문에 당황하고 패닉에 빠지지 않았나 싶었다. 그가 그토록 어렵게 베트남에 가고, 롱빈에 가서 참회의 눈물을 흘렸어도 온전히 롱빈에 가닿을 수 없다는 것을 그때 알았을 것 같았다.

생각해 보니 이나는 끝이라는 말을 함부로 입에 올려서는 안 되는 것 아니었을까 싶었다. 그가 가까스로 평생에 걸친 그 질곡에서 벗어날 수 있을 것 같았는데 자신이 생각 없이 한 질문으로 그 질곡을 연장시켜 버렸다면 그에게는 또 다른 재앙이었을 것이었다. 최수영을 몰아세웠던 구자성이 최수영이 잘못된 뒤 마음 뒤척였을 그 후회와 자책이 어떤 것이었을지 이나는 이제 좀 알 것도 같았다. 리엔에게 가한 폭력과 그의 죽음을 평생 몸에 담아 두고, 동굴에서 소년병사를 죽이고 습득한 카드를 끝내 몸에 지니고 살았던 그에게, 대검으로 포로를 찔러 죽이고 마을 주민 학살에 가담한 기억이 생을 장악한 그에게 물을 소리는 아니었다고 생각하니 이나는 뒤늦게 미안했다. 바로잡을 시간마저 사라져 버렸기에 더 미안했다. 그와 함께한 시간들을 통해 그 삶이 어땠을지 가늠해 보고, 그가 빠져 있는 질곡의 한 단면을 조금이나마 헤아려 본 자신이 해서는 안 되는 질문이었을 것 같았다.

이나는 비로소 알 수 있을 것 같았다. 그가 이나의 질문을 꺼리고 미리 막았던 것은 두려움 때문이었을 것이라고. 자신의 내면이, 그 추악한 기억이 끌려 나오는 것이 두려워 방어기제가 작동했을 것이라고. 삶의 끝이 다가오자 더 버틸 수 없다고, 더 미룰 수 없다고 생각해 큰 용기를 내어 어렵게 속죄의 일정을 짜고 참회의 시간을 가졌지만 이나의 갑작스런 질문에 그 '끝'이 존재하지 않는다는 것을 정말 갑작스레 깨달을 수밖에 없었을 것이라고. 그렇게 어렵게 롱빈에 다녀왔지만 자신이 끝내 그 롱빈에 가닿지 못했다는 것을, 어떻게 해도 롱빈에 가닿을 수 없다는 것을 그 질문을 통해 알게 됐을 것이라고. 그래서 다시 공황 상태에 빠진 것이고.

이나는 삶이 참 쉽지 않다는 것을, 자신도 쉽게 살아갈 수 없다는 것을 절감했다. 겪고 또 안다는 것은 깨달음이기도 하고 굴레이기도 했다. 삶은 그 깨달음과 굴레 사이에서 시계추처럼 오가거나 어디론가 방향을 정해 나아가는 것이고.

그렇다고 해도 그는 정말 아무런 흔적도 남기고 싶지 않았던 걸까? 정녕 이곳에 왔다 간 자신의 자취를 다 지우고 싶었던 걸까?

이나는 지금도 그가 왜 굳이 자신의 가슴 아픈 역사와 흑역
사를 자신의 입을 통해 구술하고 기록하려 했는지 분명하게 알
지 못한다. 계약서를 쓸 때 그가 밝힌 정도로는 여전히 납득이
되지 않았다. 그의 이야기를 듣고 기록하는 과정에서 얻어듣
고 겪은 일늘을 통해 유추해 보는 정도로는 충분하지 않았다.
그런데 그는 그 결과물마저 없애 버렸다. 그는 왜 마지막에 마
음을 바꾼 것일까? 알 수 없었다. 그는 무엇을 두고 쓰레기라
고 했을까? 그 기록물이? 아니면 당신 자신과 당신 삶이…? 알
수 없었다. 그 또한 유추의 영역일 뿐이었다. 진실이 무엇인지
알 수 없는. 이나는 자신의 마음이 막막해지는 것을 어떻게 할
수 없었다.

　구자성의 집, 아니 이제는 주인이 바뀐 김미진씨의 집에서
돌아오는 내내 이나는 구자성이 흔적조차 없애 버리고 간 그
기록물의 무게를 생각했다. 그가 불태운 행위의 무게를, 그
행위에 이른 그 마음의 무게를 생각하고 또 생각했다.

　마찬가지로 유추는 할 수 있겠지만 자신이 그 무게를 잴 수
는 없었다.

　기억을 더듬는다면 그 기록물의 일부는 복원할 수 있을 것
같았다.

　그걸 되살려 놓는다면 그에게 누가 되는 것일까?

　그가 원하지 않는 일이라면?

자신이 묻고도 이나는 대답할 수 없었다.

그대로 묻히는 것이 안타깝고 또 두려워 자신이 쓴다고 해도 그것은 이미 그의 구술 기록이 아닌 소설이 되고 말 것이었다. 당장은 쓰고 싶지 않았다. 그러나 이나는 그때 알 수 있었다. 자신이 지금처럼 언젠가는 그의 이야기를 쓰게 되리라는 것을.

어쩌면 그도 그걸 바랐는지 모른다. 기록은 기록으로 그치라고. 기록으로 인간의 진실을 다 담을 수는 없는 것이라고. 그래서 일부러 소설 쓰는 사람을 선택했는지도 모르고. 그래서 유언장에 그 처리 여부를 적시하지 않은 것이고.

지나친 아전인수이고 자기합리화일까?

이나는 그의 마음을 알기 위해, 그리고 자신의 마음을 읽기 위해 애를 썼다. 아무리 생각해도 끝난 것은 아무것도 없었다.

그가 죽은 지 3년이 지났다. 다시 생각해도 이나 자신은 소설가였다. 소설을 쓸 수밖에 없고 써야 하는. 무엇보다 더 이상 이 가슴 아픈 이야기를 묻어 두고 직무유기를 할 수 없는. 부끄러움과 죄책감에 부대끼면서 이 이야기의 통곡에 귀 닫고 눈감고 혼자만의 것으로 가둬 둘 수 없는. 그리하여 끝내 이 이야기를 소설로 쓰지 않을 수 없는.

2014년, 치매 관련 소설을 쓰고 있었다. 죽음의 때가 왔을 때 병원이나 요양원 침대에서 연명치료를 하거나 오랜 기간 의식이 없는 상태에서 마지막 숨이 끊어질 시간을 기다리는 마감을 피하고 자신의 선택과 결단으로 그때를 정해 이승을 떠나는 게 이생에서의 마지막 과제라고 생각하는 주인공이 치매가 와 그 꿈이 어그러지는 내용이었다.

그 주인공이 과거 베트남전에 참전했던 인물이고, 그래서 삶과 죽음의 문제에 민감하고 어떤 면에서 편집적인 인물로 설정해 놓고 보니 작가가 베트남전에 대해 아는 것이 없었다. 그 당시 베트남전에 대한 내 인식은 아, 우리 선배 세대가 베트남전에 참전했었지 정도였다. 베트남전에 참전했던 한 남자에게 그 전장에서 베트콩을 어떻게 무찔렀는지 신이 나서 떠벌리는 무용담을 들은 정도가 내가 아는 전부였다. 한 인간으로서, 한 작가로서 너무 부끄러웠다.

그때부터 베트남전을 세밀하게 들여다봤다. 이쪽저쪽 가리지 않고 접근할 수 있는 자료는 최대한 보고 읽고 공부했다. 한국군 참전군인들을 만나고 그들과 그들의 가족이 전하는 말을 듣고 그들이 남긴 메모와 수기를 읽었다. 아직도 여러 형태로 그 전쟁을 곱씹고 있는 참전군인들의 다양한 온·오프 커뮤니티에서 그들의 이야기를 듣고 현재 상태의 그들을 보았다.

그들이 전쟁을 수행한 그곳, 그 마을에 찾아가 아직도 부서진 지체와 깨지고 무너진 마음을 추스르며 생을 붙들고 있는 그곳 사람들을 만났다.

내가 만난 대부분의 사람들은 현재도 그 시간을 살고 있었다. 잊고 있어도 갑작스레 그때의 총탄이 그들의 몸을 관통했다. 오래전 일이라고 제쳐놓고 있다가도 눈에 담기고 몸으로 겪었던 그날의 일들이 뜬금없는 상황에서 불쑥불쑥 재생됐다. 그들의 몸 안에서 그 전쟁이 무한 반복 재생되고 있는 것이었다. 물론 그 테이프는 재생이 거듭될수록 흐릿해지기도 하고 끊어지기도 했다. 어떤 이에게는 저승 문 앞이 바로 저기구나, 호흡이 가빠지고 있을 때 끊어졌다고 생각했던 테이프가 불쑥 이어져 다시 재생되기도 했다. 그는 그 테이프가 저승에서도 반복 재생될까 두려워했다.

이 소설은 내가 만난 그 여러 사람들 가운데 한 사람의 이야기다. 물론 다른 인물들의 이야기가 그에게 중첩되어 나타날 수도 있다. 자신의 이야기를 꼭 남겨 달라고 부탁한 사람들의 이야기가 들어 있기도 하다. 그런 반영 역시 작가가 할 일이기 때문이다.

집필 과정에서 공부가 부족해 막막해하고 있을 때 오랫동안 베트남에서 전쟁 피해자들과 함께하며 그들을 위무해 온 구수정 박사와 한베평화재단이 주최한 두 번의 베트남 평화기행에 동행하면서 이 작품을 끝까지 쓸 수 있는 용기와 동력을 얻었다.

또한 고경태 기자와 다른 여러 기자들이 쓴 《한겨레》와 《한겨레21》 기사들과 자료, 특히 고 기자의 《1968년 2월 12일－베트남 퐁니·퐁넛 학살 그리고 세계》, 《한마을 이야기－한국, 베트남, 퐁니·퐁넛 고경태의 기록》 같은 책자의 도움도 받았다. 그와 그들이 오랜 기간 이 문제에 천착하지 않았다면 이 소설을 쓰기 쉽지 않았을 것이다.

아울러 영국 케임브리지대학 인류학자 권헌익 교수의 베트남 관련 저작 《학살 그 이후》, 《베트남 전쟁의 유령들》(130·131쪽 '콤'에 관한 내용은 이 저작들의 도움을 받았다)과 그 자신이 베트남전 참전군인이기도 했던 미국 볼 주립대 제럴드 웨이트 연구원의 '미안해요 베트남 운동 20주년 기념 국제학술대회' 발표문 〈베트남 전쟁의 잔재〉와 베트남전 참전군인이었던 작가 황석영의 자전 《수인》과 작가 김현아의 《전쟁의 기억 기억의 전쟁》과 사진작가 이재갑의 베트남전 관련 사진들과 북베트남 출신으로 전쟁 당시 베트남 중부 꽝응아이 득포 일대에서 조국해방전선 야전병원 의사로 근무하다 스물여섯 살에 미군에게 사살된 당 투이 쩜의 일기 《지난밤 나는 평화를 꿈꾸었네》와 베트남 쪽 참전군인이면서도 이 전쟁을 다른 시각으로 보았던 바오닌의 《전쟁의 슬픔》과 시인을 꿈꾸다 전장에서 스러진 친구의 이름으로 자신의 작품을 발표한 참전군인 반레의 《그대 아직 살아 있다면》 등에서도 소중한 영감을 받았다.

무엇보다 이 소설은 2020년 고인이 된 빈딘성 떠이빈(옛 빈안)의 응우옌 떤 런 아저씨와 꽝남성 퐁니 마을 응우옌 티 탄 아주머니를 비롯한 베트남 중부지방의 수많은 민간인 학살 피해자와 그 가족들의 증언, 김영만 선생을 비롯한 한국군 참전군인들의 이야기와 수기, 육성으로 증언하면서도 자신이 드러나는 것을 꺼리던 수많은 베트남전 한국군 참전자들이 토해 놓은 이야기와 삶이 바탕이 됐다.

이 엄혹한 시절, 이 슬프고 무거운 이야기를 출판하기로 결정한 나무와숲 최헌걸 대표와 이경옥 주간께 경의를 표한다.

　마지막 원고를 읽고 오케이 사인을 준 전주 김영춘 시인과 일면식도 없는 시골 무명작가의 원고를 읽고 뒤표지 소개글을 써주신 문학평론가 최진석 교수께도 고마운 인사를 전한다.

　출판사에 원고를 넘기고 난 뒤에도 내 귀에는 구자성이 한숨을 내뱉듯 중얼거리는 소리가 들린다. 아무래도 내게는 그가 끝내 입으로 내지 못하고 저승까지 가져간, 그의 몸 깊숙이 잠겨 있었을 말들을 추적하고 해독하는 일이 더 남아 있는 것 같다. 세상의 끝은 있는지 몰라도 이 세상에서 무슨 일의 끝은 참 만나기 어렵다. 그렇게 믿고 싶을 뿐 사람 마음에는 끝이 보이지 않기 때문이다.

2024년 첫날 비인,
바다가 보이는 언덕에서
정 의 연